U0481414

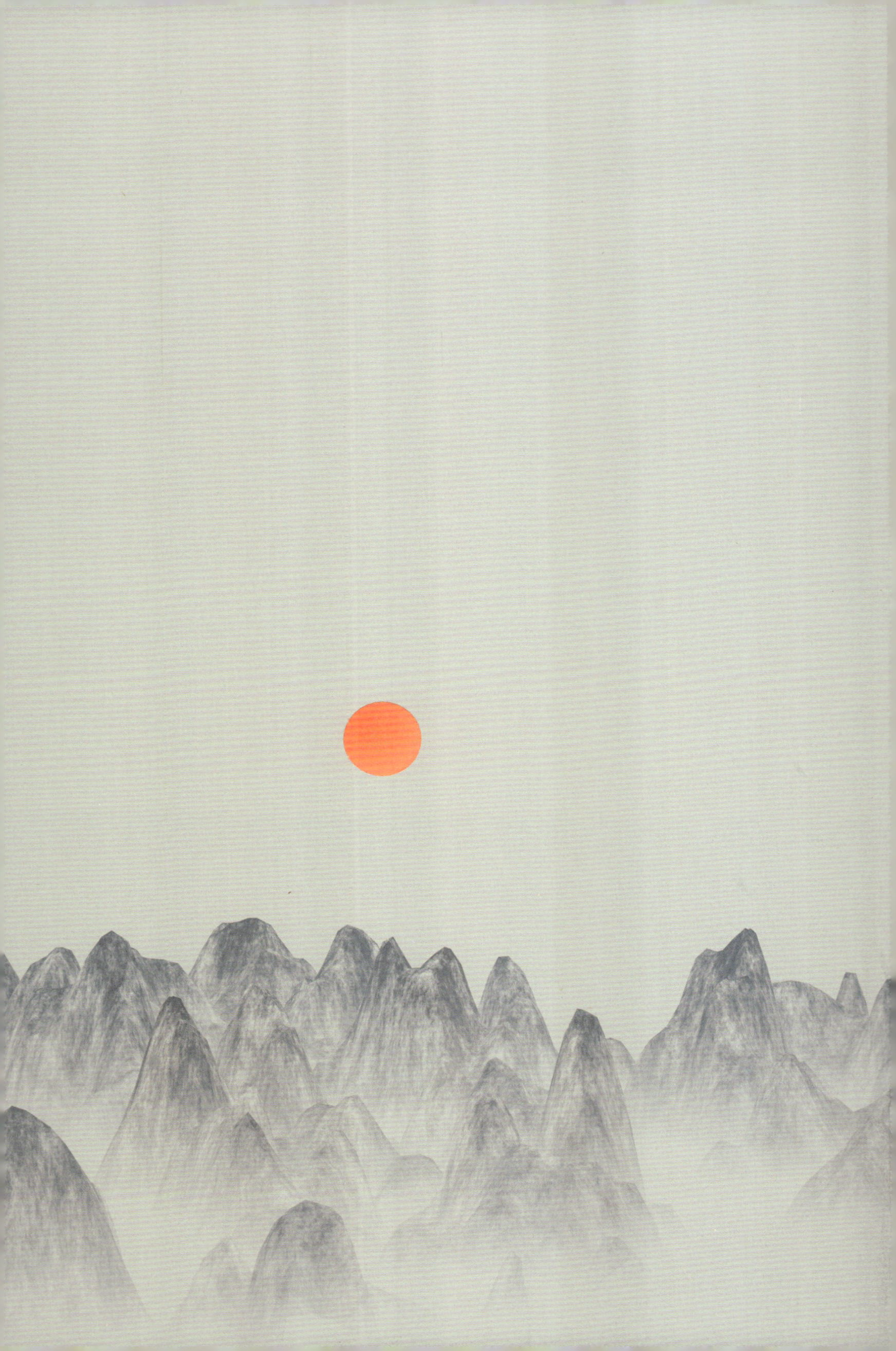

西山英雄儿女传

黄明建 著

云南人民出版社

图书在版编目（CIP）数据

西山英雄儿女传 / 黄明建著. -- 昆明：云南人民出版社，2024.1
ISBN 978-7-222-22228-1

Ⅰ.①西… Ⅱ.①黄… Ⅲ.①长篇小说—中国—当代 Ⅳ.① I247.5

中国国家版本馆 CIP 数据核字 (2023) 第 226356 号

责任编辑	武　坤
装帧设计	谢蔓玉　刘昌凤
责任校对	王曦云
责任印制	代隆参

西山英雄儿女传
XISHAN YINGXIONG ERNÜ ZHUAN
黄明建 著

出　版	云南人民出版社
发　行	云南人民出版社
社　址	昆明市环城西路 609 号
网　址	www.ynpph.com.cn
E-mail	ynrms@sina.com
开　本	660mm × 960mm　1/16
印　张	17.75
字　数	256 千
版　次	2024 年 1 月第 1 版第 1 次印刷
印　刷	涿州市荣升新创印刷有限公司
书　号	ISBN 978-7-222-22228-1
定　价	59.80 元

如需购买图书、反馈意见，请与我社联系
总编室：0871-64109126　发行部：0871-64108507
审校部：0871-64164626　印制部：0871-64191534

云南人民出版社
微信公众号

版权所有　侵权必究　　印装差错　负责调换

当我的笔尖流淌着动情的文字，流过千山万水触及你的月光时，你是否懂我呢？我分明看见你腼腆的面容，感动的泪花，因为字里行间有你的故事。

黄明通

> 西山落红秋扫叶,
> 大地悲歌誓不歇;
> 儿女英雄自去处,
> 音容笑貌入史册。

目录

第一回	肖东成深山遇美	龙水场恶霸如魔	001
第二回	双路铺豪杰比武	高公馆少年毁碑	011
第三回	媒婆说媒欲成事	东成逆父抗婚姻	021
第四回	肖兴元转变态度	蒋友尚打擂夺魁	030
第五回	谢元庆险遭不测	独眼龙阴谋窥夺	040
第六回	施计巧夺狮子山	得令潜回都江堰	050
第七回	除夕买鱼遇东成	元宵烧龙到鹤林	060
第八回	天作之合喜结缘	身怀绝技挫花少	070

目录

第 九 回	二虎被诛留祸患	三英远走赴广东	081
第 十 回	张鸣柯应试不第	肖遇春喜中秀才	090
第十一回	东成九龟山报信	金豹白虎峰强攻	100
第十二回	狮子山陷落被占	谢元庆中弹殒命	108
第十三回	丁知县复审错案	灵官会一打会馆	115
第十四回	九英豪杰齐聚会	太平村庄少男丁	124
第十五回	龙虎山花荣落草	双路铺东成掌舵	132
第十六回	肖东成再纳新人	灵官会两打会馆	141

第 十 七 回	王怀之两进公堂	灵官会三打会馆	150
第 十 八 回	蒋良栋被诬通缉	肖东成武装起事	160
第 十 九 回	王怀之伤逃马跑	义民军占领龙水	168
第 二 十 回	桂添培首战失利	义民军遭遇围剿	177
第二十一回	建侯自刎凉风垭	东成退至肖家坝	186
第二十二回	出西山四处袭击	到铜梁联合进攻	197
第二十三回	颜昌定昌州就职	肖东成东山再起	206
第二十四回	平贵违纪泪斩杀	绍泉设伏败官兵	216

目录

第二十五回	三教大捷鼓士气	连关被克掳敌酋	226
第二十六回	二胖辞家投三谷	春红飞镖中金豹	234
第二十七回	唐翠山战败被俘	肖东成失利遭困	243
第二十八回	官兵攻陷鱼口坳	义军败走西山林	252
第二十九回	颜昌定长跪救民	华芳济获释下山	260
第 三 十 回	良栋乞降戍边关	东成使诈遭囚困	268

第一回　肖东成深山遇美　龙水场恶霸如魔

一轮太阳从东方冉冉升起，越过西山峰峦，挂在明净的天空，射出万丈光芒，晨雾慢慢散去。肖家大院地处西山北麓的肖家坝附近的龙水湖畔，它的后坡竹荫深处一块不大的空地上，有一个十四岁的少年正在练武。只见他挥舞着大刀，左腾右跃，一会儿劈砍撩刺，一会儿抹带格抽，变化多端，虎虎生风，威气十足。此人正是肖家大少爷，名东成，他身体魁梧，体力过人，自幼跟着父亲习武，练得一身真功夫。

空地边上有一个简易的武术器械架，上面架着刀、棍、枪、锤之类的兵器，地上横放有石锁、石杠等练臂力的石具。不远处的草坪上，有两个稚气未脱的孩子也在练武：一个七八岁的孩童在地上鲤鱼打挺，十分灵巧，很招人喜欢，他是肖家小少爷肖海平——肖东成的四弟；一个十一二岁的少年，长得虎头虎脑，他在练剑术，一招一式刚柔相济，吞吐自如，轻快潇洒，招式连贯，姿势优美，他是肖家二少爷肖翠平——肖东成的二弟。

肖东成父亲名叫肖兴元，四十来岁，中等个子，精明能干，家有薄田十余亩，靠务农为生，娶妻蒋氏，善良贤惠，很会体贴人。肖兴元有一个习惯，每逢龙水赶场，都要到龙水茂源茶楼喝茶。这一日，正逢龙水赶场日，他早早起床叫醒老大、老二、老四起床去练武，然后他自己也在院坝里打了一套缠丝拳（在西南昌州这一带很流行，属于南拳，主要是近身贴打，柔中带刚，防身为主）。

蒋氏早已起床，正在厨房里忙活。老三遇春因身体瘦弱，因此家里人恐其有失，所以不让习武，此时正在床上睡觉。

一家人吃完早饭，肖兴元交代三个儿子继续操练，顺路把老三送到私塾，然后便独自来到茶楼。

刚踏进茶馆，就听到小二招呼道："肖老大，您来了。喝什么茶？"

"老规矩。"

"好嘞，一杯绿茶，您请坐。"

肖兴元找了一处靠窗的位置落座下来，理了理半旧的青布长衫。不久，小二端来盖碗茶杯，里面放有适量绿茶茶叶，轻轻放在肖兴元桌上，然后用长嘴茶壶熟练地倒满一杯，热气腾腾，清香扑鼻。待一会儿，肖兴元呷了一口，望着窗外的景色慢慢品尝起来。

客人陆续到来，茶馆里很快热闹起来。

"张席子，你也在喝茶，竹席这么快就卖完了？"肖兴元朝着邻桌的一个农民模样的人招呼道。

"肖老大，是你呀，最近农活忙，没打几张竹席。"

"好不好卖？"肖兴元喝光杯里的茶水，对小二喊，"添茶水。"

张席子见小二给肖兴元倒满茶水，回答道："别提了，现在席子好是好卖，落头却不如从前。"他摇着头，有点儿丧气。这个张席子在三驱场住，打得一手好竹席。三驱产席，龙水五金盛行，很少人打席子，三驱打席子的都往龙水销售，也能卖个好价钱，即使走两个多小时的路程，也觉得值。

"为啥子呢？"肖兴元有些不解。

"你不知道，现在我卖竹席，东街头的地痞阴二狗、阴三娃两兄弟要来抽头，卖一张抽2文钱。"张席子无奈摇摇头。

"不交不行吗，这些地痞混混有啥怕的！"肖兴元瞪着眼睛望着张席子。

"他们有后台呀，阴二狗和阴三娃现在是高公馆的护馆家丁，还加入了什么天道会。高家的势力你是知道的，谁敢招惹。若不交，要遭他们打，甚至捆绑到高家会馆里关起来。"张席子抿了口茶，用茶盖捋了捋茶叶，睁大他那无光的小眼睛，继续说道：

"肖老大，我跟你说一件事情。我们三驱宝兴里有一个叫王冬生的到龙水赶场,但不走运,遇到了阴二狗。阴二狗在前面慢慢腾腾走,王冬生因为急着到集市买东西,不小心从后面踩到了阴二狗的脚。阴二狗转过身子便恶语相向,说他是吃了豹子胆,敢在太岁头上动土。王冬生马上赔不是,但阴二狗不依不饶,执意要王冬生赔钱。王冬生本是穷人,哪有钱赔,看对方并无大碍,便轻声说了句:'要不是你在前面走得慢,我至于踩到你脚吗?好狗还不挡道呢!'这个阴二狗,名字叫阴苟,因为排行老二,又因欺压乡邻,作恶多端,犹如一条恶狗,因此人们暗地里叫他阴二狗。但阴二狗最忌讳有人说他是狗,王冬生话音刚落,他就上前抓住了王冬生的衣领,狠狠地打了他一耳光。王冬生个子高,有蛮力,两人就这样厮打在一起。阴二狗的弟弟阴三娃不知道从哪里得到消息,带着两三个人就赶了过来,一起将王冬生打倒在地,接着就是一阵拳打脚踢。王冬生被打得遍体鳞伤,拖着残躯回到家里,没过几天就死了!肖老大你说这冤不冤?"

"真是岂有此理!这个世道还有没有王法?为啥不去报官呢?"肖兴元忿忿不平。

"王冬生老婆和亲属害怕遭到报复,哪敢告官,乡亲们也敢怒不敢言。高老太爷的儿子在京城当差,外甥是官府千总,报官又有什么用呢!"张席子喝完杯中茶水,回过头叫,"小二,给我添茶水。"

"真是欺人太甚!"肖兴元忍不住在桌上一拍,愤怒地说道。

"肖老大,息怒啊,小声点,不要让高家知道了,免得麻烦。"张席子说完起身,朝外面望了望。

"哼,我才不怕。这个高霸天,养狗作恶,危害百姓,终究没有好下场!"

小二走了过来,给张席子倒满茶水,又来到肖兴元身边说:"肖老大,我给你倒点茶水。"

"不喝了,气都气饱了。小二,给,这是茶钱。"肖兴元掏出银钱,气冲冲地结账回家。

一路上,肖兴元好不烦闷。走过茅店子,穿过肖家坝,快到自家大院时，他碰到自己二弟肖二挖正从罗家沟煤矿下班回来。二人谈起高霸天走狗阴二狗欺善一事，二挖也有同感，不由地一同怒骂起这些欺压百姓的地痞流氓来。

肖兴元一共三弟兄，自己主要务农，闲暇时教教儿子和徒弟打打拳，习习武艺，偶尔也教一教翠平、海平学习《三字经》《弟子规》等基础文化；二弟和三弟主要靠帮别人挖煤炭补贴家用，人称"肖二挖"和"肖三挖"。

不知不觉已到家门口，肖兴元与二挖分了手，但他还闷闷不乐地思来想去。已到晌午时分，妻子蒋氏早已弄好午饭。三儿遇春也已放学归来，正在自己房间里"之乎者也"念着诗书。

蒋氏见肖兴元回到家后一言不发，知他心中有事，也不多问，就叫老三道："遇春，快到后院喊那三个野猴子回来吃饭。"

肖遇春赶紧放下手中的诗文，急忙跑到竹林间那个所谓的"练武场"，大声喊道："大哥、二哥、海平，吃饭了。"

"要得。知道了，马上就回来。"肖东成高声回答。

三兄弟放下手中的器械，急匆匆回到东厢房，一家人开始围坐在一起吃饭。

席间，肖东成看到父亲脸上的忧郁，问其缘由。肖兴元把上午的事情一一说了，全家人无不痛骂地痞所做的恶事。

是年夏天，久旱无雨，田里稻谷受到严重影响，收获只有二三成。太阳炙烤着大地，树木变得懒洋洋的，杂草耷拉着脑袋，田土干裂如龟壳。肖家院坝里晒着稀薄的水稻，肖兴元坐在堂屋的椅子上摇头叹息，喃喃道："今年又要饿死人咯！"他站起身来，朝西厢房喊道："东成，你到堂屋来一下。"

此时，肖东成刚练武回来，正在房间看《水浒传》。虽说肖东成是一个练武之人，可小时候也读过几年私塾，认得许多字，喜欢读《西游记》《三国演义》《水浒传》之类的书籍，算得上文武双全。后因家里兄弟多，负担重，父亲就没让他继续读书。

肖东成来到堂屋,见过父亲,给肖兴元沏上一杯盖碗茶,问道:"爹,有啥子事?"

"东成啊,今年闹旱灾,田里收成不好,家里存粮也不多了,你得带着兄弟们上山挑炭贴补家用。你看,要得不?"肖兴元接过茶杯,心疼地对肖东成说。

"没事,我有的是力气,二叔、三叔他们都能去井下挖煤,我挑煤又算得了什么?"

"你能这么想就好,那你快到二叔、三叔家把他俩叫到我这儿来,我再安排交代一下。"

二挖、三挖住在后坡沙田湾,同住一个院落,门前是一道斜坡,长有杉树、青杠,还有三四株香樟树,苍翠挺拔。二挖膝下无子,曾结过婚,十年前也因天旱,家中缺粮,刚过门不久的妻子到西山森林采集野果,不幸被毒蛇咬伤,加上身体虚弱,医治无效身亡。二挖悲痛不已,对其十分眷恋,发誓不再娶。三挖比肖兴元小十岁,长相英俊,身材魁梧,娶妻孟氏,生有一男一女。

肖东成来到两位叔叔家,见他们在忙家务,便打了招呼,说明了来意。

二挖、三挖放下手中活计,跟着肖东成来到大哥肖兴元家。肖兴元早已叫蒋氏备好两杯热茶,见两兄弟到来,忙招呼他们落座。

"二弟、三弟,今年又逢灾荒年,收成仅是去年的三成,大哥一家全靠这十亩薄田,今遇这般光景,我打算让东成几弟兄跟着你们上山去挑炭,挣点零用钱以挡家销,你们看行不?"

二挖、三挖点头应允。三挖补充说:"遇春、海平年少,就用不着去了。"

"那行,东成和翠平交给你们两个,好好照应,别让他俩受欺负。"

"那是,那是,再说东成那块头,谁敢惹他?"

从此,肖东成带着翠平跟两位叔叔上山挑煤挣钱,一家人日子也过得舒坦起来,在邻里算得上是富有人家了。

西山又名巴岳山,与东边的缙云山对峙,这里群峰峻秀,层峦叠嶂,洞壑幽美,幽深静远,林木青翠,泉水清澈。在这幅美丽画卷之中,掩映着溜水岩、十里沟、鱼口坳、伍家湾、罗家沟等大小不一的煤炭厂。距离肖家坝肖东成家最近的是罗家沟煤炭厂——一个不大的私人煤窑,处在半山腰,被苍翠的树林严实包裹着。

罗家沟煤炭厂的老板姓罗,细高个儿,矿上的人喊他"罗长子",老婆姓顾,身材肥胖,肚子滚圆,大家背地里喊"箩筐",当面尊称"顾大嫂"。顾大嫂看上去大大咧咧的,嘴里话多,心地却善良,两口子对矿工很关心体恤,工友们都尊敬他两口子。

一日,肖东成跟往常一样挑着箩筐,带着二弟翠平跟在二挖、三挖身后到罗家沟煤矿挑煤。矿上已经来了一群挑炭的,正在井口不远处排队装煤过称。因东成和翠平在这里已经熟悉,三挖跟二挖没再说什么,穿上矿工服,戴着矿灯帽,拿着工具便下井去了。

肖东成兄弟俩来到煤堆旁,排在张老汉后面等候。张老汉是邻村人,今天带了他侄儿张鸣柯来挑炭。张鸣柯跟东成同年出生,但小两个月,白白净净,读过私塾,有学问,对古今历史有一定研究。以前跟肖东成、李三谷(九英豪杰之一,后文有述)同堂读过私塾,最近迫于生计才弃文卖力,其志向远大,做苦力仅仅是磨砺而已。

矿上管事的给肖东成装了满满一挑煤炭。翠平年纪尚小,就用背篓装了一篓。前面排队挑煤炭的先走了,东成、翠平、张老汉、张鸣柯落在了后面。

四人沿着山间小路挑煤下山,张老汉和他侄儿走在前,翠平背着煤紧随其后,肖东成则走在最后面。来到半山腰的倒马坎,听到溪水潺潺,大家脚步不觉加快了。拐过倒马坎,来到一个叫桃花荡的地方,一股山泉溪水呈现在眼前,四人放下箩筐、背篓,跑到溪边喝水洗脸。

溪水的上游,水势平稳,水质清澈见底。溪水穿过乱石,汇集在一个狭隘处从十几丈高的悬崖上飞泻而下,形成震耳欲聋的瀑布。下面就是很深的潭水,一竹篙也插不见底,周围有几株桃树,到了春天开出粉红的花来,本地人称这个地方叫"桃花荡"。

看到这秀美的山野风光,张鸣柯有感而发,竟弄出一首打油诗来:

担子肩上闪悠悠,背篓贴脊气吁吁。
挑煤是个苦力活,不为生计谁愿做?

溪水对岸,慈竹林荫下,有一位姑娘在光溜石头上槌打衣服,旁边一个小木脚盆里有几件未洗的衣物。姑娘大约十三四岁,长得秀气,面如桃花,眸子如山里泉水,清澈透亮,惹人喜欢。肖东成一见她,顿生好感,不由得多望了几眼。恰巧那女子也回过头,两眼与之对视,即刻红了脸,羞怯地低下头去继续洗她的衣物。

肖东成暗自欢喜,轻移脚步,找一溪水窄处跳跃过去,悄悄走向姑娘。这时,不知从哪里窜出来一条大黄狗,看到肖东成"入侵",便对着他"汪汪"狂叫。

姑娘见状,赶紧制止大黄狗道:"虎子,不叫。"

这条叫"虎子"的大黄狗很通人性,马上停止了叫唤,瞪着眼睛、吐着舌头直直盯着这位不速之客。

肖东成大着胆子走上前,说:"姑娘,你好!"

姑娘低着头,只顾洗衣服,一言不发。

肖东成见姑娘不搭理自己,便厚着脸皮继续向姑娘示好:"姑娘,我叫肖东成,住在山脚下肖家坝,请问,你叫……"

姑娘更加害羞,见肖东成挨得这么近,便怯怯细声说了两字"仙桃"。

仙桃住在桃花荡附近,父母早亡,跟着外公一起过日子。外公是个猎户,叫马守财,山里人称他为"马老头"。山里野兔、山猪、獐子、野鸡等野物众多,家里主要靠马老头打猎为生。

"仙桃,好听的名字。人也长得如花似玉,像仙女般美丽俊秀。"东成爱慕之情油然而生。

他正欲套近乎,只听见翠平在对面喊道:"大哥,走了哈。"

肖东成这才缓过神来,不舍地离开仙桃,转头跃过窄处,到路边挑起煤炭,回过头再看看仙桃,随后迈着大步追赶翠平他们去了。

约莫两个时辰，就到了龙水镇人文桥煤炭市场。街上吆喝声、嘈杂声充斥，一片闹腾腾的景象。四人找了空位，将箩筐、背篓铺摆整齐，等待主顾前来问价购买。还算运气好，遇到个老客户，全要了他们的煤炭。称好称，结完账，四人往稍微安静处走去。

路过一个菜市场，看见一个菜农挑了一担白菜刚卖完，正欲离开，却被一个泼皮无赖拦住了去路，要他交保护费。菜农不给，两人便拉扯起来。菜农终究老实，见泼皮耍横，遂交了钱图个平安。肖东成见状，操起扁担欲上前相助，却被张老汉死死拉住："你二叔交代我，叫我好好看住你，不要惹事。更何况这人是阴二狗，龙水场里有名的霸王，岂敢招惹！"

听说是阴二狗，肖东成更加气愤："他就是臭名昭著的阴二狗呀，今天我要好好教训教训这个恶人！"肖东成欲挣脱张老汉死死抱住他的双手。

张老汉眼看拉不住了，对肖翠平、张鸣柯大声喊道："翠平、柯娃，快过来帮忙！"

肖翠平、张鸣柯赶紧上前，一人抱住肖东成左腿，一人抱住肖东成右腿，张老汉又在身后紧紧抱住其腰。肖东成动弹不得，心情稍微冷静，说道："张叔，我听您的。这笔账迟早要让阴二狗偿还。"

张老汉见肖东成平静了，说道："翠平、柯娃，快把东成箩筐捡好，随我到桥头吃豆花去。"张老汉拽着肖东成的手便往桥头走去。

桥头有一豆花店，叫富顺豆花店，是一个荣州人开的，富顺豆花在龙水很有名气，三教九流之人都在这里落脚，穷点的乡民来一碗豆花，打二两酒，打发一餐过去。富有的还多点一盘花生米，两个蒸菜、烧白、条酥之类的，或叫上几胏友，吆五喝六划起拳来，吃个痛快。

肖东成被张老汉拽着来到豆花店，里面早已人满，只有酒柜旁旮旯处有一小木方桌能挤四个人。

"老板，来四碗豆花，一碗酥肉，一斤老白干，再加一盘花生米。"张老汉喊道，然后把箩筐扁担放在店前空处叠好，来到小方桌旁坐下，把肖东成按在身边。

008

老板见张老汉来了，忙吩咐小二哥上菜。不一会儿，酒、豆花、酥肉、花生米挤满一桌。翠平、张鸣柯放好箩筐背篓，也过来落座。

"张叔，你叫这么多酒干嘛？你喝得完么？"肖东成问道。

"今天呀，我们每个人都得喝。"

"张叔啊，您知道我不喝酒的，翠平就更不能喝了。"

"必须得喝，男子汉哪有不喝酒的，凡事都有第一次，何况挑煤炭挺累人的，喝了酒对筋骨有好处。"张老汉道。

"好吧，听您的，喝就喝，只是翠平少点。"

酒至三巡，说及菜市场阴二狗霸市一事，肖东成义愤填膺，满脸怒容。张老汉劝他不要激动，说出还有比这更痛恨的一桩事来。

今年初，龙水高公馆管家李同兴陪同天道会头目彭诺泽从马跑场回龙水，途经袁家桥，看见桥面上画有天道会的图案标识，四顾查看，没有人影。二人正欲离开，突然听见附近青杠林有声响，循声望去，看见乡民黄海亭在打柴，两人不顾黄海亭解释，直诬陷图样是黄海亭所为。后面还叫来了邻里陈三谦，威胁迫使陈三谦等扭送黄海亭到龙水高公馆拷问。

黄海亭无端受陷害，拒不承认，彭诺泽气急败坏，命令李同兴叫人灌其泔水。黄海亭仍然不承认，被李同兴捆绑，拉到街上游街示众。陈三谦也受到牵连，被罚十多桌酒席方才罢休。

肖东成听罢，攥紧了拳头，眉头都皱起结来。

张老汉结了账，四人晕乎乎地往家里赶。

肖东成一回到家就睡倒在床上。在梦里，他恍恍惚惚来到桃花荡，见仙桃含情脉脉地向她走来。肖东成欢天喜地迎上去，刚要握住仙桃的手，一只大黄狗向他扑来，撕咬着他，他一边跑一边喊："仙桃救我！"

肖东成惊醒后，见翠平在身边，便揉着眼睛问他："你在这里干啥子？"

"干啥子，你自己吐了一地，都是我替你打理的。"翠平指着刚扫过的地面，"哥，刚才你在梦里喊'仙桃救我'，仙桃是谁呀？"

"翠平，谢谢你呀。仙桃？我也不知道是谁，做梦呗。"肖东成忙转移话题，"哦，翠平，中午账是谁结的？"肖东成一边说着一边穿衣起床。

"张老汉呗，人家还夸你酒量好，人也豪爽。"

"是吗？这个钱得给他们，他们家也不富裕，下次见到张老汉，给我提个醒。"肖东成边说边穿好衣服，随后伸了伸懒腰，耍弄了几下拳脚，说道，"肚子好饿，妈烧好饭了没？"

"早弄好了，只等你呢。"

饭桌上，蒋氏没少唠叨东成喝酒的事，肖兴元倒没说什么，只是说喝酒可以，但别误事。话题随即谈到外公六十大寿的事上来，肖兴元说："日子快到了，我们也该预备寿礼了！东成，明天就是双路铺赶场日，你去备置一下寿礼吧。"

肖东成点点头说："要得。"

第二回　双路铺豪杰比武　高公馆少年毁碑

清晨，太阳爬上山坡，普照大地，霞光万簇迸射出饱红的云朵。林间布谷鸟在欢唱，山间溪水潺潺流淌，牧童躺卧在草地上悠闲望着朝霞渐渐褪去，水牛在一旁静静地咀嚼着嫩草，早起的农夫已在田间劳作，好一派美丽的田园风光景象。

这日，适逢双路铺赶集。肖东成收拾打扮，从母亲蒋氏处取过银钱，挂个搭链准备出门，海平跟在肖东成后面嚷道："哥，我也要去。"

肖东成道："那你去问问老汉（川蜀方言，爹的意思）。"

"你去干啥？"肖兴元正好从里屋走出来。

"爹，你让我去嘛，我还没去过双龙铺呢！"海平摇着肖兴元的手央求道。

"好好好，你去吧，听大哥的话，别乱跑。"肖兴元赶紧同意，怕海平烦扰自己。

"要得，谢谢爹爹，我走啦！"海平蹦蹦跳跳跃出了大门。

肖东成最喜欢海平，十分疼爱他，从小到大关心呵护他。有句俗话：皇帝爱长子，百姓爱幺儿。海平是家里最小的，全家人都喜欢、疼爱他。

肖东成赶上前拉住海平的手，道："小屁孩，真有你的，走吧。"兄弟俩高高兴兴向双路铺方向走去。

双路铺是一个集市，位于茅店与邮亭铺之间，每逢月初旬二、五、八赶集。赶集天，双路铺很热闹，茶馆坐满了喝茶聊天的，话农事、摆家常，民间调解纠纷也在茶馆进行；铺上有三所会馆：川主庙、禹王宫和江西庙，都是康熙年间"湖广填蜀州"时修的，庙会、清明会时日，族人会聚，整天热闹；摆摊的、耍杂技的，三教九流云集于此。

双路街上，江西庙旁有一个"济生堂"的地方，排着一长队人。肖东成牵着海平走在街上，见到此景，便拨开众人来到前面问是怎么回事，原来是一个医术高人蒋涵山在此开店济人。蒋涵山是当地名医，对医理医术融会贯通，善纳各家之长，尤对伤寒、瘟病有独到见底，对常见病、多发病药到病除。

肖东成暗记于心，转身牵上海平的手来到糖果店称了一些白糖、杏仁之类的糕点。置办完外公六十大寿的礼品后，肖东成带着海平在街上逛了几圈，用余钱给海平买了一串糖葫芦。他们正打算回家，听到一声喊："东成，你也在赶场呀？"

肖东成循声望去，原来是李三谷（从小一起长大的发小，比肖东成小一岁）。李三谷住在茅店李家大院，家境比东成家稍富裕，父亲是个小财主。祖上曾在朝中做官，因年岁大辞官回老家购置田产，是一大望族。后到了祖父这一代，抽大烟造成家庭破败，如今只剩下良田三十余亩，生活还算可以，但大不如以前风光了。但从李三谷的长相可看出，他不是一般人物：浓眉大眼，眸子透明晶亮，肤色绛红，身材高大匀称，身上透露着做事果断、意志坚定的气质。此人从小习武，跟过三个师父，十八般武艺样样精通，当地缠丝拳已经练到炉火纯青。

"原来是三谷呀！好久不见，怪想你的。"肖东成迎上去，说起上街原委。

李三谷见到海平，拍拍海平肩膀，说："小屁孩，你也在呀！"

"去，去，我不是小屁孩，我已经长大了。"海平已把糖葫芦吃完，抹了抹嘴道。

肖东成说："别斗嘴了，三谷。我们一起回家，边走边聊。"

李三谷说，他是到街上买盐巴，顺便帮母亲买一把缝补衣服的剪刀。他拿着手里的那把剪刀炫耀道："这把剪刀叫郭剪刀，是双路铺有名的匠人'郭剪刀'亲自打的，棉丝过剪，必齐齐剪断，决不夹丝，既轻便锋利，又耐用。"

"真有这么好，下回定要给家里买一把试试。"肖东成道。

"肯定好用,我不骗你,这是我家买的第二把了,头把被我住在三教的二舅拿去了。他上次到我家,见这剪刀好用,硬叫我妈送给他,我妈心善就依了他。这不,害得我今天又去买了一把。"

三人来到一个叫狮子桥的地方,这儿是三岔路,一条往山里走,另一条通往茅店子。狮子桥横跨在一条小河上,名叫九曲河,因有九条支流汇集而得名,河流不急,水势不大,是双路铺唯一的一条河流。

李三谷就此和肖东成告别。

肖东成回到家里,把礼品交给蒋氏收拾后,来到堂屋说起郭剪刀。

肖兴元说:"郭剪刀还是我们肖家远房亲戚,他的剪刀确实很出名,不过他赶场多半去龙水镇。我们的剪刀也是在龙水五金铺买的,比起郭剪刀稍稍有些逊色,但能将就用,下次剪刀用损了再去买一把郭剪刀吧。"

这时,只见老三遇春斜背书袋,蔫蔫地回来了,一言不发,招呼也不打,回到屋里倒头就睡。蒋氏心疼地大喊道:"遇春,你怎么啦?"摸其额头,很烫。

肖兴元、肖东成三兄弟也都围拢过来关切地注视,只见遇春脸色极为难看,身体发抖。看其表象,又不像打摆子,一家人发起呆来,一时间不知所措。

肖兴元在一边跺脚一边说:"这怎么是好?这该怎么办?"

蒋氏在旁抹泪。肖东成想起"济生堂"名医蒋涵山医术高明,忙对爹爹肖兴元说:"爹,我这就到双路铺去拿药。"

蒋氏赶忙取了许多银钱交给肖东成,催促他快点去拿药,早去早回。

肖东成急忙跑出家门,穿过肖家坝,跨过狮子桥,走过狗市坡,来到江西庙街济生堂。此时已是下午,人已稀少。肖东成走进店里,给医生蒋涵山谈了三弟遇春的病情。蒋涵山仔细听了,捋捋胡须,微微一笑:"不妨事,我给你开一个方子,必定药到病除,明天就会痊愈。"

肖东成连忙说:"谢谢蒋老先生。"

一会儿方子就开好了,蒋涵山的徒弟罗道生按方子包好中药。肖东成取了中药,再次道谢,然后一阵小跑回家。

果真，肖遇春吃了熬煎的中药后，当天病情就好了一大半，气色也变好了。第二天早上起来，他已经痊愈，便背起书袋，活蹦乱跳地上私塾去了。一家人直夸道："这蒋涵山真神医也！"

肖东成的外公蒋老太爷住在龙水白鹤林。蒋家富甲一方，有田八十亩，武术世家，尤以祖传梅丝拳出名，只传子，不传女。梅丝拳，也叫梅氏拳，又称九堆灰，勾挂如柳丝，灵活如飞燕。相传乾隆年间有一道姑姓梅，从北方而来，云游四方，来到龙水张家坝子收了一些徒弟，将平生所学梅丝拳相授，蒋老太爷曾祖父也在其中。梅丝拳练功与梅花桩相似，九根木桩埋入地，交叉成缠丝状，其上练腿功，下练身法，特点如咏春拳法，练近身贴打以防身。蒋老太爷已是第四代传人，已经将梅丝拳传给二儿子蒋友尚和幺儿子蒋友武，其女蒋氏排行老大，嫁给肖兴元不得相传。肖兴元是习武之人，常问起梅丝拳，蒋氏也说不出所以然。

这天，蒋老太爷六十大寿，蒋家大办宴席，众多亲朋好友、乡邻世交前来庆贺。肖兴元备好礼品，安排翠平留下看家，遇春继续在私塾读书，带上蒋氏、肖东成、肖海平，去白鹤林给岳父拜寿。

来到蒋家，老远就看见一群白鹤从竹林间飞到田间嬉戏，炊烟袅袅，"八大碗"蒸笼菜的香味飘逸而出。院坝里人声鼎沸，肖兴元送上寿礼，见过二老，一家人见面，热乎不在话下。

吃罢酒宴，大舅子蒋友尚呼人撤走桌子，腾出一大块场地，说是打打拳为老头子助兴，自个儿先劈里啪啦打了一通梅丝拳，大家齐声叫好。完毕，抱拳对肖兴元说："姐夫，该你啦！"

肖兴元趁着酒兴，来到场中间抱拳施礼："岳父岳母大人，各位亲朋好友，兴元献丑了。"随即打出缠丝拳十二式，绵里藏针，柔中带刚，一招一式很有功底。

蒋友尚见肖兴元拳法如此娴熟，与自己不相上下，疾呼："良栋，出来给你肖姑父表演一下枪术。"

"好的，我来也。"随着话音，只见一个与肖东成般年纪大小的白面少年手拿银枪来到场上，一会儿龙腾虎跃，一会蜻蜓点水，枪法游刃有余，功夫了得。

  肖东成不住地叫好，心中嘀咕，大舅这不是明里跟我们肖家叫板吗？不等肖兴元出口，他来到器械架旁取了一把大刀，走上场去。

  蒋良栋见表哥来了，马上停止了舞弄，做了一个架势，打了一个手势，叫肖东成"放马过来"。

  肖东成挥舞着大刀向蒋良栋砍去，蒋良栋持枪相迎。一来二往，大战五十个回合。蒋老太爷看在眼里，喜在心里，怕他俩有误伤，忙吩咐蒋友尚制止二人不要再打。

  龙水镇冉家店坐落在一个三岔路口，主要经营日常用品，卖一些烟酒茶盐之类的。所谓的路实际是石板铺成的，路东朝向经龙水至西山，路西朝县城，路西北朝三驱场，此地是路人集聚的地方。凡遇龙水、三驱、县城赶场，这儿人来人往，甚是热闹。

  店主叫宾贵，忠厚老实，心地善良，以前是货郎，走街串户，上门卖货，与人方便，积攒了些钱财。六年前经人说媒，娶得宝兴天庙附近一乡村女子，二人十分恩爱。他从冉家接手经营冉家店，在此安家落户，操持生意，过着安分守己的日子。结婚第二年生下一子取名宾三益，宾三益三岁那年，其母得病早逝，宾贵甚是伤心，料理后事，又当爹又当妈，抚养宾三益。

  宾三益五岁那年的一天，正值仲春时节，暖阳高照，和风阵阵，溪水盈盈；河岸上草绿花红，桃李芬芳，柳荫茂密，渲染出明媚和煦的春景。龙水镇冉家店门前，来往客商在此歇息，或买烟酒，或买油盐，甚是热闹。这天冉家店生意红火，宾贵在店里忙得不可开交。宾三益见爸爸在店里忙活，自己年幼帮不上什么忙，就独自去玩。一只小鸟飞在路中间跳来跳去，宾三益看见了，就跟过去，拿着小石头扔向小鸟，把小鸟吓走了。石板路上留下许多鸟儿脚印，宾三益觉得很稀奇，便拿起石头，对着鸟儿脚印涂画起来。

  这时，高公馆管家李同兴陪同彭诺泽从县城办事回来，途经冉家店。彭诺泽坐在轿子里，戴着墨镜，逍遥自在。李同兴走在前面带路，看到宾三益一个人在石板上涂来抹去,便停下脚步,想看个究竟。

李同兴与宾贵同邻,是乡里一大无赖,偷鸡摸狗,无恶不作。自从到了高家当管家,再加入天道会后更是有恃无恐,乡亲们无不痛恨他。当年宾贵妻在世的时候,李同兴曾对其不轨,被宾贵看见制止并叫人收拾,他一直心怀不满。此时他看见宾三益在地上涂画的图像中,有一形似道会会标图案,眼睛一转动,坏心眼立马就有了。

彭诺泽见李同兴站在前面不走,遂下了轿子问道:"李同兴,你在做什么?"李同兴赶忙走过来点头哈腰,阿谀奉承道:"门主,你看这小孩在地上画的什么呀?"掌门彭诺泽走过来,看了看,摇着头:"我看不出是个什么东西。你说,你看出了什么?"

"门主,你看这个像不像我们道会的会标。"李同兴指着没有规则的鸟脚印图案。

"像,有点儿像。"彭诺泽在李同兴的提示下,牵强地说。

"门主,这个小孩在路上随意画道会会标,亵渎了道会,应该受到惩罚。您说是不是该找人把这个小孩送到会馆去受审。"掌门附和道:"对头,赶快叫人捆到会馆去。"李同兴见掌门采纳了自己的意见,暗自得意,遂叫人去通知邻里冉辉亭带人将宾三益捆送到会馆。

宾贵在店里忙活,这时稍有松隙,就找自己儿子,发现不在店里,走出店铺,看见自己儿子被捆绑,吓成一团,问其究竟,便向彭诺泽和李同兴再三告饶,不允;又找来族亲长辈说情,皆不应允,被罚立十字碑一块,地邻冉辉亭被罚失职,置办酒席十桌抵罪。

此十字碑立在龙水高公馆门前空地上,碑高一丈,宽四米,上刻有"兹三益不知禁忌,在路途妄画,当被拿获,甘愿受重罚。嗣后如有似此再涂者,定行禀官拘究不贷"字样,当地民众愤恨不已。

此事传到肖东成耳朵里,他十分气愤,遂约村里一同长大的伙伴李三谷和挑煤炭的张鸣柯一起议事。肖东成这年十七岁,已经长成一个彪形大汉,功夫远近闻名,好打抱不平,凡遇到不平之事,定要拔刀相助;李三谷也已经长大成人,功夫也非常了得;张鸣柯善于心计,自从上次跟东成挑了一段时间煤炭,又到双路铺敦文斋读书,知识阅历更加丰富,略懂一些拳脚。

三人相见,肖东成对两个伙伴说:"这个李同兴,他妈的不是人,连畜生都不如,今晚找机会干掉他。"

"不可以,李同兴是高公馆的管家,又是道会的人,有高家、道会帮他们撑腰,干掉他谈何容易。更何况,闹成命案会连累家人。"李三谷道。

"那怎么办?"肖东升粗着嗓门,急切地问。

"干脆多找几个兄弟,把他打晕装在麻袋里,丢进山里,吓唬他一下。"李三谷建议。

"这个办法倒还有点意思,我看可以。"肖东成点点头道。

"不可以,会被山上野物叼了去,害了性命,我们还是脱不了干系。肖大哥,不急,我有一个主意。我是这么想的……"坐在旁边的张鸣柯沉思了半天终于说话了,然后凑在他耳边咕噜咕噜了一番。

肖东成一拍大腿:"好主意,就这么办。你们去准备相应的工具,今夜就出发。"

是夜,月黑风高,树枝摇晃作响,村里几声犬吠。在肖家大院去龙水高公馆的路上,三个黑影匆匆前行,后面十几步远,有个小黑影紧随其后。

走在前面的是李三谷,拿着钢钎在前开路,中间是张鸣柯打着矿灯,肖东成肩上扛着一把二锤断后。

"大哥,我感觉后面有人跟我们。"走了一段路后,张鸣柯对肖东成说。

肖东成叫了一声:"停。"一阵风过后,果真听见窸窸窣窣的声响。在一拐弯处,三人躲在一棵大树后面,目不转睛盯着来路。

待风停狗不叫,清楚地听见脚步声越来越近,三人现身喝道:"什么人?"

那人怔了一下:"大哥,是我呀,我是海平。"

肖东成一看,果真是四弟海平。

李三谷朝海平胸前擂了一拳:"原来是你这个瓜娃子,我还以为遇到鬼啰。"大家不觉哈哈大笑起来。

原来，他们三人的谈话被隔壁屋的海平听见，他于是早早做了准备，将手锤、钎子和楔子放在工具箱里。待肖东成三人走后，他就悄悄起床提上工具箱，也跟着来了。

"走吧，小屁孩走中间，我断后。"肖东成把海平带来的工具箱挂在肩上，将二锤提在手上，一行四人小心前行。

夜已三更，龙水高公馆一片寂静，宾三益立的那块碑矗立在大门前的路旁。大家放下行头，歇了一会儿后，肖东成提起二锤向碑面砸去，只听"当"的一声闷响，寂静的夜里甚是响亮，二锤弹回震到手麻酥一阵，而碑丝毫未损；肖东成很是气恼，再提起二锤向石碑砸去，仍只听"当"的一声，石碑坚硬，一点也没有被砸坏。

"这不是办法，应该放倒下来，用钎子凿出槽来，镶入楔子，再用大锤锤击楔子，很快便会破成两截。照此方法，再锤击，很快这碑变成一堆乱石。"

"可没带手锤、钎子和楔子呀。"

"大哥，我带来了，在工具箱里。"

"海平，好样的，有先见之明。"张鸣柯夸赞道。

"可没有大锤呀，海平你快到白鹤林找表哥蒋良栋，叫他想办法弄个大锤。"肖东成转过头对张鸣柯，"鸣柯，你去高公馆大门候着，若是里面有人出来，及时回来跟我们报告。"

海平向白鹤林走去，肖东成和李三谷松动石碑下面的泥土。张鸣科悄悄来到高公馆门口看里面动静，看见看门的护卫在打瞌睡。

恰巧这天，彭诺泽和李同兴到县城办事去了没回来。彭诺泽是高老太爷儿子高啸天的留洋同学，当彭诺泽在龙水建立道会组织，在京的高少爷给高老太爷修书一封，叫高老太爷帮衬他，并让他在高公馆的前院设立会馆进行道会活动。高老太爷还有一个小儿子，人称"小霸王"，名叫高啸龙，因犯命案逃到渝州城，高霸天用重金和自己的人脉关系又把他送到国外读书，以逃官司。

彭诺泽在高公馆建立自己的乐土后，又蛊惑高霸天加入他的组织。有了高老太爷高霸天和在京同学高少爷的撑腰，彭诺泽在龙水很快站稳了脚跟，势力越来越大。

此时，高老太爷和高家的仆人、家丁都住在后院，前院发出的动静根本听不到。这个看守大门的家丁年岁比较大，早早就睡了，鼾声如雷，外面的响动淹没在鼾声中。

不久，海平回来了。蒋良栋扛着一个大锤也来了，他看见肖东成打了一声招呼，一同跟来的有蒋鹤林（蒋良栋堂弟），还有几个附近的老乡。肖东成和蒋良栋将松动的石碑慢慢抬起，众人帮着放倒石碑，用钎子在上面打槽眼，放上楔子，肖东成力气大，用大锤锤击几下就将石碑破成两半，然后大家用大锤、二锤撞击，手锤、錾子去其碑文。一会儿功夫，硕大的石碑变成一堆乱石头。

天边启明星眨着眼出来时，风声停了，月亮西坠，乌云散去。肖东成、蒋良栋他们早已各自收工回家睡觉，周围一切恢复了平静。

第二天，彭诺泽回来，看到高公馆门前碎石满地，高大耸立的石碑不见了，十分震惊。他问昨晚值夜的看守："这是怎么回事？"

那位看守揉着蒙胧的眼睛，推脱说昨晚没听见动静，不知何人所为。

彭诺泽来到后院，将此事告诉了高霸天，并请求他派人赶快到县衙报案。高老太爷闻听大怒道："谁吃了熊心豹子胆，敢在我高公馆门前动土？"

站在高霸天旁边的李同兴煽风点火道："老爷，这些毁坏石碑之人真可恨，他们明里砸碑是反对道会，实际上是与您作对呀！"

高霸天更加愤怒，道："哼，真当我年老了吗？高家没人了吗？想当年，老子也是龙水的大哥。李同兴，你赶快到县衙去报案，揪出案犯，严加惩治。"

"老爷，您如今还是我们龙水的老大。好的，我立马去报官。"李同兴说着，转过头对彭诺泽说，"门主，我去了。"

彭诺泽眨眨眼睛，对他翘起大拇指，点点头。

当时昌州知县姓吴，虽说是朝廷命官，但他清廉爱民，从不跟地方恶霸、道会往来。他接案后，派人装模作样查看了现场，最后以"查无实证"上报结案，不了了之。

第三回　媒婆说媒欲成事　东成逆父抗婚姻

肖东成自从上次跟张老汉喝酒后，每次挑煤到龙水人文桥煤炭市场，将煤炭卖完便会约上一路挑煤的朋友，到富顺豆花店，将钱掷给老板，来几碗豆花，一壶酒，点上几个菜，同他们一起豪饮起来。

这天，不是龙水赶场天，罗家街罗员外家办酒席急需煤炭，约定那天叫东成找五个人给他送煤去。罗员外是肖东成他们的老主顾，经营一个酒厂需要煤炭，加上过几天自己做寿，要大办几十桌。他觉得肖东成为人豪爽，朋友多，有号召力，信任他。头个赶场天买了肖东成的煤炭后，约定日子再给他送煤到府上。

一大早，肖东成叫上翠平、张老汉、何师一，张鸣柯不在，就另找了一个挑煤炭的，五人将煤炭送到罗员外府上，收了银钱，肖东成又像往常一样带着大伙来到富顺豆花店。

老板已是熟人，老远就打招呼："东成来了。今天来点什么菜？"

"老板，这是一锭银子。菜跟往常一样。"肖东成说着将一锭银子放在柜台上，众人找了一张大桌子坐下。今天不是赶场天，又加上来得早，店里没有其他客人。何师一第一次跟肖东成一起吃饭，有些不解，便问道："肖大哥，酒还没开始喝，怎么就付账啰？"

"东成每回都是这样，来吃豆花他先把银子付了，每次都是他请客，不许我们结账。我们白吃了好多次，很过意不去。"张老汉说。

"没得啥子，你们家境又不是很富裕。我嘛，家里毕竟有几亩薄田，况且请你们吃豌豆花饭，要不了几个钱。"肖东成说。

"肖大哥，耿直也，让小弟佩服。来，大哥，我敬你！"何师一举起手中装有白酒的细碗，站起身对肖东成说。

肖东成站起身道："好兄弟，别这么说。来，干。"

两人将碗里的酒一饮而尽。接着，五人喝酒划拳，不时欢声笑语。

话说在肖家坝肖家大院，肖兴元坐在堂屋椅子上一边喝茶，一边哼唱川剧，忽然听到外面有人喧闹。

只见海平跑进来道："爹，周婆婆来了。"

肖兴元放下茶杯，停了哼唱，出门相迎道："周媒婆，哪股风把您吹来了？今天早上就听得喜鹊闹喳喳，定带来好事。"

"肖老太爷，您说对了，是喜事啊。"见到海平，周婆婆又道，"几年不见，海平也长高了，长得又俊，再过几年，周婆婆给你介绍一个好姑娘。"说得海平脸红了。

蒋氏从里屋出来道："周婶，到屋里坐。"

周婶六十多岁，是个媒婆，在双路铺很有名气，做过不少媒，性格开朗，很会说话。肖兴元估计她多半是为东成说媒而来，心里暗自高兴，故作镇静，问道："周婶，有何喜事？"

"是不是给东成说媒？"蒋氏抢着插话。

"多嘴，听周婶说。"肖兴元瞪了老婆一眼。

"肖老大，别对淑芳妹子这么凶。还是淑芳猜对了，我是做媒的，还能干啥子嘛。"周媒婆笑嘻嘻地，"东成呢，咋没看见他？"

"东成到罗家街给罗员外送煤去了，要下午才回来。"蒋氏心里也高兴，"周婶，不知是哪家姑娘？"

"黄家坝黄财主二千金，今年十八岁，只是比东成大一岁。不知二位意下如何？"

"要得，要得。"肖兴元两口子齐声应允。

肖兴元又说："女大三，抱金砖，老婆大点，旺夫。"

黄财主良田百亩，家里殷实，富甲一方。他中过举人，却不想入朝为官，为人思想开明，崇尚自由，择婿不求门当户对，只想找诚实、有本事的人。当周媒婆谈及肖东成时，黄财主对肖家很熟悉，对肖东成为人做事略知一二，便让周媒婆前来肖家提亲。

周媒婆见肖家两口子同意了，便约定了订亲日子，然后满心欢喜地去黄家回话去了。肖兴元向家人打招呼，说今天这事不要告诉东成，待定亲过后再讲。

下午，肖东成、肖翠平回来了。

肖东成回到家里有点微醉，把剩下的钱交给母亲。

蒋氏嗔怪："看你，又喝酒了！"海平见到肖东成直笑。蒋氏担心海平说漏上午说亲一事，忙叫海平去屋里念《三字经》。

"妈，刚才……海平……笑什么呀？"肖东成说话有点语无伦次。

"没什么。"蒋氏说道。

"哦，妈。那我……去睡一会儿哈。"肖东成摇摇晃晃走进自己的房间去了。

第二天，恰逢龙水赶场日，一大早，肖东成叫醒二弟、四弟，一起到竹林空地耍弄一阵拳脚。肖东成见时间不早，收好架势，对翠平说："翠平，你带到海平练着，我回去弄早饭。"肖东成回到厨房打了两个鸡蛋，热了点剩饭，跟二弟翠平先将就吃了，便匆匆去山上挑煤。路上，不见二挖、三挖，翠平便问："大哥，咋不见二叔和三叔？"

"他们上夜班，才回家不久，这时正酣睡哩！"

来到罗家沟煤矿，天已大亮，只见坝头挑煤的已有五六个熟人在等罗管家称煤。肖东成上前打了招呼，摆起龙门阵来。

老板娘顾大嫂姗姗而至，大大咧咧道："罗老头家里有事，今天老娘来帮你们过秤，让你们久等了哈。"

"帮我们？到底是哪个的老板咯。"张老汉故意逗她。

"好了，张老汉，别贫嘴了，把箩篼提起来，我先给你铲煤过秤了。免得你话多。"

"顾大嫂，今天太阳从西边出来了，让您老人家亲自过秤。"

"谁是老人家？不要把我折到了。张老汉，你称不称煤炭，快把箩篼递给我。"顾大嫂再次重复"箩篼"二字，引起大家往别处歪想。

大家不由得齐声哄笑。"你们笑啥子？"顾大嫂有些疑惑。"箩……

莵！"张老汉故意抬高了声音。顾大嫂这才明白过来，原来自己的外号叫"箩莵"，刚才自己嘴里说了句"把箩莵递给我"，引来众人好笑。

顾大嫂一边帮张老汉称煤，一边自嘲："啥子嘛，老娘是箩莵又怎样？老娘肥嘛肥，有精神。张老汉，煤炭称好了。下一个。"张老汉将煤炭挑到旁边等东成他们。

这次来挑煤的人有七八个人，大家在顾大嫂的笑语中感到快乐。

肖东成最后来到顾大嫂面前，顾大嫂见是肖东成，尽挑好煤装，并问道："东成，相亲了没有？"

"顾大嫂，我大哥还没有对象。"翠平替哥哥回答。

"哦，东成，改天我给你介绍一个。"

"谢谢了，我现在还小，不谈这个。"

"还小，你罗大哥这个年龄，早就当爹了。"顾大嫂说的这个罗大哥是指她丈夫罗老板。顾大嫂给东成添完煤炭，独自又去忙活其他事情。

大伙依次挑煤下山，肖东成仍走在最后。翠平有十五岁了，再不用背篼背，跟肖东成一样挑了一大挑煤炭，只是分量轻一些。

他们走到桃花荡，照常歇息。凑巧这天，仙桃又在溪边洗衣服。仙桃今年十六岁，已是一个大姑娘，出落得水灵灵，更加娇艳美丽。肖东成与仙桃见了很多次，知道彼此心仪对方，只是那张纸没有捅开。肖东成心里想，今天无论如何也要向仙桃表白，免得被别人捷足先登了。于是，他来到仙桃身边。

仙桃毕竟长大了，不像以前腼腆，见了肖东成，说了声："你来了。"

"嗯，仙桃，我有话说，我……"肖东成不好张口，欲言又止。

"我，我什么呀？快说呀。"仙桃故意催促。

"我喜欢你，我要娶你。"肖东成终于把心中的爱意表白了出来。

"真的？你说的是真话？"仙桃先是害羞地低下头，然后又抬起头来含情脉脉地看着肖东成眼睛问。

"当然。我第一次见到你，我就对自己说，一定要娶到你。"

"说实话，我也喜欢你。你找个时间，到我家来提亲嘛。"

这一切被在旁歇息的一行人看得一清二楚。张老汉带头大声喊道："肖东成有婆娘喽！肖东成有婆娘喽！"

仙桃见状，将洗干净的衣物放在木脚盆里，低着头害羞地往山上家里疾步走去。

肖东成笑容满面，直摆手道："去，去……"

大家嬉笑着，都各自挑起盛满煤炭的箩篼慢慢悠悠下山。

话说肖兴元跟周媒婆商定为肖东成提亲的日子快到了。肖家暗地里早已备好提亲的礼品，并从周媒婆那儿要来黄家二小姐的生辰八字，找算命先生给算了一卦，说什么跟肖东成八字相生相合，有夫妻命。

一日，肖兴元在堂屋里喝着盖碗茶，哼着川剧曲儿，心情特别好。快到晌午，遇春从双路铺敦行斋读书回来，到堂屋叫了一声"爹"，欲往里屋寝室走去，被肖兴元叫住了。

"遇春，咋这么早就回来了？不要逃学啊。"肖兴元问。

"不是的，私塾老师的母亲病情严重，回家探母去了，叫我们回来，下午自己读四书五经。"

"哦，我知道春儿是个好孩子，不会逃学的。等会儿你去看看你大哥在什么地方挖红苕，叫他回来了，下午再去干活，我有事给他讲。"

遇春放下书包，一阵小跑到后坡，远远看见坡坳下面，肖东成和翠平在挖红苕。

遇春喊道："大哥，爹叫你回来，有事。"

"要得，剩下不多了，挖完就回来。"肖东成应道。

肖东成在前边挖，翠平后边抹红苕黏上的泥巴，眼看一大块地的红苕快挖完了，地旁堆着几堆光光生生的红苕。

蒋氏已将午饭弄好，海平蹦蹦跳跳地不知从哪里窜出来。肖兴元已坐在饭桌前，对肖遇春说："遇春，你大哥咋还没回来，快去催一下。"

肖兴元对着大汗淋漓的海平吼道："又到哪儿去贪玩去了。"

海平怯怯道："没有，只是跟着几个好伙伴在后山玩捉迷藏。"

肖兴元还想训斥，就听见肖东成的声音："爹，妈，我们回来了。"

只见肖东成挑满两箩筐红苕已回到院坝，翠平扛着锄头跟在后面。

饭桌上，肖兴元对肖东成说："东成，你已经十八岁了，不小了，该说亲了。我和你妈妈跟你说了一门亲，对方是……"

肖东成一听，赶紧打断肖兴元的话道："爹，我现在还不能说亲，三个弟弟还小，过两年再说吧！"

肖兴元有些不悦："你听老子把话说完嘛！"

"东成，听妈跟你讲。"蒋氏担心两父子闹僵，忙插嘴。然后，把周媒婆说媒、配八字算命、订亲日子等一五一十地跟东成讲了。

肖东成听了却不答应，说："妈、爹，这门亲事你们退了吧，我现在还不想谈。"

"你给老子说啥子？翅膀长硬了，不听老汉的话了。"肖兴元大为发火。

"爹，反正这门亲事我不同意。"肖东成放下碗筷，到院坝拿起锄头到后山坡掏土去了。

肖兴元直跺脚，嚷嚷道："逆子，长大了，敢翻天了！"

翠平忽然说："爹，您误会大哥了。"

"误会？平儿，跟你爹说清楚，是怎么回事？"蒋氏急切道。

"爹、妈，大哥心里有人了！"翠平急忙说。

"有人了？是哪一个？"肖兴元夫妇齐声问道。

"桃花荡那个仙桃。"

翠平遂把仙桃和肖东成之间的事一一说给父母听。肖兴元听了，沉默不语，心稍微平静，思绪回到二十年前。

西山密林，一个二十岁左右的男子背着竹篓在采草药，这个少年男子不是别人，正是肖兴元。母亲病倒在床上，他是为母亲采药而来的。下山时，林中窜出一只金钱豹，向肖兴元扑过来。肖兴元向旁一闪，躲过这要命的一扑。金钱豹见扑空了，转过身再次扑向肖兴元。肖兴元心想这下完了，说时迟，那时快，只听一声枪响，金钱豹左眼流着血，嗷叫着向密林深处逃去。一个猎人模样的人走了过来，肖兴元连忙从地上爬起，客气地说："多谢恩人相救。"

"不谢不谢，以前金钱豹很少出来伤人的，恐怕森林野物少了才有今天这事。今后一个人上山注意，千万不要走入山里深处。"只见来人提着一只野兔出现在眼前。

"恩人，请问你贵姓？"

"我是山里猎人，姓马，别人都管叫我马老头，住在桃花荡，你上下山要路过的。快到晌午了，我也该回家了。走，我们一起下山吧。"

"多谢马叔，要不是你，我命休矣。"肖兴元走在前面，突然转过头问，"马叔，看上去你不老啊，咋叫马老……"

马老头哈哈大笑："哈哈哈，别人爱叫就叫呗，我无所谓。也许我很少刮胡子，显得老呗。哦，忘了问你，你是哪里人？"

"我呀，就住在山脚下肖家大院子，我叫肖兴元。"

穿过一片斑竹林，拐过一个山坳，到了桃花荡，就看见一个茅草房，从屋里走出一位姑娘远远在喊："爹，您回来了，今天打到什么野味？"

"只打到一只野兔子。"马老头大声回应，转过头来对肖兴元说，"年轻人，走，到我家去，吃了中午饭再走，尝尝我打的野味。"

"这……不好吧。"肖兴元有点犹豫。

恰巧，马老头闺女迎面而来，问道："爹爹，这是谁呀？"

"我是肖兴元，山脚下肖家大院子住。"肖兴元见姑娘说到自己，不待马老头开口，先抢了话。

"忘介绍了，这是我女儿秀秀。"马猎人指着自己女儿，"秀，快回家烧火煮饭，今天中午叫肖大哥尝尝野味。"

肖兴元见马老头父女俩这么客气，加上秀秀这么水灵，管不住自己的脚，跟了进去。

马猎人今年五十多岁了，长期在山里打猎，显得有点沧桑，别人都喊他"马老头"，三十多岁才结婚生得一女，取名马秀秀，十年前妻子得风寒死了，没再娶，独自将秀秀养大成人。秀秀今年十七岁，长得很标致，如出水芙蓉，沉鱼落雁。

不一会儿工夫，秀秀将饭煮熟了。马老头剥脱兔子皮，舀水洗净，来到灶上亲自弄了一大碗红烧兔子肉。

三个人围坐拢在一张陈旧的木桌旁。

马老头提了一大壶酒，倒了两斗碗，递给肖兴元一碗，说道："年轻人，今天我们相遇是缘分。来，喝酒，干！"说罢，他将碗里的酒一饮而尽。

肖兴元见马老头这么豪气，又见秀秀在一旁看着，二话没说也将碗里的酒喝尽了。酒至三巡，两人喝得醉眼蒙胧的，肖兴元不觉失态，说出醉话，也是心里话："秀秀，我喜欢你，我要娶你。"说者无心，听者有意，秀秀羞红着脸躲开了。

恍惚间，肖兴元突然想起家中生病的老母，遂辞别马老头，背着草药昏昏沉沉地回家了。

半年后，肖兴元经人说媒，与蒋氏结了婚，对马秀秀说过的醉话早已忘记。这个消息传到秀秀耳里，她自然伤心得不得了，直恨肖兴元是个负心郎，说话不算话。马老头只好安慰女儿说："秀秀，傻闺女，男人酒后的话能当真？"

过了一段时间，秀秀走出了那段感情，又像以前那样活泼可爱了。不久，她认识了一位年轻的货郎，二人很快坠入了爱河，偷尝了禁果。秀秀跟那货郎私下交往半年多，已经怀有身孕，本打算找个机会告诉他，叫他提亲迎娶。

谁知道，那货郎跟同村的恶棍龙啸虎发生口角，被龙啸虎喊人活活打成重伤，不几日就死了。秀秀知道了，悲痛欲绝，来到后山悬崖，欲跳崖自尽。突然肚中胎儿蠕动，她摸着肚中的孩子，想着年迈的父亲，终于断了轻生的念头，遂整理整理衣服，抹掉眼泪回到家中。

这一切，马老头看在眼里，疼在心里，直摇头嗟叹自己命苦。不久，秀秀生下一女儿，长得很水灵，取名仙桃。仙桃乖巧可爱，讨人喜欢，父女俩待她如掌上明珠。

仙桃三岁时，生活就能自理，不依赖母亲秀秀，有时还帮母亲一起做家务，非常懂事。秀秀看着女儿渐渐长大懂事，跟父亲马老头关系又好，不再依赖自己，心里就安心了。想起那冤死的夫君，她还是很难过，决定找机会替他报仇。

一日晚上，秀秀哄仙桃入睡，自己悄悄穿衣下床，轻手轻脚来到父亲房间，拿了猎枪，回到自己的房间，再次亲了亲熟睡中的女儿，含着泪开了房门溜下山去。

是夜，龙水场口，恶徒龙啸虎醉醺醺地唱着小曲朝家走去。穿过巷道时，突然，黑暗中一把猎枪顶在了他脑门眉心，他惊了一跳，酒也醒了一大半，忙忐忑地问道："谁？"

"龙啸虎，拿命来！"说话的是秀秀。

龙啸虎见是一个美丽的姑娘，便嬉皮笑脸道："仙女，别开玩笑！小心枪走火。"

"少废话，龙啸虎，你的死期到了！"秀秀怒喝道。

"仙女，跟你哥哥一起快乐快乐。"龙啸虎死到临头还不知道，竟伸手摸秀秀的前胸。

"狗东西，我这就送你回老家快乐去。"秀秀说罢，扣动了扳机。

龙啸虎沉沉地瘫倒在地。秀秀用手摸了摸龙啸虎鼻孔，确定已死去，于是对着远方喊道："夫君，你的仇我已经报了，你可以安息了。"

秀秀收好猎枪，慢慢朝山上走去。回到家已是三更时分，秀秀将猎枪放在房门前，在院坝跪着，朝父亲马老头睡的房间磕了三个头，说："爹，恕孩儿不孝，女儿要走了，仙桃就交给你了，仙桃是个很懂事的孩子，长大了，她会替我孝敬您老人家的。"然后抹着眼泪来到山下，在货郎的坟前撞碑徇情而死。

第二天，龙啸虎的家人发现死在家门口不远的龙啸虎，赶紧报官。官府派人查办，因凶手秀秀已经自杀，就草草结案，不再追究其他人。秀秀夫君家人，看到秀秀这么忠贞，就把她葬在她丈夫身边，成就了他们的悲天感人的爱情。马老头知道这件事后，自然是悲伤不已，随后一心把仙桃养大成人。

第四回　肖兴元转变态度　蒋友尚打擂夺魁

肖兴元想起往事，既愧对仙桃母亲秀秀，又为秀秀对爱情的忠贞而感到钦佩。如今东成与仙桃要好，这真是前世造孽，肖家欠下的姻缘，该还。肖兴元打定主意，依了肖东成，但碍于面子，就叫翠平给肖东成带话，父母不逼他，黄家的婚事会找时间给退了。

翠平见爹态度转变了，十分高兴。用提箢装满麦种，到后坡找大哥一起点种麦子。

肖东成已将刚才那一大块红苕地掏平，打上麦窝。翠平一窝一窝点麦子，一边把父亲的话带给肖东成："听爹那口气，好像要成全你和仙桃哦。"

"小小年纪，你懂什么？"肖东成嘴里这样说翠平，心里却暗自欢喜，掏起麦窝来非常带劲。

又逢龙水赶场，肖东成和翠平正欲挑起箩筐上山去挑煤，被肖兴元叫住："东成、翠平，今天不要去了，跟你老汉我一起到龙水看热闹去。"

"看啥子热闹哦？现在下半年的煤好卖，多挣点钱嘛！"肖东成其实心里惦记着仙桃。

"实话告诉你们，今天是龙水武术会。每年这一天在龙水上河坝设擂台比武，我们是习武之人，应该去凑凑热闹，还可以认识武林中人。"

"好事，那得去。爹，咋不早说呢？"肖东成放下挑子，到里屋脱下破旧衣服，换上对襟短衫，外穿右襟长衫，显得很有精神。

肖东成带着翠平、海平，跟着肖兴元朝龙水走去。

龙水上河坝人山人海，上坪桥旁广场上设有一擂台，各门派掌门人早已落座，有青山院少林派、宝兴洪拳门汪氏派、八柱墙南拳黄瞎子、龙水白鹤林梅丝拳等。擂台四周挤满了看热闹的人，坐在前面的蒋友尚看见姐夫来了，叫儿子蒋良栋把座位让给肖兴元。蒋良栋自到一边跟肖东成、翠平、海平三人一起。

主事者宣布比武开始。一声锣响，上来两位好汉，一位是汪氏门宗大弟子汪占彪，精明强悍，洪拳出神入化；另一位是邮亭铺六合拳掌门人陆云善，已过六旬，仍精神矍铄，功力不凡。

两人抱拳施礼，一来一往，打了几十回合，不分胜负。汪占彪见久战不下，使出绝招"黑虎掏心"，陆云善毕竟年岁不饶人，躲闪不及，被打倒在台上。

汪占彪忙上前扶起，抱拳说道："前辈，承让。"

陆云善羞愧难当："后生可畏。"然后走下台去。

接着，汪占彪战胜了好几个选手，便有点儿洋洋自得地说："还有谁，快上呀！"

蒋友尚正欲上前，肖兴元一把拉住他说："不急，看一下再说。"

此时，从观众中蹦出一个大汉，飞身跃上擂台，大吼一声："我来也！"此人身高马大，腰圆背阔，浓眉大眼。

主事者见状连忙上前道："不知是何方好汉？"

"我乃九龟山寨大当家，行不改名，坐不改姓，谢元庆。"

这个谢元庆，蜀州道荣州人，因妻子被当地一恶霸欺负跳河自尽。他为妻报仇，杀了那恶霸，带着幼小的女儿到临县昌州九龟山落草为绿林好汉，干起"替天行道""杀富济贫"的行径。

主事者道："原来是谢大当家的，久仰，久仰。不过，今天来打擂比武的选手，事先要报名登记的，你没报名，没有资格打。"

"没资格打？今天是武林会，我不打擂。但跟擂主切磋一下，总可以吧。"

"得问问擂主是否同意？"主事拿眼看了一下汪占彪。

汪占彪斗志正盛，早已不耐烦："今天暂且多打一场。谢大当家的，请吧。"

"汪掌门，得罪了。看打。"谢元庆说完就来个"泰山压顶"。

汪占彪见来势凶猛，已不能闪避，迅即用双臂挡住，震得两臂发麻。他知道对方武功不弱，须小心应付。一来二去斗了二十几回合，仍不见高下。主事者见汪占彪已连战几人，恐其有失，忙摇铃停止了打斗："汪掌门已连战多人，为公平起见，休息一炷香再战。"

"可以，我赞成！"只见八字墙黄瞎子站起身，说道，"不过，我倒要会会谢英雄。"说罢跳上擂台，和谢元庆战在一处。

三十招后，黄瞎子自觉体力不支，迅疾闪到一侧，忙抱拳施礼："谢英雄果真厉害，黄某认输了。"

蒋友尚终于按捺不住，上台与谢元庆打在一起。人外有人，天外有天，蒋友尚是武林高手，加上才开始打，体力上大占上风。他使出梅丝拳绝招，虚晃一拳，梅花腿一弹，轻吼一声："下去！"谢元庆重重摔下擂台。

擂台下一个十六七岁的姑娘见状，连忙扶起倒地的谢元庆，道："爹爹，你怎么了？"

谢元庆站起来，道："不碍事。"然后抱拳对擂台上的蒋友尚说："梅丝拳果真厉害，今天领教了。"

谢元庆转过头对身旁的女儿说："春红，走，我们回九龟山。"

"不，爹爹，我帮你打回来。"春红摩拳擦掌地说道。

此时，肖东成、蒋良栋他们就在旁边。肖东成上前道："春红妹子，擂台上那个蒋友尚是我舅舅，他武功不一般，你不是他的对手，去年武术会他是冠军，看来今年冠军又是他的了。这样，我们交个朋友吧，过几年，或许我们会在擂台上相见。"然后一一把蒋良栋、翠平、海平介绍给她父女俩。

此时，听得一声叫好声，青山院少林派禅空和尚与蒋友尚在擂台上南北对决。禅空和尚并不是青山院最强的高手，青山院擎持大师武功不凡，在外云游多年，不见回来。几十回合后，禅空和尚不是蒋友尚的对手，最终败北。

已是晌午时分，主事者宣布擂台决赛定在下午，由宝兴洪拳汪氏掌门汪占彪与龙水梅丝拳第五代传人蒋友尚对擂。

人们慢慢散去,肖东成邀谢春红一起吃饭,下午继续观看。谢元庆不许,但拗不过春红,因没面子再观看,向春红交代后,独自领着亲信回九龟山寨去了。

春红跟肖东成他们在一起非常开心,吃过了午饭,眼看离打擂的时间还早,来到花市街东关巷子溢香茶馆听评书。

五人落座,要了五杯茶。哪五人?肖东成、蒋良栋、春红、翠平、海平。此时,说书的正讲到《水浒传》第七十四回"燕青打擂":此时宿露尽收,旭日初升,部署叫了声:"看扑",任原先在左边立个门户,燕青蹲在右边,只不动弹,直瞅任原下三面,任原暗忖:"这人必来算我下面,你看我不消动手,只一脚踢这厮下台去。"任原看着燕青逼将入来,虚将左脚卖个破绽,燕青叫一声"不要来!"待任原奔他,从其左膝下穿将过去。任原性起,急转身又来拿燕青,被燕青虚跃一闪,又在右膝下钻过去,大汉转身终是不便,三换换得脚步凌乱。燕青却抢将入去,用右手扭住任原,探左手插入任原交裆,用肩胛顶住他胸膛,把任原直将托起来,头重脚轻,借力便旋四五转,旋到台边,叫一声"下去!"把任原直撺下台来。

说书人讲得甚是精彩,引得在座的人齐声叫好。但春红却怏怏不乐,听了说书的,犹如上午父亲谢元庆被打下擂台的场景重现,便独自一人悄悄溜出茶馆。肖东成他们只顾听说书,听得入迷,春红何时离开也不知晓。突然,茶馆外面一阵喧哗,肖东成回过头来,发现不见了春红,遂走出茶馆去看个究竟。出门一看,只见春红与四五个泼皮打斗正酣。

原来春红一人闷闷不乐走出茶馆,在花市街上闲逛,被一伙泼皮拦住,为首的叫薛老五,是高霸天的亲戚,又加入了天道会,靠着高霸天和彭诺泽给他撑腰,常常欺压良民,为非作歹。今见到春红一人独自闲逛,又有几分姿色,便上前拦住调戏。

春红正无处泄气,便挥拳朝薛老五脸上揍去,打得他两眼冒金星。

薛老五恼羞成怒,招呼泼皮们一起上。春红左右手轮流出拳,这几个泼皮哪是对手,很快被春红打得哭爹喊娘。

薛老五见打不过春红,大叫道:"兄弟们,掏家伙!"于是有人掏出匕首,有人掏出自制火铳。

肖东成见势不对,大喝一声:"住手!"

薛老五见来了帮手,愣了一下,仔细打量一下肖东成,见其外表虽然壮实,但年少,又是乡巴佬,没有什么可怕的,喊了声:"兄弟们,继续打!"

薛老五话音未落,蒋良栋一掌击中他的脑门,再一个扫堂腿,打得他"狗吃屎"。

其余四人见东成人多,拿着武器战战兢兢不敢上前。

薛老五爬起来:"你们敢打我,简直不知天高地厚。我是高公馆的人,等着瞧。"薛老五指着其中尖嘴猴腮模样的人喊道:"三,快去到高公馆叫李同兴带人来帮忙!"

肖东成平生最恨作恶多端的人,特别是这个李同兴。见薛老五拿着他慑人,甚为气愤:"良栋、翠平跟我狠狠打。"说着冲上去,把那个拿着火铳的制伏在地,边打边说:"打的就是你们这帮恶徒。"

那几个泼皮哪经得起这四个如狼似虎的少年拳打脚踢,还加上春红的一阵"花拳绣腿",全都被打趴在地上动弹不得。

过路围观的群众纷纷拍手称赞。后来听说,薛老五抬回家中,睡了一个月才下得了床。

蒋良栋突然想起下午父亲蒋友尚擂台比武决赛一事,忙叫东成他们朝上河坝赶去。

走到上坪桥,碰见散场的人说,擂台比武已经结束,今年冠军仍是蒋友尚,决赛打了三场,第一场不分胜负,第二场汪占彪被先打倒在地,蒋友尚跟着也跟跄几步半跪在地,这一场蒋友尚险胜,第三场汪占彪被蒋友尚一阵快拳逼到擂台边,站立不稳,落下擂台而认输。蒋友尚真厉害,梅丝拳果然不比寻常。

蒋良栋他们听了结果,无不欢喜,辞别了春红各自回家。

话说中午时分，肖兴元跟蒋友尚、蒋友武在荣腾饭馆吃饭，点了一盘花生米、锅巴鲫鱼、麻婆豆腐、回锅肉、粉肠酸菜汤各一份，因下午有事，一人只斟了二两老白干。

肖兴元说："宝兴汪占彪能打入决赛，实力不可小觑。决赛要打三场，第一场不必全用力，观察对方套路，找出破绽，第二场再放倒他。"

"肖大哥说得有理，下午就这么办。"

"不过，二哥，下午比武时，要根据具体情况而定，若第一场能拿下最好，对后面的比武有利。"蒋友武说。

"那是，我会见机行事的。"

待吃好喝好，快到比武时候，三人疾步来到上河坝擂台场，已有很多人候在那里。汪占彪早已来到现场，在擂台上跃跃欲试，比划拳脚。

主事来到擂台上，宣布比武开始。蒋友尚扑上台以一个"白鹤展翅"亮相，汪占彪以"霸王望月"相对，在台上兜了一圈，互探虚实。

汪占彪渴望冠军已久，抢步先前发起进攻，欲先发制人。蒋友尚见其攻势猛烈，为避其锋芒，逐一化解对方拳击。一炷香过后，不分胜负。一阵铃响，各自稍息，待第二炷香点起再战。

第二场比武开始。蒋友尚已摸清对方打法，一上场就主动出击。汪占彪练的洪拳，大刀阔斧，使出重拳迎击，只见一只拳头向蒋友尚胸前袭来。蒋友尚向旁一闪，右手一摆拳向汪占彪头部击去，汪占彪躲避不及，留下肿痕。汪占彪转过身，对着左右移步的蒋友尚一脚踢去。蒋友尚闪过，到他背后，对其肩胛骨猛戳，汪占彪痛苦地倒了下去，同时一肘击到蒋友尚胸门。蒋也跟着跟跄，半跪在地。一声铃响，第二场比赛结束了。这一场主事判蒋友尚获胜。

主事问汪占彪还打不打第三场，汪占彪不服输，坚持打完第三场。最后一场比武开始，汪占彪一上场就狂轰滥炸，不依套路章法，他知道要取得胜利，只有打趴对方或打下擂台。

蒋友尚知道对方用意，也不想纠缠太久。为秒杀对方结束比武，他就将计就计，故意露个破绽，让对方逼到擂台边，对方不知是计，一腿向空档劈去，蒋友尚见汪占彪中计，向旁一闪，顺势一推，汪占彪一脚踢空，摇摇晃晃摔下台去。汪氏门徒连忙把汪占彪扶起。

肖兴元、蒋友武上台祝贺蒋友尚蝉联冠军，然后领了彩头，祝贺的话自不必述说。

肖兴元与两位舅老爷告了别，踏上回家路，走到茅店子，听见有人在议论肖东成他们打抱不平，痛打了道徒薛老五的事。肖兴元正欲问个明白，突然听得有人在喊："肖老大，你也去赶场了啊。"

他回头一看，原来是周媒婆，从龙水赶场回来，忙点头称是，又问道："周婶，东成退婚的事，办得怎样了？"

"办好了，黄财主是通情达理之人，不会说什么的。况且我又给找了一门亲事，黄财主很满意，已经定亲了，并商量好下月初八结婚。"

"那就好，为这事我和我屋头的心里一直愧疚哩！"

"没得啥子！这种事，也时有发生，做媒的，哪有说一个准一个的。东成的亲事怎么样咯？"

"他呀，还真有一件事麻烦您！"肖兴元把肖东成与仙桃的事一五一十地讲了出来，最后说道，"麻烦你到山上马家走一遭，这是一两银子，事成之后，定当重谢！"肖兴元从衣袋里掏出一两银子递给周媒婆。

周媒婆笑吟吟地接过银子，说道："肖老大，你太客气了。明天我就到马家给东成说亲去。看来，我与东成有缘，东成的媒人我当定了！"说着笑呵呵地走了。

肖兴元担心肖东成三兄弟，来到刚才议论的人群，碰见同邻熟人狗娃，问及肖东成出了什么事。

狗娃道："今天我在桥头花市街亲眼看到东成帮一个叫春红的姑娘，带着蒋良栋、翠平，还有海平打趴恶徒薛老五一伙。真是大快人心！"然后把来龙去脉讲给肖兴元听了。

肖兴元忙对狗娃打招呼："此事不得再声张，免生麻烦。"又问道："东成三兄弟现在在哪？"

"他们已经快到家了吧，起先我看见他们走在我前面，我在这里逗留了好长一段时间。"

肖兴元听了，心里悬着的一块石头落了地，加上舅子蒋友尚得了头彩，不免又高兴起来，哼着川剧悠哉游哉离去。

第二天，周媒婆起了个大早，梳妆打扮一番，走出家门，向山里走去。此时正值金秋时节，火红的太阳缓缓升起，照在身上暖洋洋，野生黄菊花开满山野，一阵秋风吹来，清新的空气中混合着菊花的芬芳，让人心旷神怡。

周媒婆走到桃花荡，已是气喘吁吁，上气不接下气，找了一块干净石面坐下，顺手摘下一朵娇艳的野菊花插在头上，对着泉水臭美起来。

"仙桃，快把屋里换洗的衣服洗了，外公马上要到山里打猎。"

"要得，外公，我马上去洗。"像百灵鸟清脆的声音从草房传来。周媒婆知道这是仙桃的声音，又听到马老头要进山，忙起身，拔了菊花，理了理头发，摇摇拐拐奔向茅屋。

仙桃端着衣服向下走来，碰见周媒婆只是笑了笑，因不认识，没打招呼。

周媒婆看见仙桃，微笑相迎，心里暗赞道："仙桃，好一个俊秀姑娘！"加快脚步径直到仙桃家。

马老头正欲出门，见周媒婆来了，忙向前相迎："周妹子来了，稀客，稀客，请到屋里坐。"

来到堂屋，见有一大方桌，四根条凳，两张竹椅。虽然简陋，但收拾得井井有条，很干净。

马老头让周媒婆坐在竹椅上，给她倒了一碗白开水："见笑了，家里穷，没啥招待您！你稍坐一下，我叫仙桃给您煮碗荷包蛋。"

"老哥，不用了，我有重要事给你讲。"

"什么事？你说。"

"我今天来哩，是想给仙桃说媒，对方是肖家坝肖兴元大儿子肖东成。"

"肖兴元？"马老头想起女儿秀秀的事，"我们家这么穷，他们家看得起我们仙桃？"

"仙桃是个打着灯笼都难找的好姑娘。这次来呢，我是受肖兴元之托来说媒的。"周媒婆便把肖家与黄家如何退婚，肖东成和仙桃如何相好——道来。

"怪不得，给仙桃说了几门亲事，她都不同意。仙桃长大了，也该嫁人了，你去给肖家回话，就说我同意这门亲事。叫肖东成找个吉利日子上山来提亲，这事就算定下来了。"

"好，我马上到肖家回话。"周媒婆笑逐颜开，遂起身出门。

马老头从里屋柜子里抓了一袋花生追了出来，道："周妹子，等一下，没什么感谢你，请收下这点花生。"

周媒婆婉言拒绝道："不要，等仙桃结婚那天，您再感谢我不迟。"

"谁结婚啊？"仙桃洗好衣服回来了，"外公，这位是谁呀？"

"是周婆婆，仙桃，快叫周婆婆。"

"仙桃，我走了，你们爷俩慢慢谈。"周媒婆笑着走了。

"外公，这个周婆婆是干什么的呀？刚才谈到我结什么婚，是怎么回事？"

马老头把周媒婆的来意告诉了仙桃。仙桃红润着脸，高兴得不得了："东成哥哥要来提亲了！我要嫁给东成哥哥了！"

几天后，肖东成提着礼品来到桃花荡。肖东成和仙桃的婚事也正式定了下来。马老头既高兴又伤怀，高兴的是仙桃终于长大了，找到了自己的归宿。伤怀的是，自己亲自养大的外孙女，要离开自己了，心里难免有些不舍。

一晃大半年过去，到了次年农历五月初五，传统节日端午节，按照习俗，家家户户包粽子、饮雄黄酒，家门上挂菖蒲、陈艾，驱邪避祟。

端午节头天晚上，肖兴元一家忙得不亦乐乎。蒋氏带着几个儿子包粽子，海平已成小大人了，很懂事，看见母亲和三个哥哥在认真包，自己也凑过来，跟着学，第一个糯米没压紧，给包散了，大家看了直撇嘴。

蒋氏笑道:"海平,一边耍去,看你爹把水烧开了没有?"

"不,我要包。三哥,你是书生,有耐心,你教教我。"海平央求儒雅的遇春。

"你这么信任你三哥呀!应该这样。"遇春手把手教海平,海平头脑聪慧,很快就学会了。不一会儿,全家把一大簸箕糯米快包完了。这时,听见肖兴元在灶屋喊:"水快烧涨了,粽子包完没有?"

"快了,没有几个了。"蒋氏一边回答一边对肖东成说:"东成,你跟翠平把包好的粽子抬到灶上去。"

肖东成把手中的粽子包好,找了一个干净的米箩篼,将簸箕里包好的粽子放到里面,跟翠平抬到灶屋去。海平在旁边用双手托着,生怕米箩篼坠地,把粽子震散了。

肖兴元在灶屋生煤炭灶火,锅里的水快开了,见肖东成他们来了,赶紧接过米箩篼,将粽子一个一个放入锅中,然后用锅盖盖住。蒋氏来到灶屋将余下几个粽子,也一并放入锅中。

此时,四兄弟也已将下午割来的菖蒲、陈艾挂满各屋。

第五回　谢元庆险遭不测　独眼龙阴谋窥夺

　　端午节这天，肖兴元领着翠平，备好粽子、糖果到龙水白鹤林给蒋老太爷送节。肖东成则带着海平，也备好粽子、糖果，外加两把蒲扇上山给仙桃外公马老头送节。蒋氏和遇春留在家里看门。

　　话说肖东成带着海平朝山上走来，仙桃早已在桃花荡等候。她看见肖东平兄弟俩走近，便打了招呼，接过糖果，牵着海平，有说有笑地往家里走去。

　　海平见仙桃牵着自己的手，觉得不好意思，缩回了手。

　　"海平，咋啦？春节你跟你大哥来，我牵着你到山上古佛寺去耍过，那时候，你可喜欢跟仙桃姐姐在一起了。"

　　"我现在长……长大了。"海平腼腆道。

　　"呵呵，长大了？我是你未来的嫂子，你永远是小弟娃。"仙桃转脸笑着对肖东成说，"吃了午饭，我们到山上黄泥塘去，那可是西山最高峰，可好耍了。"

　　"要得，我还没去过。"肖东成开心地应道。

　　说话间，三人来到了茅屋，闻到了鸡汤和腊肉的香味。马老头在家里炖好从山林里打来的野鸡，割了半块腊肉和野菇炒在一起，还煮了绿豆汤。

　　中午饭桌上，菜肴丰富：喷香的野鸡、野菇炒腊肉、清香的绿豆汤、一碗藤藤菜、一盘花生米，还加上剥好、切成块的粽子，一个小碗里盛有白糖。马老头端来一壶烧酒在上席就座，笑吟吟招呼肖东成兄弟俩入席。

　　肖东成主动给马老头倒了一碗酒，然后给自己的酒碗盛满，举起酒碗,说道:"外公,我敬你一碗。"然后一饮而尽。

马老头直叫好,也把碗中酒干了。

仙桃则不停地给海平碗里夹菜。肖东成也爱怜地给仙桃夹了一条鸡腿。大家欢声笑语,其乐融融。

吃罢午饭,三人来到山上顶峰黄泥塘。回望山下,只见炊烟袅袅的山野人家、潺潺的清泉细水、葱郁的树林。遥望对面山脉,崇山峻岭,峰峦叠嶂,危峰突兀,云绕山腰,甚为壮观。远看双路铺、茅店子,可以清晰看见那里的房舍。

仙桃见海平在一块奇形怪状的石崖前独自细看,便贴在东成身边问:"东成,你好久来娶我呀!"

仙桃淡淡的体香、温柔的秀发迷醉着东成的心跳,他颤抖的手搂住了仙桃的细腰,低着头嗅着皂香的长发,深情地说:"快了,我爹说,明年我满二十后就找你外公商量结婚的事。"

"是吗?可是还有这么久。"

"也要为父母想想,我是老大,还有三个弟弟。你呢,外公就你这么一个亲人。"

"嗯,我听你的。"仙桃攥紧了肖东成的手。肖东成一阵热血涌动,欲吻仙桃迷人的小嘴,被仙桃白皙的嫩手捂住,只听她说:"海平在呢。"

这时,只听到海平惊叫了一声。肖东成轻轻推开仙桃,忙跑到海平身边,问道:"海平,咋啦?"

"大哥,石缝里有条蛇。"海平指着石缝里一条蛇说。

仙桃整理整理衣服,拢了拢头发走了过来,说道:"不要去碰它,它不会伤人的。蛇是冷血动物,今天天气好,出来透气来了。在山里,我见蛇已经习以为常,知道它的习性,只要你不伤害它,它是不会主动攻击人的。"海平听仙桃这么说,放松了绷紧的神经。

三人见天色不早,慢慢走下山去。

话说春红辞别肖东成、蒋良栋一行,独自一人骑马回九龟山寨。

九龟山,因山上有九块像乌龟的石头而得名,距龙水四十里,与荣州接壤，离昌州县城六十里，海拔六百米，地势险要，山高路陡。九龟山旁有一古寺庙，名曰：青山院，建于康熙年间。全院为石木结构，设上下两殿，左右横堂，共六道重房，两端为转角吊楼。院内有释迦牟尼、文殊菩萨、普贤菩萨、送子观音、地藏菩萨、白鹤仙师和孔夫子等石刻造像，院墙上有水涌青山院全图。如今，殿宇巍峨，佛像庄严，晨钟暮鼓，香火旺盛。

附近五公里处有一狮子山，青山葱绿，三棵大黄桷树掩映下，有一道观叫三清宫，为清初所建，坐南朝北，前殿后阁，左右厢房，两层两进，因战争祸乱及自然灾害，曾一度萧条。如今三清宫虽有些破败，里面仍住有少许道士，偶尔有几个香客往来，给僻静山野带来些生气。

春红骑马回寨需路经狮子山。三清道观钟声清晰地传来，天色渐暗，路两旁的树林间阴气寒人，春红不由得策马扬鞭，从山脚下小路飞跃而过。她疾驰来到九龟山白虎峰。白虎峰是九龟山寨的前哨阵地，峰高险峻，有"一夫当关，万夫莫开"之雄伟险要！春红下马来，早有喽啰上前来牵马，迎接她进山寨。

山寨聚义厅外旗杆上挂着"为民除害""替天行道"字样的大旗，大厅正中写着潇洒俊逸的"聚义厅"三个字，这些都是二当家"小朱武"弄出来的。"小朱武"叫朱盛文，年纪快三十岁了，读过几年书，喜读兵书，把自己当作朱武的后人，自诩"神机军师"，也会一些功夫，因得罪乡里恶霸，遭其追杀，被谢老大出手相助，为表感恩，于是在山里认真打理，坐了第二把交椅。他喜欢《水浒传》，把九龟山搞得跟"水泊梁山"似的。

此时，谢元庆坐在虎皮椅子上跟二当家在商议山寨的事情。

春红来到山寨聚义厅给父亲打招呼。"春红回来了，快坐下，大当家刚才还念叨你，天快黑了都还没回来，一直替你担心。"朱盛文笑脸相迎，上前说道。

"二当家也在啊。"春红就谢元庆旁的椅子上坐下，应付回应道。

"什么二当家，叫你别这样喊，你一直不改口，叫我朱哥。"朱盛文心里一直惦记着春红，可春红就是没有感觉，仅仅把他当作自己的长辈，叔叔之类的。

"你俩别掐嘴了。我有正事给你们谈。"谢元庆打断朱盛文的话,"明天我要进城到悦来客栈收点银子。明天怎样安排,老二,你出个主意,咋整?"

朱盛文说:"明天,大当家带几个得力兄弟前去,我和春红在家里看守寨子。具体应该这样……"朱盛文给谢元庆悄悄耳语。

"爹爹,明天我要跟你一起去。"春红拉着谢元庆的手说道。春红不愿意留在山寨,最担心朱盛文来缠自己。谢元庆知道女儿心思,也就答应了。

"大当家、春红,你们聊,我先走了。"朱盛文说着起身离开。

春红见朱盛文走了,在谢元庆身边任性起来,说道:"哦,爹爹,忘了告诉你一件事情。"脸上不由得溢出一丝红润和甜甜笑意。

谢元庆微笑着说:"春红,什么事情让我女儿如此神采飞扬。"

谢春红把今天在龙水花市街如何受到恶徒龙啸虎欺负,肖东成出手相救,以及如何痛打龙啸虎的事情一一讲给父亲听。谢元庆拍手叫道:"打得好!"不停夸赞肖东成讲义气,是个顶天立地的英雄好汉。

第二天,谢元庆带着春红,还有三个亲信下山,到了南山小树林留下马匹,叫两个弟兄在此等候接应,余下三人徒步朝南门桥走去。

谢元庆上九龟山啸聚山林,杀富济贫,惩恶扬善,对周边的山民、来往客商从不骚扰,只是对稍远的殷实的、民愤极大的财主上门取之,若不应则必派兵攻围强掳之,当地百姓称他们为义匪。这样一来,山里吃穿成了一个大问题,毕竟民愤极大的财主附近不多,得自己想办法。因此,他们用取来的部分不义之财在城里开了一个悦来客栈,一来可为山寨筹集经费,又可作为眼线探听城里虚实。

谢元庆一行来到悦来客栈,让亲信铁蛋守在门外看动静,父女二人进屋。在这里打理的是冯叔,也是山寨人。

"大当家,大小姐,里屋请。"冯叔见谢元庆三人进来,忙打招呼。三人进了里屋落座。

谢元庆直截了当地说道:"银子准备好了吗?"

"早已准备好!只是比上次略少一些,但也将就能维持山里两个月的开支。大当家,大小姐,你们喝茶。我这就去取银子。"冯叔说着打开箱子,取出一个包袱递给谢元庆。谢元庆打开包袱,里面全是雪亮的银子,待一一点过,便将包袱包好交给春红收拾,又向冯叔问道:"最近,城里有啥情况变化没有?"

"知县还是吴知县,只是驻防使换了人,叫马联嵩,蜀州人。上面曾催促吴知县下令派兵清剿我们山寨,吴知县知道我们是义匪,只要上面没有强行责令,是不会主动进山的。至于马联嵩那里,找个借口搪塞敷衍便过去了。不过,大当家的,进出县城还是得谨慎啊。"

"怪不得,刚才进城,还有士兵盘查。"谢元庆说。

父女俩欲告辞回山寨。这时,铁蛋急匆匆进来,对谢元庆说道:"大当家的,不好了,有一队官兵向客栈冲来。"

"看样子,是冲着你们来的!"马叔边说边引他们三人来到了后屋,对谢元庆说道,"大当家,你们三人快从后窗翻出去,出了巷子就安全了。"

春红朝前,铁蛋断后,三人依次翻了出去,刚要走出后街那条巷子,却被一群官兵拦住,三人只好徒手与官兵打斗起来。好男难敌四手,加之春红尚小,谢元庆虽有一身本领,又要兼顾春红,终因寡不敌众,渐渐招架不住。

在这千钧一发之际,从房屋上跳下一个蒙面人,三拳两腿打散了官兵。谢元庆趁机护着春红向南山跑去,官兵紧追不放。四人边打边撤,快到南山时,候在林里的两个弟兄骑马冲了出来。官兵见有了援兵,忙溃退回城。

谢元庆对着蒙面人抱拳施礼,说道:"感谢好汉出手相救,不知好汉尊姓大名,可否让我们见识真面目。"

"谢大当家的,我可认得您,您是绿林好汉。我救您,是因为您是我敬佩的大侠。我们还会见面的,后会有期,再见!"蒙面人欲转身离去。

"好汉,等一下,请跟我们一起上山吧!"谢元庆诚心邀请道。

"好汉，上山当我们的三当家。"铁蛋补充道。

"谢谢好意，若有机会定当拜见！"蒙面人说完，左腾右跃，转眼消失在众人视野里，轻功了得。

谢元庆等感到有点遗憾，怏怏不乐地上马扬鞭向九龟山奔去。

县城东街，有一座虹桥，赖溪河水势平稳地从桥下流过，虹桥旁矗立着一棵大黄桷树，已有好几百年历史，附近有一马宅，这是新任驻防使马联嵩的府第。

此时，一个狼狈模样的小头目向马府走去。马联嵩正在外屋摆弄古董青花瓷器，随从跨门进来报告："大人，张彪回来了。正在门外等候。"

"快叫他进来。"马联嵩放下手中的青花瓷说道。一会儿，一个瘦削的小头目，惶恐地走了进来。

"张彪，事情办得怎样？谢元庆抓到了吗？"马联嵩已放下手中青花瓷，坐在太师椅上向张彪问道。

"没有，我们在巷子里快要捉住谢元庆时，突然冒出个蒙面人打乱了我们阵脚；追到南山小树林，又来了几个山匪，我们见敌不过，就撤了回来。"张彪战战兢兢地说，生怕马联嵩怪罪。

"一群混蛋，几十个人还对付不了几个毛贼。"马联嵩气愤地说。

"对方武功好，又是一群亡命之徒，特别是那个蒙面人……"张彪不敢看马联嵩的眼睛，低头辩解道。

"不要找借口，我看你们怕死，没有尽职。下回遇到这种情况，绝不轻饶。快滚。"马联嵩打断张彪的话。

"是。"张彪喏喏欲退。

"等一等。"马联嵩忽然叫住了张彪。

"大人，还有什么吩咐？"张彪停住了脚步，回过头问道。

"悦来客栈给我安排人盯紧点，一旦有情况，马上汇报。"马联嵩吩咐张彪。

"大人放心，我马上安排人照办。"

"很好，你下去吧！"

张彪走后，马联嵩吩咐随从备马，准备到县衙公干。

话分两头，且说春红一干人回到山寨，二当家朱盛文带着一队人马早已在白虎峰迎接。听说事情办得有惊无险，一切顺利，大家很高兴。

朱盛文建议，说道："大哥，弟兄们好久没打牙祭了，今天晚上杀头猪，宰几只羊，一来庆贺大哥一行凯旋归来，二来为大哥压压惊。"

"好，今晚就让弟兄们好好整一顿。不过呢，老二，冯叔在客栈经营也不易，注意节俭。还有啊，记住冯叔的好。"谢元庆说。听到这消息，随行的山寨弟兄高兴得不得了，齐呼："大当家万岁！""为民除害，替天行道。"声音响彻山谷。

春红回到自己的闺房，对着镜子，看着美丽的娇容，双手托住自己的下巴沉思起来。

自从昨天遇到肖东成后，见其相貌堂堂，为人仗义，又出手相救自己，脑中常出现他的影子，今天看到蒙面人相救，不免又想起肖东成来。

一个与春红相差不大的姑娘悄悄走了进来，向春红打招呼："嘿，小姐回来啦。在想谁呀？"

"死丫头，原来是你，进来蹑手蹑脚的，也不打个招呼。"

"小姐，我这不是在跟你打招呼吗？这两天到哪去了，都不带着我。"

"玉兰，这两次都是山寨特殊任务，不便带你。下次有什么好玩的，姐姐一定带你去呀！"

"小姐，你待我太好了！"玉兰高兴地说，亲昵地贴在春红身边。

话说马联嵩来到县衙，见到吴知县抱拳施礼打招呼："吴大人，小弟有礼了，最近可好？"

吴知县见马联嵩前来，知其定为剿匪之事，忙回礼："马大人大驾光临，有失远迎！请坐。"

"吴大人，不必客气。"马联嵩边说边往椅子上落座。

两人落座，吴知县礼节性地问道："马大人，今天前来，不知有何事？"

马联嵩见吴知县问，回答说："不瞒吴大人，此次前来又是关于剿匪之事。今天上午，谢元庆到城里办事差点被我拿住。"遂将上午之事一一叙来。

"哦,我也听说了。只可惜那厮跑了。"吴知县故作叹息。

"那吴大人何时下令派兵进山清剿呢?"马联嵩再次催问。

吴知县见马联嵩咄咄逼人,搪塞道:"好好,剿匪之事,待秋后粮草充足,再行定夺。你去准备吧。"马联嵩说道:"遵命。我立马回去操练兵马,待秋后随同大人前去剿匪,为民除害。"马联嵩出了衙门,带着随从回军营去了。

一日,九龟山寨旌旗飘飘,矗立在火龟石旁的山门威风凛凛,门挂一匾,上书"九龟山寨",是青山院老方丈禅空书写的,笔锋苍劲,给山寨添色一笔。临近的仙桃山是山寨头目宿舍及护卫营地,春红闺房就在营地最里处,旁有一片桃树和李子树,空隙处有一平地,地面是一整块石头。春红正在教玉兰练飞镖,丈余外,吊挂着七八个鲜红的桃子,玉兰对着中间的一个,飞镖而中,春红拍手叫好:"好,我的玉兰呀,这一个月你武功不但有长进,飞镖技艺也超过我啦。从今后你就是我贴身侍卫,我走哪,你就跟到哪。"

"真的,小姐,哎呀,这是我梦寐以求的,我一定好好保护姐姐。"玉兰纯真烂漫,上前拉住春红的手,高兴地说。

山龟石上,二当家朱盛文正在训练一群新入伙的弟兄。山龟石很大,很平整,是山寨的练武场。

聚义厅旁边有苍翠小坡,其形像龟,取名水龟。龟上长有楠木、黄桷树、香樟树等,郁郁葱葱,葱翠苍拔。

龟石背上有一块平整、干净的石面,谢元庆喜戟,正舞弄双戟,一招一式,有板有眼。戟是一种独有的古代兵器,是戈和矛的合成体,它既有直刃又有横刃,呈"十"字或"卜"字形,具有钩、啄、刺、割等多种用途,其杀伤能力胜过戈和矛。

这时,跑来一位喽啰说道:"报告大当家,狮子山最近来了一伙土匪,杀了三清宫的道士,强占了山头,在山下拦路抢劫过往客商。今天我路过狮子山,看见一伙客商,财物全被劫了,只留得性命。起初还以为是我们干的，听了我们解释，大家猜测可能是新来的土匪，于是我前去侦探，正如我前面所说。"

"有这等事，速去叫二当家和大小姐来聚义厅商议对策。"谢元庆吩咐喽啰后，他放下双戟交给身旁的亲信，独自先到聚义厅。

不久，朱盛文来到聚义厅，向大当家谢元庆打了招呼，然后坐在自己第二把交椅上等春红。稍许，春红带着玉兰急匆匆赶到，让玉兰在聚义厅外候着，自己人未到，声音就钻进谢元庆的耳朵："爹爹，又出了啥子事？"

"看你猴急猴急的，进来坐，慢慢跟你们讲。"谢元庆待春红坐下，开口说道，"刚才，白虎峰一个兄弟来报告，说狮子山来了一伙强盗，杀了三清宫道士，抢了山头，还毁了我们山寨规矩，杀人放火，烧杀抢掠，无恶不作。"

"爹爹，请让我带队人马，前去灭了这群恶人。"春红站起身，愤怒地说道。

"俊闺女，不要冲动，快坐下，听一下二当家的意见。"谢元庆看着朱盛文说道。

朱盛文见大当家点名叫自己拿主意，不再谦虚，说："春红，你不要着急，这也是一个好事情。我是这样想的，狮子山是进九龟山的咽喉要道，战略位置十分重要，与九龟山成犄角之势，相互呼应。想当初，我建议占领狮子山，成为九龟山一道屏障，大当家心存善念，不愿伤及三清宫道士，故此事我也不敢再提。今狮子山被恶人占去，必施计得之，一可为我加固外围屏障，二来为三清宫道士和无辜客商报仇，争得民心，三可检验我山寨队伍战斗力。因此，我们必须摸清对方虚实，然后商议计策袭之。我已经有了办法了，是这样的……"如此这般献上一计。

谢元庆一听，喜上眉梢，叫春红依计而行。

话说狮子山这伙土匪是何许人也？为首的叫金豹，外号"独眼龙"，蜀州都江堰人，因在家乡与人斗殴，对方打瞎了他左眼，他用刀将对方劈死，造成了命案。他带了两个同案的兄弟伙，逃到在昌州做驻防使的舅舅马联嵩处。

马联嵩见自己外甥犯了命案，长期躲在自己这里，终究会露馅，影响到自己前程，便心生一计：叫金豹纠集县城的泼皮无赖，并从监狱里放了十几个死囚犯，共计三十多人，让金豹一并统领，到狮子山占山为王，一可牵制九龟山寨，二可为秋后剿匪做好跳板，三可让金豹将功补罪，可谓一箭三雕。

金豹一伙来到狮子山，驱赶三清宫的道士，道士不愿，金豹当场掏出火铳，对着道长脑门就是一枪，其他匪徒见状也刀劈剑刺，道士们全都倒在血泊中。

金豹占了三清宫，在狮子山修建营房，招纳恶人，做起了土匪勾当。

第六回　施计巧夺狮子山　得令潜回都江堰

这日，金豹正和几个亲信在狮子山寨营房里吃肉喝酒。头目黎奎端起酒杯，对金豹道："大哥，在您的带领下，我们轻松地拿下了三清宫，在狮子山站稳了脚跟。大哥，您是英雄，我敬您！"

金豹哈哈大笑道："我是英雄？我知道你娃在奉承我，但是老子爱听。"说着端起酒杯，"黎奎兄弟，我们把酒干了。"说完一饮而尽。

黎奎受宠若惊，把端在手中的酒也干了，道："大哥，真豪爽！从今以后，我黎奎死心塌地跟着大哥您，愿为大哥赴汤蹈火，万死不辞！"

金豹闻听了心中十分高兴，道："兄弟，不要说万死什么的，没有这么严重。只要你好好跟着我干，吃香的喝辣的，少不了你的。"

黎奎感激道："谢谢大哥！"

这时，突然探子来报："豹爷，山下来了一伙客商，该如何处置？"

金豹放下手中酒杯，问道："有几个人？"

"只有四个人，看来没多大油水。"探子说道。

金豹见人少，用不着自己下山，他对旁边正在饿狼似的吞吃鸡腿的黎奎说道："黎奎兄弟，你带十几个弟兄下山干了这票。"然后他对其他几个头目说："弟兄们，我们继续喝酒。等黎奎兄弟回来，我们再好好敬他一杯酒。"

黎奎怏怏不乐地放下手中鸡腿，说："大哥，我走了。"

"好的，早点回来，我们在山寨里等你的好消息。"金豹道。

狮子山下大路上走着四个人，商人打扮，推着一车货物，东张西望地向前走去。

一声哨声，黎奎带着一伙土匪跳出树林，拦住去路。黎奎蛮横地说：

050

"把货物和钱财留下，人给老子滚蛋！"

四人惶恐地停住推车，站在原地一动不动。少许，一个身体壮实的客商走了上来，从身上掏出点银子递给黎奎道："好汉，我们是做小本买卖的，请放过我们吧。"

黎奎接过银子，在手里掂了掂，哼了一声，道："你这点小钱，打发叫花子呀？兄弟们给我把车推到山寨去！"

"好汉，这可使不得，放过我们吧，这可是我们的所有家当呀！"这位客商说着，用双手做作阻拦架势，另外三人见形势不对，也跟上来了。

"说什么呢？"黎奎掏出火铳对着为首的，"再他妈的多嘴，要了你们的小命！"

"好，好，好汉，别开枪，我们走！"为首的客商跟另外三人使眼色。四人见事不对，马上撤退。

"这就对了嘛，趁我还没有改变主意，赶快滚！"黎奎洋洋得意地说。

黎奎叫人上前抢劫财物，遂把火铳收回去。

说时迟，那时快。那个为首的客商，飞起一脚将黎奎的火铳踢落在地，然后一个箭步上前将黎奎制住，其他三人也把就近的匪徒打趴在地。后面跟进的匪徒举刀上前，冲了过来。

突然一声炮响，从林子里跳出二十个蒙面人，将黎奎和十几个匪徒团团围住。黎奎见势不妙，赶紧说："别杀我，我投降！"其他土匪见黎奎这样说，纷纷举起手，全都缴了械。

这时，只见其中一个蒙面人对着为首那个客商耳语了一阵。这位客商听了不住点头，转身对黎奎说："这位兄弟，刚才对不起了。如今，我们老大要见你，他在林子里，有事跟你相商。"

黎奎一脸疑惑，道："你老大，谁呀？我不认识呀。"

那位蒙面人说："去了就认识了。"

四位客商押着黎奎朝树林走去，其他蒙面人依旧围住缴了械的匪徒。

树林间，春红和玉兰也蒙着面早已在一棵大树下候着。原来那四个客商是九龟山寨的弟兄，为首的是铁蛋。他们化了装，扮成客商模样，引诱狮子山的匪徒下山拦截。春红、玉兰和那二十个九龟山寨的弟兄事前就在林子里埋伏，见机行事。

铁蛋把黎奎押往春红面前跪下。

春红问道："你叫什么名字？竟敢在光天化日之下强抢客商，该当何罪？"

"老大饶命，我叫黎奎，上山落草为寇也是没有办法，实在是生活所迫。"黎奎哭丧着脸道。

"胡说，盗亦有道，匪亦有道。你们不讲规矩，滥杀无辜，强取财物，这不仅仅是为了生活。你们就是魔鬼，该千刀万剐，拖出去宰了。"春红佯装很气愤地说道。

黎奎吓得直哆嗦，道："老大饶命啊，我可没有犯人命呀！这都是那个独眼龙金豹指使我们干的呀。"

"既然这样，你要想活命也不难，只要你把山寨的情况如实交代，姑奶奶就放你一马。"

"好，我把我知道的全告诉您。狮子山为首的叫金豹，心狠手辣，大部分命案都是他和他从蜀州带来的两个兄弟干的。现在山上加上我共有四个头目，配有火铳，各带十多人，配有刀剑等铁器。金豹带有二十多人，总共有七十多人，都归金豹统一指挥。"黎奎把山寨的情况以及金豹是如何到狮子山落草的情况全都说了。

春红听后，若有所思，突然问道："金豹在狮子山，马联嵩在县城，相隔这么远，你们的信息是怎么传递的？"

黎奎道："金豹……不，是独眼龙每月十五进城给马老爷……不，给马联嵩单独汇报狮子山和九龟山上的情况。另外，马联嵩还派了探子装作客商或农民模样，在九龟山附近侦探消息。"

春红听闻，大吃一惊，同时也感到幸运，知晓了金豹在狮子山的阴谋及马联嵩的计划。

春红来到一棵大树下，徘徊了一阵，大脑迅速运转，心里盘算了一下，突然想出了一个妙计，脸上露出了微笑。她转过头对身后护驾的玉兰说：

"我决定把黎奎放了。"

玉兰不解:"为什么呀,这不是放虎归山吗?"

春红道:"以后,你慢慢会知道的。"

春红来到跪在地下的黎奎身旁,叫铁蛋松开扭住黎奎手臂的双手,对黎奎道:"黎奎,起来吧。今天我放你一马,回去后,不要将今天的事情告诉金豹。否则,下次遇到你,绝不轻饶。"

"谢谢老大,一切听你的。"黎奎一听春红要放他回狮子山,感动地说。

"黎奎,你可以走了。"春红望着黎奎道。

然后,春红又在铁蛋耳旁吩咐了几句。

铁蛋跟着黎奎来到林子外的推车旁,对黎奎说:"这是一车盐巴和布匹,回去一并带上。"

"不敢!"

"叫你带走,你就带走,这是我们老大的意思。"

"好,感谢各位好汉。"黎奎抱拳对九龟山的弟兄说,然后领着人推着车上狮子山。

路上,黎奎跟手下喽啰说道:"今番之事不得传出去,金豹知道了定要我们性命。"

喽啰们齐声说:"遵命。"

一个喽啰说:"金豹心狠,哪敢乱说,保住小命要紧。"

喽啰们一路无话,回到山寨。金豹已经喝得酩酊大醉,见到黎奎,道:"黎奎兄弟,怎么这么晚才回来,顺利吗?"

"大哥,顺利,只是在路上耽搁了。"黎奎谨慎地说,生怕自己说漏了嘴。

"好,兄弟辛苦了,快叫弟兄们去吃饭,叫厨房给你们加几个菜。喝个一醉方休。"金豹说罢,摇摇晃晃回到自己卧室,躺在床上一下子就呼呼大睡。

话说春红回到九龟山寨,谢元庆、朱盛文早已在聚义厅等候。

"春红,事情办得是否顺利?"谢元庆见春红回来,急切地问道。

春红将知道的情况作了如实汇报,并说了自己的计策,二人听后大喜。

二当家朱盛文随即安排人手在狮子山进出路口二十四小时监视过往的嫌疑人员,并派头脑机灵的弟兄跟踪监视黎奎,一旦黎奎下山进城,马上汇报。

没过几天,黎奎就带上一个马弁,咿咿呀呀唱着小曲走出狮子山寨大门。刚走到三清宫附近,就听得有人在问:"奎爷,今天到哪儿去逍遥?"

"老地方,锦官桥。"黎奎心不在焉,喃喃回答道。

"奎爷,多赢点,好给兄弟们整些上好的烧酒。"一个年纪偏大,脸上有个刀疤的土匪道。

"刀疤,好好看好山寨。我赢了钱,一定给你带好吃的回来。"

"守好山寨没问题,豹爷在家坐守,奎爷自可放心赌个痛快。哦,对了,奎爷,南桥头杨烧腊猪脚杆很好吃,顺便捎带回来。"刀疤说完抹抹嘴,好像卤猪脚就在嘴边似的。

"还有,奎爷,千万别忘了给我弄点老白干,您知道的,我好这口。"另一个喽啰说。

"一群馋猫,就知道吃。待晚上取将回来,定叫你几个吃个够。"黎奎嗔怪道。

候在路口林子里的九龟山寨探子听得真切,待黎奎走远,忙钻出树丛,将这一信息传给了山寨的谢元庆。谢元庆认为机会来了,与朱盛文密谋商量出了一个对策。

谢元庆随即带着铁蛋,领着春红、玉兰骑马先到南山附近一户农家将马匹留下。这户农家是九龟山寨的喉舌,专刺探城里情况,传递悦来客栈带来的信息,相当于当今的情报中转站。

闲话少说,单说谢元庆四人放置马匹,化了妆,换了行头,谁也认不出谁。单说春红,红顶瓜皮绸帽头上戴,上穿绸衣长衫,下拢松胯锦裤,脚蹬一双厚底黑皮鞋,活脱脱公子少爷。春红自觉哪里不对劲,胡乱弄了几根胡须,虽不专业,但足以以假乱真。

到了城里的悦来客栈，冯叔便告诉谢元庆，黎奎一进县城就径直奔锦官桥方向，弟兄们跟在后面发现他进了赌场，在玩掷骰子。谢元庆听罢，在冯叔处取了一百两银钱，与春红带上五十两。谢元庆四人快步朝锦官桥走来，径直进入赌场，各自分别去赌，以掩人耳目。谢元庆见黎奎在掷骰子场地，便跟了去也赌掷骰子；春红带着玉兰在不远处押"仁仁宝"；铁蛋在春红处领了二十两银子，独自去"起码股"。

话说黎奎来到赌场，赌场老板热情招呼他："奎爷，好久不见你来了，今天玩什么呢？"

黎奎道："好久没来？才来几天嘛，就说好久了。你巴不得我天天来给你们送盘缠。"

"哪里，哪里。奎爷是福禄之人，哪会输钱呢？这里的银子等您来取哟。"

"别说好听的，我今天玩掷骰子。借你的吉言，但愿能捞得到几个小钱。"

黎奎来到掷骰子场地，押"大"上了二两银子。庄家一开骰子，果真是大，继续押"大"，结果又赢了。赶上运气好，不一会儿，黎奎掷骰子就赢了十两银子，于是打算收手回山寨。

老板哪肯放其离开，叫手下人前来与他赌。只见那人对黎奎道："奎爷，今天赢了许多银子，可见今天红运当照。看你印堂发亮，气色红润，财运来了挡都挡不住，接下来我们玩一下'起马股'。"黎奎听得云里雾里，如玛咖冲击自己神经，已乱了方寸，随着领引来到"马股"场子。

谢元庆见此也跟着上来，以便见机行事。

刚赌不久，大家都没有好大输赢。一轮发牌，黎奎的第一张牌是个黑桃9，按起马股规则，必须坐庄或放弃让别人。黎奎是赌牌之一，哪肯丢下面子让人，难得机会，要么赢，要么输惨。咬咬牙，坐庄发牌，每人五张。

发牌完毕，黎奎看看自己五张牌：三八九二七，点子九点，挺大的，暗自高兴。众人亮牌，几乎通吃，只有老板手下是二三五四六，点子是十点"马股"。他收了赢钱,再去赔老板家赌注十两银子。

老板手下说:"且慢,我的赌注不止十两,这赌注旁布袋里还有二十两,一共你得赔我三十两银子。"

黎奎不承认,道:"你耍奸,布袋里不算,我只给十两。"

"三十两!"

"十两!"

两人为此争执不下。老板过来叫黎奎认了,黎奎仍坚持只给十两银子,老板不答应,便叫来了几个打手,威胁说,不赔齐,断其手指,并没收所带财物。

黎奎是个土匪,哪受得这鸟气,欲掏手铳反抗,却被打手们当即一阵拳脚打倒在地。

此时此刻,谢元庆觉得该是出面时机,抱拳对老板说:"老板,手下留情,这位兄弟所差二十两银子,我来赔。"遂叫铁蛋从细软里掏出二十两给老板。

老板抱拳还礼,道:"还是这位仁兄义气,多谢!今天我就给你大哥面子,放这个不守规矩的。"

黎奎赶紧跟谢元庆下跪,道:"多谢豪侠解囊相救。"

谢元庆忙扶黎奎起身。

谢元庆扶着鼻青脸肿的黎奎走出赌场,来到南桥头,在卖烧腊的"杨烧腊"处停下,切了一个卤鹅,一根猪脚杆,每人来了一斤老白干,坐在旁边小木桌前喝将起来。

"奎老弟,受惊了。我敬你一杯。"谢元庆道。

"恩人,您是?"

"此地说话不方便。待出了城再告诉你。"

"今天多亏恩人救我,我黎奎敬你一杯。"

待二人酒足肉饱,谢元搀扶着黎奎出了城,来到南山小树林,春红三人已在那里等候。谢元庆亮明了身份,给了八十两银子给黎奎,叫其买些酒肉,约定本月十五那天,金豹不在山,让狮子山土匪喝个大醉,以便攻占狮子山。

黎奎感谢谢元庆搭救之恩，当时应允，按计行事。

十五日这天，金豹跟往常一样安排了山寨之事，带着两个随从下山了。到了县城经虹桥直去马府。金豹打算向马联嵩汇报了山里情况后，顺便到城里柳陌花巷快活去。

金豹走后，黎奎安排厨房杀鸡宰羊，取出准备的烧腊和烧酒。谢元庆已将山里两百弟兄埋伏山下，待黎奎发出信号进攻。

话说金豹一来到马联嵩府邸，马联嵩便喜出望外，急切地想从金豹那里得到消息："金豹啊，这一个多月让你在山寨待着，辛苦你了。把你最近情况快快告诉舅舅！"

"舅舅，开始我从都江堰带来十多个弟兄，加上昌州本土的才三十多人。经过我们一个多月的招兵买马，到现在已经发展到七十多人了。"金豹自鸣得意地道。

"很好啊。我把你的情况和我的剿匪计划上报给蜀州道尹，上面同意了我们的计划，并免了你在都江堰犯的过错。只要这次剿灭了土匪，舅舅就给你请功，你可以不在山里遭受罪过，还能给你一官半职。"

"谢谢舅舅！外甥定当忠于舅舅，赴汤蹈火在所不辞。"金豹感激涕零地站起身说。

马联嵩示意金豹坐下，道："见外了，我们是一家人，你是我的亲外甥。你一人在昌州，我当舅舅就该管好你。关照你是应该的。"话锋一转，"不过呢，金豹。不可小看九龟山寨谢元庆，要提防对方阴谋，你今天出山这么久了，赶快回去，以免生变。"

"舅舅说得是，外甥我立马回去。"

金豹向马联嵩告辞，带着亲信回山寨。

此刻，狮子山营寨里，土匪醉得东倒西歪。

黎奎发一信号，一声锣响，铁蛋带着一队人马冲在前面，谢元庆带着大部队在后面齐声呐喊，铺天盖地向山上涌去。

一袋烟功夫，不用吹灰之力，狮子山的土匪，除了少数几个"独眼龙"

金豹的死党逃出外，剩下的全部被控制住。

狮子山的大旗被换上"谢""替天行道"等旗号。谢元庆安排黎奎做狮子山的头领，自带队伍回九龟山寨庆功去了。

当金豹回到狮子山脚下，忽听到山上闹腾，知道出了大事，叫亲信前去打探。他自己忙掏出火铳，跳下马，跟在亲信后面，慢慢朝山上爬去。

快到三清宫，突然见到山门前已经挂上"替天行道"等字样的旗子，知道山寨已破，进山没有意义，还得提防遭埋伏。正思忖时，突听到前面一阵响动，正欲躲进路旁草丛，只听得对方在喊："豹爷，是我们。"

金豹定睛一看，见是自己亲信，忙问是怎么回事情？

一位喽啰说："快离开这里，谢元庆的人马在后面追。豹爷，我们边走边说。"

金豹说声好，转身带着这几人向山下走去。

到了山下，金豹骑上马，带上亲信朝旁边的一片树林奔去。到了树林深处，金豹见没有人追来，松了一口气，回过头来，对着狮子山，恶狠狠发誓："此仇不报，我不是金豹！谢元庆，你等着，要不了多久，我还会回来的！"

金豹正欲穿过树林，一声炮响，杀出一彪人马。为首的一个女将，十七八岁年纪，皂色外套，内衬粉白衬衣，脚踏乌青皮靴，胯下枣红大马，手持绣绒宝剑，气势轩昂，仪态万方。

此人何许人也，乃九龟山山寨谢元庆大小姐谢春红也。金豹不认得春红，问道："请问这位女侠，你是谁？为何挡住我的去路？"

"独眼龙，瞎了你的狗眼，不认得姑奶奶。拿狗命来！"

金豹的手下告诉他："她就是谢元庆的女儿谢春红。"

金豹心想，这下完了，真是不是冤家不碰头呀。他还是硬着头皮说："原来是春红妹子，大水冲了龙王庙，一家人不认得一家人了。"

"谁跟你是一家人，你干的什么勾当，竟敢跟我们九龟山寨对着干，还派人刺探我山寨的情况。谁不知道你是你舅舅马联嵩的鹰犬。"

"别误会，我也是犯了命案，不得已上山落草。"

"少啰嗦，兄弟们，跟我上。"春红说着，带头跨马冲向金豹，玉兰和其他弟兄见春红冲在前，也跟着呐喊声奔过来。

金豹只得抽出佩刀相迎，但哪是春红的对手。金豹见敌不过春红，便卖个关子，朝林外逃去。春红哪肯放过，紧追不舍。金豹亲信舍命相救，被春红一剑刺落马下。

眼见金豹渐远，跟上来的玉兰掏出飞镖，刺中金豹肩胛，浸透出血，金豹"哎哟"一声，顾不得疼痛，捂着伤口向城里逃窜。

剩下的喽啰全部解决，春红见天色已晚，鸣金收兵回九龟山寨。

金豹狼狈逃往县城舅舅马联嵩处。马联嵩闻讯后先是骂了一通，接着又安抚一番，而后安排金豹回都江堰召集人马，暗地里出资特训，待东山再起。

第七回　除夕买鱼遇东成　元宵烧龙到鹤林

<big>这</big>年春节，九龟山寨张灯结彩，各营大门张贴春联。春红所在驻地贴着"马年驰去羊年至　大地回春福禄生"，横批"春回大地"；九龟山山寨大门贴着"东风吹出千山绿　春雨洒来万象新"，横批"喜迎新春"；狮子山寨门贴着"五湖四海皆春色　万水千山尽得辉"，横批"万象更新"。到处充满喜庆，洋溢着过年的祥和的气氛。

昌州地区过年有个习俗：时至腊月，置办年货，添置新衣，吃腊八饭。过了腊月十六日，县官封印，不理民事；商人倒牙，年关收账。腊月二十三的晚饭后，将锅灶洗刷干净，锅心放置点燃的菜油灯，点燃香烛，烧纸钱，放爆竹，送灶上天，称为"送灶"。腊月二十五至除夕，家家户户都要选定一天，举家团聚会餐，吃团年饭，称作"团年"。

除夕这天，悦来客栈暂时关门，冯叔已被九龟山寨召回，负责团年事宜。一大早，冯叔安排人手杀猪宰羊，并亲自带人到珠溪场去买母猪壳鱼。刚走到龙石场口，就碰到春红、玉兰骑马追来："冯叔，等一下，我们也要去。"

"大小姐，你去作甚？"冯叔勒马停住问道。

"山寨待久了，早已烦了，想出去走走，早听说珠溪场的鱼闻名，今跟着冯叔去鱼市场见识见识。"春红打马来到冯叔跟前说道。

"那好！不得惹事，以免你爹怪罪。"冯叔点头同意。

"谢谢冯叔。玉兰，走，我们在前面开路。"说着，她扬鞭策马，玉兰随后，绕过冯叔走在前面。

两个山里兄弟推着板车在前，冯叔骑着匹老马慢腾腾压后。春红、玉兰一会儿疾奔，一会儿停下来等他们并催促。冯叔看着他俩，摇了摇头，咧着嘴报以微笑。

珠溪，又名"三溪镇"，在县南六十里，会馆有南华宫、禹王宫、惠民宫、万寿宫。寺庙有文昌宫、东岳庙、观音阁、牛王寺、王爷庙、关圣庙。鱼市场在石拱桥下面的濑溪河畔，这天是赶场天，很热闹。有三四家鱼铺，鱼池里有草鱼、白鲢、鲤鱼，路边也有零星的渔家将打得吃不完的鱼在摆着卖，换点零用钱。春红他们早已放置马匹，推着板车来到这里。

"母猪壳鱼是什么样子的？咋没看见呢？"春红指着鱼池的鱼问道。

"只有李老板、王老板铺里才有。今天我们到李老板那儿去买，他的鱼新鲜，价格实诚。李老铺的店铺就在前面那棵杨槐树下。"冯叔指着前面不远处说。

果然，李老板鱼铺里鱼非常多，品种也多，除了常见的鲫鱼、草鱼、鲢鱼，还有珍稀的母猪壳、鲶鱼。有几个顾客正在此买鱼。冯叔见李老板忙，就蹲在鱼池边欣赏游动的鱼。

"李老板，给我称三十条母猪壳。"冯叔见李老板忙空了。

"冯老哥子，不好意思，刚才忙。"李老板走了过来，说道。

冯叔忙搭理，道："没什么，李老板，生意兴隆啊。"

李老板谦虚道："承蒙照顾，生意还可以。"他指着春红微笑问，"这位小姐是谢寨主的千金吧！"

"嗯，是的。"冯叔回答道。李老板要去鱼池里捞鱼，春红凑了过来，心中有点疑惑，问道："李老板，你认识我爹呀？"

"咋不认得，你爹是杀富济贫的绿林好汉，在龙石、珠溪一带无人不知、无人不晓。"李老板一边捞水池里的母猪壳一边说，"冯老哥子，一共有三十一条，多一条可以不？"

"今天中午团年，办席三十桌，每桌清蒸一条母猪壳，多一条不碍事，晚上给大当家当宵夜就是。"

冯叔付了钱，叫两个随从用鱼篓子装鱼，抬到板车上套紧，先推车走回去，自己留下准备带春红、玉兰去逛珠溪镇的几个寺庙。他回头一看，不见春红，遂去四处寻找，朝前没走几步，看见春红、玉兰在前面不远处，春红正在对一个卖黄鳝的孩子说："小弟弟，你叫什么名字，几岁了？"

"我叫泥鳅，今年七岁。"那个叫泥鳅的孩子说。只见这个孩子穿着破旧衣裤，赤着脚，眨闪着明亮的大眼睛。

"冯叔，你来得正好，这孩子好可怜，把这孩子的黄鳝买了吧。"

"他们都走远了，拿什么装嘛？"

"把巴篓一块儿买了，多给点钱，叫他自己去买新的。"

"好，就照你说的办。谁叫你是菩萨心肠呢。"冯叔掏出一两银子给泥鳅。泥鳅没敢接，说了一句："我没钱补。"

春红把钱接过来，放在泥鳅手中，说道："不补了，去买一个新背篓，过年了，去买套衣服和鞋子。今后遇到什么困难，到九龟山来我春红姐姐。"

泥鳅噙着泪花朝春红下跪，道："谢谢春红姐姐。"

春红连忙把他拉起来，道："别这样。"

春红他们正要离开，突然看见两个小伙子在李老板铺前买鱼。那两个人背对她，但她却觉得很熟悉，似乎在哪里见过。此时正好那个魁梧的男子转过脸来，春红不由得惊呼一声"东成"，疾步前去，抱住肖东成："东成，是你呀！"

原来肖东成家今天也团年，肖东成受父之命带着翠平前来珠溪买鱼。肖东成见是春红，也很惊喜，见到春红毫无顾忌地抱住自己，忙把她推开。

春红给玉兰、冯叔介绍道："这就是我给你们经常讲到的肖东成，肖大哥、肖大侠。"又指着翠平说，"这是肖大哥的二弟肖翠平。"然后又介绍了玉兰、冯叔。

玉兰看着俊秀的翠平，顿生好感，不觉心里欢喜。看到玉兰异样的眼神，翠平像个大姑娘一般害羞起来。

"肖大侠，果然名不虚传，一表人才，气宇轩昂，老朽钦佩。"冯叔夸赞道。

"不敢当，冯叔，你是老前辈，你才是我学习的榜样。"肖东成谦虚地说。

冯叔见肖东成为人谦恭,心里顿生欢喜。春红临走,跟肖东成相约好正月十五元宵节到龙水去看烧大龙。玉兰也含情脉脉看着翠平不舍离开。

春红他们见天色不早,没再去逛街,在场口取了马匹,骑马追上那两个随从,一道回九龟山。

快到晌午,厨房炊烟袅袅,鱼肉飘香。冯叔令人在山龟练武场、火龟林间空地、聚义厅摆下酒席三十桌。桌席上除了传统的八大碗,多了碗清蒸母猪壳。

中午时分,黎奎带了八十多个狮子山弟兄来到九龟山,安排了兄弟所坐桌席,然后带了三个小头目到聚义厅见谢元庆。

"大当家,过年好!小弟给您拜年了!"黎奎四人齐声道。

"兄弟们辛苦了,过年好!来,来,来,按照习俗,过年呀,要祭天地。"

只见聚义厅神龛前,早已摆好鱼肉,放置碗筷,焚了香,点了蜡。谢元庆领着九龟山、狮子山的二十多个头目,站成两排,待鞭炮放响,齐刷刷双手合十作揖,祭拜天地,请关公及各自祖宗来山寨团年,然后围坐在三张桌席前,高高兴兴地吃起团年饭来。

话说正月初二这天,肖兴元带着妻子、幺儿海平到龙水白鹤林岳父家拜年,家里就剩下肖东成、翠平、遇春。遇春在房圈屋练字,肖东成和翠平在堂屋摆龙门阵。翠平问肖东成道:"大哥,你初几到仙桃姐姐家拜年?"

"本打算今天去,外公带信喊父母今天去他那里。我在家里主事,万一爹爹的徒弟来拜年,也好接洽。"肖东成正说着,忽听得外边有声音:"师父在家吗?给您老拜年了!"

肖东成、翠平走出门来,看见何师一提着包糖果进来。"是师一呀。你师父——我老爹不在,串门去了。快进屋,他不在,我们还自在些。"肖东成收了糖果,招呼师一坐下,翠平沏了一杯茶。

肖东成吩咐二弟:"翠平,到梁上取块腊肉,再到坛里掏两斗碗打米豇。"翠平答应声"好嘞",便去忙了。

"遇春，别躲在屋里了，来客人了，快到菜地砍两窝南充菜（儿菜），顺便掐把蒜苗，好煎回锅肉。"遇春走了出来，向何师一招呼道："师一哥，你来了。"

"遇春，什么时候到县里童试中秀才呀？"

"今年六月。"遇春说着，他拿了一把菜刀向菜地走去。

肖东成正要与师一闲谈，突然院里传来："财神到，财神到，今跟主人送财来，主人今年发大财。"

肖东成笑着对师一说："送财的来了，这两天都接了好几批。"肖东成指着大门贴着红底墨描的财神像："昨天初一还来了一泼舞狮子的前来祝贺新年，那舞狮者是宝兴陈氏门几个徒弟，功底扎实，我爹高兴，赏了半锭银子。"正说话间，一个戴官帽，身着官服的俊俏男子手捧财神走了进来。

"哈哈，张鸣柯，原来是你这个砍脑壳的。"肖东成向前迎接，显得很亲热，"今天怎么这副打头？"

张鸣柯跟师一也熟，相互打了招呼，回答道："在家闲着无聊，趁春节期间到县内各场里走一遭，熟悉一下本县地理环境，联络一下朋友感情，顺便找点盘缠。"

师一不解，问道："找盘缠？准备出远门？"

"嗯，自从去年乡试中了秀才，我在广州的表舅是个训导，叫我到他那里读书，准备来年考进士。"

"非要出去么？我们这儿也有好老师，一样可以考上进士。"

"我也这么想，可父母非要我去，一则可以出去见世面，二则表舅很有文采，可以辅导我。我拗不过，也觉有理，便依了父母。"

"那什么时候走？"

"二月初二，这天是龙抬头，出门吉利，犹如'龙行天下'！"

"大哥，饭煮好了，儿菜、打米甠也煮粑了。等你上灶煎回锅肉。"

"好的，师一、鸣柯你们聊，我去炒菜。鸣柯不要走哈，中午我们喝几杯。"

"好，不走，我是你的财神，你要好好款待我。哈哈哈……"

一会儿工夫，一桌简单而诱人的佳肴摆满桌：一盘花生米、一盘蒜苗回锅腊肉、一盘香肠、一大砵打米豇和一大碗南充菜汤，一罐泡酒。

大家入座，五个男人，除了遇春不喝酒外，四人豪饮起来。席间，肖东成约师一、鸣柯元宵夜去龙水看耍大龙。

时间过得真快，一晃元宵节到了。龙水街居民，家家户户备有鞭炮、花筒、转芝兰、地老鼠、冲天炮、黄烟等物。春红和玉兰早就来到龙水和福客栈落脚。

傍晚，肖东成、翠平、李三谷和何师一到和福客栈跟春红会合。有看官问，咋不见张鸣柯，原来他不在家，提前出发南下到广州表舅家去了。

入夜后，大龙沿街游行，只听锣鼓声响，唢呐高奏，整个队伍以"流星""莲箫"为前导，大龙紧随其后，当大龙行至各家门前时，遂将鞭炮、烟花直冲龙身燃放，场面十分壮观。

大龙队伍来到和福客栈，肖东成他们早已备好黄烟（用竹筒制成，内装拌有过量硫磺的黑色火药）喷击火龙，春红和玉兰备有"水花"，玉兰用小勺将熔化铁水向外抛出，春红迅速用小木板将抛出之铁水向空中击散，状如无数耀眼火花，从天而降，惊险刺激，热烈绚丽！这之后，肖东成、春红跟着队伍来到河边，只见舞龙者将大龙放在河沿，堆上柴草，将龙体烧掉。

灯会结束，肖东成建议到蒋良栋那去，对春红说："春红，天色还早，走，跟我一起到表弟蒋良栋家去，蒋良栋你认得的。晚些时候，我们去偷青。"

"偷青啊，我要去。"玉兰一听偷青，欢喜道。

偷青，是当地习俗，元宵之夜，偷摘他人地里的豌豆尖、掐蒜苗或砍几窝青菜回家煮了吃，名曰"偷青"。若主人知晓后大骂，"偷青"者引以为乐，认为越骂越吉利。

"就知道好耍。"春红对玉兰说，然后又道，"好嘛！一切听肖大哥的。"

来到白鹤林，蒋家院子亮着灯，一阵狗吠，大家放慢了脚步。蒋良栋听见狗叫,出门来看,趁着明月,清楚认得是肖东成,忙招呼大家进屋。

肖东成说:"屋就不进去了,今晚明月如雪,直接到你练武场去,见识一下梅丝拳。待晚些时候,摘几把豌豆尖,下点面当宵夜。"

"要得,听表哥的。鹤林、唐翠山出来,一起到梅花柱那儿舞弄几下。"蒋良栋朝屋里的蒋鹤林、唐翠山招呼道。

明亮的圆月天空挂,银光闪闪,树影婆娑。肖东成、蒋良栋一行九人来到练武场,只见九根木桩矗立在地上,交叉如梅花状,在月光映衬下更显魅力。

蒋良栋指着唐翠山,对肖东成道:"东成,我给你介绍一位新朋友。这是唐翠山,住在张家大院子,是唐家梅丝拳第六代传人,算下来,我们是师兄弟。"

春红觉着唐翠山好熟悉,特别是那双眼睛,明亮有神,似乎在哪儿见过,道:"唐翠山?我想起来了,你就是那蒙面人。恩人,没想到在这里见面了。"

"春红妹妹,我一见到你就认识了。我不是说过,后会有期嘛!那日一别,不知谢大当家怎样?"

"谢谢你挂念,家父很好,他还一直惦记你。"

肖东成、良栋忙问是怎么回事?春红把唐翠山如何在城里相救她们父女的事说了。大家无不感慨相识是缘分,称赞唐翠山是侠义英雄。

肖东成建议,学习三国刘关张桃园结义,他们九人结为异姓兄妹。大家异口同声表示赞同。于是良栋叫蒋鹤林从家里逮来一只大公鸡、拿了酒和碗,歃血为盟,结为异性兄妹。

只见九人齐刷刷地跪在九堆灰(梅花桩)前,端着血酒:"天上圆月为烛,九根梅花桩为香,天地作证,我们九人在此结为异姓兄妹,不能同年同月同日生,但求同年同月同日死。有难同当,有福同享,绝不背叛。"将碗中血酒一干而尽,然后很有豪气将碗摔碎在地上。

肖东成年龄最长,称为大哥,良栋次之为二哥,然后依次是李三谷、唐翠山、肖翠平、蒋鹤林、谢春红、何师一、玉兰。春红排在老七,曰"七妹",玉兰排在老九,曰"九妹",何师一则美其名曰"八郎"。

当下,九个豪杰在练武场上显摆一通。只见蒋鹤林在九桩下穿梭,敏捷如猴,行云流水;唐翠山在桩上身轻如燕,健步疾速,腿上功夫扎实;何师一和李三谷在对练缠丝推拿;春红和玉兰喜剑,双剑齐舞,旋转如流星赶月,剑艺精湛;翠平耍棒,虎虎生风。

肖东成和良栋在旁观看,不住啧啧称赞!

唐翠山从桩上一跃而下来到肖东成、蒋良栋面前,抱拳谦虚道:"大哥、二哥,见笑了!"

"四弟,莫谦虚,我们九兄妹中,轻功你是上乘的。"肖东成夸赞道。

这时,只见翠平提着哨棒纵身一跳,单脚站在木桩上,来了一个美猴王独立。

"来了一个不服气的。"蒋良栋笑道。

翠平的猴棍耍起密不透风,十分花哨,吸引住了在旁舞剑的玉兰。玉兰看见翠平棒耍得如此娴熟,心里更加喜欢,爱慕之情油然而生。她停止了舞剑,在一旁叫起好来。

稍后,春红、玉兰、翠平和蒋鹤林到附近菜地掐豌豆尖,其余五人回蒋家烧水弄佐料,准备吃宵夜。待一切就绪,蒋鹤林四人嘻嘻哈哈回来了,掐回一大筲箕豌豆尖。

一切准备好了,肖东成亲自下厨,下了九大钵面条,大家围坐在桌边津津有味地吃起来。

肖东成边吃边对大伙说:"我们已经是结拜兄妹了,我们结拜的目的不仅是有难同当、有福同享,还有一个目标就是惩恶扬善,对那些恶霸、恶人给予严厉惩处。我们的代号是梅花九,含义因我们是九兄妹在梅花桩下结义。大家说好不好?"

大家齐声说好,表示同意。

李三谷说:"我建议给那些恶人先警告,若不收敛者,再除之。我们九人分成三个组,春红、玉兰、唐翠山负责三驱、珠溪、荣州一带;大哥、翠平、师一负责双路、邮亭、跑马、三教一带;二哥、鹤林和我负责昌州、龙水、宝项、拾万一带。不知可否？"大家认为此主意可行，正月过后，可分头去行动。

"三谷，那个叫李同兴的，现在还在高公馆吗？"肖东成突然向李三谷问道。

李三谷正要答话，唐翠山接过话，说道："大哥，李同兴在高公馆，但不是高家的管家了，在会馆办事，是彭诺泽的贴心跟班，成了道会的帮凶。他还置办田产，修了府邸，当起老爷了。"

肖东成愤然道："这是什么世道？杂皮混成了财主，这次行动要好好收拾这个家伙。"

吃了宵夜，肖东成、春红一行六人在和福客栈住宿，而唐翠山留宿在蒋家。

半月后，昌州、荣州、三教一带地主恶霸、道会恶魔均收到封落款为"梅花九"的警告信。附近恶霸、民愤极大的道徒收到以"梅花九"为代号的警告信，部分有所收敛，而仍有大部分把警告不当回事，也不知道梅花九是个什么组织，还是我行我素，为虎作伥，鱼肉百姓。

三教场往永州方向一里处赖家坝，有一个无赖，叫"赖晓苟"，人称"赖狗"，因其骗吃骗喝，强横耍无赖，又叫"赖儿老壳"，常在三教场吃霸王餐，还欺负弱小，当地百姓无不痛恨。一个漆黑的晚上，阴森寂静，赖狗在回赖家坝途中，被三个蒙面人用麻布口袋装上，一阵拳脚后，被丢在路旁，三个蒙面人消失在黑夜中。第二天，路过的行人解开麻袋，赖狗才脱身，人冷得缩成一团，见麻袋上留有"梅花九"三个字样。

三驱镇在昌州西部，离县城二十二里路，窟窿河流经境内，河街有棵黄桷树，黄桷树下有个凉粉摊，是一个田姓的老头在此卖三驱闻名的特产"田凉粉"。这一日，逢赶集，头天熬了整整两大瓷盆凉粉，早早起床挑上到河街自己的摊位。

谁知刚放下挑子，听见有人在呻吟："哎哟，受不了啦，田老板救我。"

田老头四下寻声，声音从黄桷树那边传来，只看见一条绳索紧绕黄桷树，却不见人。绕到黄桷树背后，才见到有一人被麻袋蒙住，用粗绳子绕着黄桷树捆住，不能动弹。田老头连忙解开绳子，放下麻袋，将人弄出来，定睛一看，原来是李甜粑。"李甜粑，是你呀，又欺负了哪位良家妇女，遭此报应。"

"别提了，什么'梅花九'！"李甜粑指着麻袋上的"梅花九"字样，说"开始警告过我，我没当回事，继续作恶，哄骗少妇采花造孽。看来我必须改邪归正了，不然下回就不是困住一夜这么简单了，小命都要出脱。不跟你讲了，免得被人撞见，羞煞我也！"说着，趔趄着狼狈离开。

"这个李甜粑，天上的麻雀都喝得下来，有一张甜嘴，却没有一个好心肠，活该被人黑整。"田老头一边自言自语，一边摆摊。

天色渐亮堂，陆续有人过往赶场，开始零星有几个客人，到了晌午客人越来越多，两瓷盆凉粉将要卖完。这时，又来一拨客人，田老头就跟他们会讲起早上之事，客人们无不夸赞"梅花九"真是济公再世。

第八回　天作之合喜结缘　身怀绝技挫花少

龙水镇古南街灞溪河畔有座桥，桥旁有个李宅，李同兴就住在这里。这个李同兴长着一脸横肉，贼眉鼠眼，是十恶不赦的恶棍，曾在高家当过管家，后投靠彭诺泽，成了道会的走狗，置办田产，修建府邸当起老爷来。

这天，李同兴正坐在太师椅上，旁边一个丫鬟在给他捶背揉捏，突然下人拿来一封信和一把匕首："老爷，在门上有匕首插着一封信。"李同兴接过匕首和信："谁这么胆大，敢威胁老子。"读完信后，他气愤地骂道："梅花九是个屁呀，敢来威胁老子。赶快找人，查查梅花九的底细。"

古南街和马家街之间有一个大戏院，严格讲，戏院在马家街东，紧邻古南街，凡是知名戏班、耍杂技等都要在此包场演好几天。李同兴是个戏剧迷，这天，他像往常一样，带上鸟笼、吹着口哨往戏院去看川剧。

戏演完时，已到天黑，伸手不见五指，还好离家很近，摸黑都可以回去。因为近，李同兴今天没带跟班，独自一人哼唱着川剧回家。快到桥边时，突然钻出两个黑影，用毛巾揞住李同兴嘴巴，一阵拳脚将其打昏，然后用麻袋装起，用绳子勒住其颈部，拖至李宅大门口屋梁上吊了起来。

那一夜，李同兴家人、管家和下人一阵好睡，全把李同兴搞忘了。李同兴老婆以为他又到哪个窑子快活，心里赌气早就睡了。

次日一早，管家开门一看，发现李同兴吊死在屋檐上，麻袋上留有一张扑克牌"梅花九"，他一声惊呼，惊动李宅所有人，大家号啕大哭，心惊胆战地为李同兴办其后事。

李同兴事件引得彭诺泽震怒，他遂告上渝州府，府尹遂责令昌州知县查办凶手，强调不允许类似事件再次发生。刘知县接到府令，忙召集典史、驻防使马联嵩到县衙议事。

"我自到昌州上任不到半年,各种纠纷案件尚未解决,今又冒出什么'梅花九',出了'李同兴事件',两位老弟有何良策?"刘知县首先发话。

马联嵩对命案无兴趣,心思在剿匪上,对此沉默不语。

典史见状,说道:"刘大人,依愚见,首先将那些被威胁过的重要人物保护起来,免生意外。然后到各个现场勘查,重点对李同兴案件进行突破,找出元凶。这些案件发生在不同地方,却都是'梅花九'干的,我想,这'梅花九'不是一人,而应是一个团伙。"

"我同意你的意见和推理,不过县里人手不够呀!"刘知县转过头对着马联嵩说,"马老弟,我看这样,我们县衙负责破案,你派人保护那些重要对象。如何?"

"听从知县大人安排,小弟照办。不过,弟兄们辛苦,银子可不能少。"马联嵩提出了自己的要求。

刘知县见马联嵩答应,高兴地说:"钱好说,羊毛出在羊身上。好,就这么办。典史,马上安排下去。马老弟,今天中午我请兄弟到醉香楼喝一杯。不醉不归,哈哈哈……"

肖东成听说李同兴已死,知道是蒋良栋他们干的,心里十分痛快,想道:"这个李同兴,害得宾贵一家好惨,四年前就该死了。"他又探得官府在调查此案,已经在各个场口张贴缉拿告示,缉拿凶犯,颇为蒋良栋他们担心。为了不出意外,他通知蒋良栋、李三谷和唐翠山到龙水茂源茶楼碰面,商议一下对策。

四人来到茂源茶楼,找了一间雅室,派李三谷望风。肖东成说:"最近风声紧,所有惩罚行动暂时取消。良栋、三谷暂时出去避避,鹤林年幼不会引起怀疑,况且他那天没参加行动。"

"好,我们都听大哥的。"蒋良栋道。

"好,我立马到九龟山通知春红、玉兰,这段时间就待在山上。"唐翠山道。

071

"嗯,甚好!对了,凡是留在家里的'梅花九'的字条、标识,全部烧掉,不要留下蛛丝马迹。"

"好的,大哥,二哥,我先走一步了。"唐翠山说完,出门而去。

肖东成又叫李三谷进来,安排蒋良栋和他一起到广东张鸣柯那儿去。一切妥当后,他自回肖家坝。

两月后,刘知县查案无结果,虽心焦力累,但欣慰没有再接到关于梅花九的案件,遂以"李同兴在街坊邻居中得罪人太多,死前也曾伤人致死,报复者难以查证,现死有余辜"云云,了结了此案。

唐翠山知道这事,就来到肖家坝找东成议事。肖东成说:"你来得正好,我正要找你。"

"大哥,什么事情?"

"我们九兄妹这样小打小闹,终究是力不从心,难以与恶势力对抗。我想叫大家加入哥老会,笼络弟兄,壮大我们力量。一旦有事,也有去处。"肖东成说。

"大哥有远见,我这次来也有此意,实话告诉大哥,我是龙水哥老会的。由于会规严格,没敢告诉大哥,今见大哥有入会之心,便以实相告。大哥可加入双路铺哥老会,以大哥本事和为人,不久便可为老大。"唐翠山真诚地说。

肖东成大喜道:"翠山呀翠山,我的好兄弟,真是踏破铁鞋无觅处,得来全不费工夫!"

哥老会,亦称袍哥,分设仁义字号,仁字号为双善堂,堂口舵把子是于海林;义字号为同义公,舵把子是曾治荣。堂口内分十排:一排称大爷,主管发号施令,主事的称当家大爷,俗称"舵把子",不主事的称闲大爷。二排关二爷虚设,三排钱粮三爷,五排称管事,六排称巡风,负责内外信息。四、七、八排虚设。九排、十排称幺大,俗称小老幺。幺大虽等次最低,但凤尾老幺,在喝茶或宴请时,都可与大爷并排同坐,也可一步登天为大爷。

经唐翠山的引荐,肖东成得以加入哥老会。肖东成初入袍哥,叫"进步"，俗称"海袍哥"，排为幺老大，后成为龙水、双路一带具有影响和号召力的袍哥大爷。

这年农历八月初二，肖东成二十岁生日，又是黄道吉日，肖兴元和马守财双方约定这天作为肖东成和仙桃的婚期。婚期确定后，仙桃的大娘、姑姑（货郎的嫂子和姐姐）知道后，按照习俗，也专程上山给新娘赠送衣物、首饰作为"添箱"，头天晚上，新娘要"坐歌堂"（俗称哭嫁）。仙桃哪里哭得成，高兴还来不及，她姑姑劝道："仙桃，明天是你大喜日子，按乡俗，今晚必须哭嫁，我知道你哭不出来，想想你父母，特别是你外公，他辛辛苦苦把你拉扯大，容易吗？你舍得离开他吗？"

仙桃说："姑姑，你别说了，说得我心酸，我哭就是了。我不会，你教我一下。""好，我教你，跟着我学唱一遍。"姑姑哭着嗓子认真说教。然后，仙桃呜呜咽咽动情地哭了起来：

太阳出来照西山，照到奴家美少年。
奴的妈妈命好苦，撇下仙桃入黄土。
奴的爹爹死得冤，祈佛爹爹魂上天。
外公带我受磨难，要吃要穿要周全。
男娃长成把亲选，女娃长成要配男。
放个人户不远点，西下脚下肖家院。
公子告辞回家转，娶期看在八月间，
裁缝木匠一起喊，顿顿十桌坐不完。
期间不过一月半，家家什什办周全。
旗罗轿伞多好看，人多上路要不完。
两边锣儿对到打，唢呐吹得滴滴答。
拾到院坝回车马，回了车马拜菩萨。
揭开盖头看一下，新娘是个满脸麻。
麻子婆娘我不怕，只要生个好娃娃。
三年不谈两句话，啷门生个好娃娃。

初二这天一早，肖东成备好彩轿，由媒人周婆婆和肖三挖率领迎亲队伍，张旗伞，奏喜乐，前往桃花荡迎娶仙桃。四人花轿抬到仙桃房前，马守财手擎点燃的红烛坐入轿内，花轿这搭屋，谓之"亮轿"。

花轿一到，仙桃早已穿戴好彩衣，披上红盖头，行告别礼，先朝香火拜祖先，再拜外公和姑姑，然后踩过量米的木斗，由女宾扶入花轿内，锁上轿门后，升轿启程。顿时，锣鼓敲响，唢呐吹奏，以黄罗大伞、彩旗为前导，花轿居中，后有送亲客。陪奁摆成若干抬盒，两人抬一盒，成一字形前行，一路吹吹打打，将仙桃接到肖东成家。

肖家院子肖东成家，院坝屋里摆满桌，一共办了二十桌。来的客人真不少，除了亲戚、一起挑煤炭和煤炭矿工、纸厂工人，还有父亲肖兴元的徒弟、哥老会的弟兄。肖东成加入哥老会不久，人缘极好，除了耍得好的弟兄，连双路铺哥老会仁字号双善堂口舵把子于海林、义字号同义公舵把子曾治荣都带着弟兄前来朝贺。九英豪杰除了蒋良栋和李三谷通知不到外，其余七人全部到场，欢声笑语，祝福大哥喜结姻缘，只是春红表面露喜，心里却有些醋意。

当四个轿夫抬着坐在花轿的仙桃到肖家院坝门口时，鼓乐喧天，鞭炮齐鸣，堂屋里红烛高照，陈设酒醴香烛。花轿不能直接抬入大门，要先举行"回车马"仪式，只见厨房走出一个肥胖厨师，左手提公鸡，右手执刀在花轿前宰了这只公鸡，然后提起它绕花轿一周，口中念念有词：蒋太公在此，各位大神请回避。

仪式完毕（由于肖东成是老大，没有晚辈，拜轿环节省掉），司仪先生大门高站，口中唱道："吉日良辰，天地开张，新人到此，车马回乡，娘家车马请回去，婆家车马请来迎"（当时迷信说法：新娘的轿子是神护送的，新娘已到，要送神回去），一干人用盐、茶、米、豆撒向轿门，这象征"雪弹"，可使一切妖邪回避。然后，由送亲客开锁，女宾启轿帘，扶新娘出轿，并搀扶至堂屋正中神龛（香火）前与新郎并肩而立，行周堂礼，就是拜堂：先拜天地，再拜高堂，后夫妻对拜。礼毕，大家簇拥着东成、仙桃送入洞房喝交杯酒，然后再出来拜客。

拜客时，肖东成和仙桃向肖兴元、蒋氏及二挖、三挖、三娘拜礼，五位长辈早已准备红包、礼品赠送；待到海平、遇春和几个结义弟妹、堂弟堂妹吵着闹喜，两人笑脸相迎，一一给备好的喜钱。拜堂完毕，开席进餐，喜宴上肖东成和仙桃由周媒婆带领到各席敬酒致谢。

是夜，洞房花烛夜，亲朋齐聚，欢呼戏谑至深夜。客人散去，肖东成和仙桃就寝，幸福满满，有情人终成眷属！

且说蒋良栋、李三谷各自回家打点盘缠，背了包袱，辞别父母，来到肖东成家会合。肖东成早已到张家探得张鸣柯在广州的住处地址，见二人到来便一一告知，并嘱咐路上小心谨慎，不得闹事。二人齐声允诺，与肖东成依依惜别，取道铜梁到渝州城，欲坐船到武汉后再到广州。

到了铜梁已是下午，二人肚中饥肠辘辘，到街边面摊坐定，沏壶茶，各来碗面条，狼吞虎咽吃将起来。

这天是赶场日，虽是下午，街上行人还是很多，只是往家里赶的人多于闲逛的人。一阵喧哗，从面摊前面正街拥出一群人：走在前面开路的是四五个五大三粗的大汉，后面四五个壮汉簇拥着官轿跟随而至，一副耀武扬威的架势。

蒋良栋遂问摊主："老板，请问这是谁？这么大排场？"

"别提了，唉。"摊主欲言欲止。

"老板为何叹气？"李三谷问道。

"实话告诉你俩吧，轿里坐着的道会门主，前后护驾的是练过武的门徒。天道会刚建馆时，这个门主还很守规矩，后来丑恶嘴脸渐渐露出，纵容手下门徒干伤天害理之事，并引以为乐。今天不知又有哪些人要遭其祸害。"

"你们这儿也有天道会呀？"

"天道会势力大哟，听说渝州城也有，其他地方也有。"

"官府不管？任由其猖狂祸害民众吗？"

"别说官府了，它都自顾不暇，管得过来吗，更何况这个天道会可不是一般的帮会。哎，别说了。"

"有这等事？待我上前将这鸟人从轿里掀将出来，看看是何方妖人。"蒋良栋放下手中碗筷，站起身，欲上前。

李三谷一把拽住他道："二哥，别忘了临走前大哥东成的交代。更何况我们命案在身，你就忍忍吧。"

蒋良栋听了劝，止住了上前的脚步，怒眼睁睁看着这伙恶人扬长而去。

二人结了账，怏怏不乐继续向前走，来到一个闹市，一群人正围成一圈看猴戏。猴子钻火圈、做怪动作、打筋斗等，加上耍猴人滑嘴的口舌，逗得大家笑声不断。

蒋良栋、李三谷也被逗乐了，忘记了刚才的不快。

谁知，此时一个贼眉鼠眼的扒手将手伸进了一个中年人的口袋，这个中年人正在津津有味看猴戏，根本没注意有人摸自己的钱袋。扒手得手后，将钱袋放入自己裤袋里，装着若无其事的样子，慢慢离开了现场。这一切没有逃过眼尖的李三谷，他把包袱递给在旁的蒋良栋，快步跟了上去。

扒手见有人跟了上来，知道事情败露，于是加快脚步向街外逃跑。李三谷见状，健步如飞，一阵猛追，终将扒手逮住，厉声道："你小子胆大包天，众目睽睽之下，还敢动手摸包。"

扒手一脸哭相："大哥，你冤枉我了，我没有偷包。"

"你小子，还敢嘴硬，我亲眼看见，还赖你不成？"

"三弟，少跟他啰嗦，对于这种人，拳脚伺候。"蒋良栋不知何时也追过来了。

"哈哈，二哥，你看他这瘦竹竿，禁得住几拳？"李三谷不禁笑道。见不远处有座桥，桥下河水湍急，突然灵机一动，对蒋良栋道："我有办法了。二哥，走，到那座桥上去。"说完，他拎着扒手的颈子就向桥上走来。

蒋良栋紧跟了过去。

后面也跟来了几个看热闹的，被偷的中年人也在其中，他见这边捉到扒手，下意识摸了口袋，发现不见了钱包，就急急地追上李三谷他们。

扒手被李三谷提到桥上，嘴里还一直说道："大哥，你饶了我吧，我真没偷钱。"

"没偷，是吧，好。你去见龙王吧。"李三谷用右手提起扒手一只脚，用力一挑，将扒手悬吊在手中，平伸桥外。李三谷力气大，加上扒手身子轻，扒手被悬在桥身外，他也一点儿也不觉吃力。此刻，扒手脚在上，头朝下，看着湍急的河水在头下轰鸣而过，水花溅在他脸上，早已吓得变了脸色，大叫道："好，好，大哥，钱是我偷的，快放我上来吧。"

"你小子真是不见棺材不落泪，终于承认了。"李三谷右手缩了回来，将扒手放在桥上，"快把钱包拿出来，还给这位大哥。"

扒手爬起来，从裤袋里掏出偷的钱包还给了中年人。中年人非常激动，对李三谷说："感谢这位小哥，这钱是给我母亲治病抓药的，还是借来的。要不是你，我那卧病在床的母亲不知该怎么办？"在场的群众也为李三谷见义勇为的行为鼓掌叫好。

天色不早，二人打算到璧山丁家镇再歇息，于是雇了一辆马车，飞奔而去。

快到傍晚，来到一处村庄，看见庄里人家已经点起灯光，蒋良栋睁开眼睛问道："这是什么地方？到丁家镇了吗？"

车夫回答："没有，还有一个时辰路程。两位客官，还向前走不？"

"不了，就在庄里找一大户人家，给点钱财，将就睡一宿。明日再做计较。"蒋良栋一边说，一边摇醒酣睡的李三谷，"三谷，起来了。"

李三谷朦胧醒来，问道："到了吗？"

"还没有，听说到丁家还有一段路程，我们就在这村里找个地方安歇。"蒋良栋回答。二人叫车夫停车，三人从车上下来，蒋良栋和李三谷走在前面，车夫牵马走在后面，走过庄前一座溪水桥，来到一个大户人家门前停下。

蒋良栋上前敲门，出来一个伙计，说明来意。伙计说："但歇不妨，待我禀报主人。"不一刻，伙计引领来一个六十开外的员外。员外姓花，曾在县衙做过事情，出身书香世家。

花员外见到他们面善，精明飒爽，知道是青年英雄好汉，欢喜了得，当下吩咐伙计安排住宿，口里谦虚道："几位好汉，寒舍没有多的好铺陈，委屈几位了。"

"花员外，休得客气，在此惊扰您，不甚惶恐。感激不尽。"李三谷上前作揖道。

是夜，蒋良栋、李三谷、车夫被安排在后堂客房里睡了。

在后院书房里，有一个十四五岁的少年，正在练书法，他是花员外的公子。花员外生了几个孩子，之前都是女儿。这个公子叫花荣，花员外老来得子。花员外对他甚是疼爱，叫他学习四书五经、练习书法，承袭花家书香门第，考得功名，为花家增光。可谁想，这花荣不喜欢从文，爱耍弄拳棒，花员外也没有办法，只好给他请师父、教武术。如今，花荣已经拜师三人，学了不少武艺。偶有间隙，花员外让花荣学习诗书、练习书法。

这时，前面的声响惊动了花荣，他问身边的下人："这么晚了，还有谁在外面闹腾。"

"少爷，有几个外乡人，走路急，耽搁了时辰，在此借宿，老爷心善，留他们过夜了。"下人回答。

"哦，这几人长相如何，会武功吗？"

"长得壮实，很有精神，年龄比你大不了几岁，至于会不会武功，却不知道。"

"哦，我知道了。你下去吧。"

下人刚要离开，花荣叫住了他："等一下，你去给我找一个面具。"

"小少爷，面具拿来干啥？"下人问。

花荣有些不耐烦地说："问这么多干啥？叫你拿，你尽管去拿。何必问这么多。"

"是，我马上去拿。"下人诺诺退下。

半夜时分，蒋良栋三人已熟睡在客房，此刻一个戴着面具的黑衣人出现了,他用刀撬开门闩,趁着月光,来到炕前。看到三人睡得正香,车夫鼾声如雷,黑衣人拿着刀,在三人头处来回晃动,做欲砍状。稍许,他对着蒋良栋的颈部,将刀举过头顶,向下狠狠砍去……

说时迟,那时快,只见蒋良栋头一缩,迅速用手指往黑衣人拿刀之手一点,黑衣人手臂一阵麻木,刀"咣当"一声脱落于地上。黑衣人见未砍着蒋良栋,便转过身,迅速越出房门。李三谷早已醒来,他跳将起来欲追,却被蒋良栋拉住:"不必追也,此人没有恶意,只是试探我等。后半夜自可放心睡觉。"

第二天一早,三人来到堂屋与花员外辞别,花员外留住吃早饭。三人见员外心诚,便应允了,正待出门,却听得庭院喧哗,便走出来细看。

只见一个十四五岁的少年,眉目俊秀,头扎长辫,身穿白褂,脚蹬绸鞋,手拿一柄银枪在耍弄。随后便和几个仆人打斗起来,几个仆人哪是对手,全部被打趴下,在旁看的众人喊起好来。

蒋良栋摇了摇头,笑着说:"花拳绣腿罢了,赢不了真好汉。"

那少年听了大怒,挚了银枪走了过来道:"你是何人?敢如此小看我?你敢跟我比枪么?"

花员外问蒋良栋道:"客官也会武功?"

蒋良栋答道:"略懂一二。敢问员外,这公子是你何人?"

"让客官笑话了,是我那不听话的不肖儿子。"花员外答道。

"既是花少爷,在下愿意点拨一二。"蒋良栋说。

花员外一听大喜,忙叫那少年花荣过来拜师。

花荣不服,举起手中银枪嚷道:"赢了我手中这杆枪再说。"

"休得无礼。"花员外喝住自己的儿子,转过头对蒋良栋说,"蒋英雄,请替我教训我这狂妄的家伙。"

蒋良栋笑了笑,不肯上前动手。

花员外忙问其故。蒋良栋回答:"在下恐伤了少爷。"

花员外忙道:"英雄放心,若有什么闪失,也是孽子自作自受,与英雄无干。"

蒋良栋听了，这才来到器械架上取了一杆枪，拔了枪头。

花少爷见蒋良栋取了枪却将枪头拔掉，心中自语道："这厮竟敢小瞧我，待我给你点颜色瞧瞧。"径直使枪直奔蒋良栋胸前刺来。

蒋良栋往旁边一跃，避过锋芒。花荣气急，再用枪往蒋良栋咽喉戳去。蒋良栋见来势凶狠，有一定功力，还须小心应付，忙用枪隔住，往外一挑，摆个架势，用无枪头枪向花荣头上砸去。花荣慌忙用枪来隔，蒋良栋的枪却在半上停住，直朝花荣空挡胸前戳去。花荣措手不及，被戳翻在地。蒋良栋急忙上前去扶。

还没带蒋良栋走拢，花荣一个"鲤鱼打挺"站了起来，端了一根长凳请蒋良栋坐，纳头便拜。

蒋良栋忙推辞道："不可，我给你推荐一位师父。"他把李三谷拉到凳子上坐下，说："这是我结拜兄弟，他的武功了得，十八般武艺样样精通，在我们昌州县，缠丝拳数第一。他可当你的师父，我也可以指教你一二。"

李三谷站起身，扶起下跪的花荣道："我可以教你，但我比你大不了几岁，咱们就以兄弟相称便是。我二哥不是不教你，而是他的梅丝拳是祖传，有祖训，不得外传，因此，你拜他为师，他很为难。"

花荣喜出望外道："师父还是要认，武艺上你们都是我师父，对外可以兄弟相称。"

花员外见二位好汉答应，高兴地说："时间不早了，请到膳房用餐。"

第九回　二虎被诛留祸患　三英远走赴广东

话说花员外请蒋良栋、李三谷二人到膳房用早餐。席间，蒋良栋叙起昨晚一事。花荣不好意思道："昨晚那黑衣人是我，我只是想试探你们是否有功夫而已。"

花员外："胡闹，有这么玩的吗，万一伤着师父，咋办？"

"没事，我们习武之人，即使睡着了，也有一根弦防着有人暗算。"李三谷忙替花荣解围，"昨夜，花公子到我们房间，我早已经发现，装着睡着了。当花少爷来到我们床前，我睁开的眼缝，窥视着他的一举一动呢。"

蒋良栋说："其实我也一样，当花公子撬动门闩的时候，我就醒了。花公子举刀砍我时，我早看在眼里，伸手点了他拿刀右手的穴道。"

"佩服，让弟子开了眼界"，花荣心悦诚服地说道。

吃完了早餐，车夫收了银钱，高兴地回了铜梁。蒋良栋、李三谷则留下来教花荣功夫。

光阴荏苒，不觉半年已过。此时在故乡老家双路铺的肖东成与仙桃喜结良缘，官府对"李同兴命案"已结案不予追究。当时由于交通闭塞，消息不灵通，蒋良栋和李三谷依旧心悬此事，决定尽快南下广州找张鸣柯。

闲话少说，单花荣在这半年里，将十八般武艺重新学得精熟了，加上二位仁兄尽心指教，点拨其中诀窍、奥妙，他大有长进，武艺精通，可与二人功夫不相上下，只是实战经验尚缺。

一日，蒋良栋对李三谷说："三弟，我们在花家吃住半年有余，今贤弟花荣武艺精熟，我们可放心走了。另外，我担心一旦官府寻至这里，会累及花家。"

李三谷道："二哥说得极是，我亦有此意，待会儿我跟花荣说明。"

二人随即找到在空地上练武的花荣。花荣看见蒋良栋、李三谷来了，他忙停了拳脚，向前施礼道："师父、师伯早，弟子刚才这套拳法打得如何？请赐教。"

蒋良栋笑道："还师父师父的，听来拗口。如今你可出师了，再不是半年前那个楞头青。现在我们仨当以兄弟相称。"

李三谷接着说："贤弟，我们在此已待半年之久，承蒙不嫌弃，令尊和你相挽留，好酒好肉侍候。如今我已将平生所学全传授于你，今欲与你辞别，同蒋兄到广州去。我们走后，还望多练，不要荒废武艺。"

花荣听了，哪里肯放他们走："师父只管在此间过了，我们像亲兄弟一样，潇洒快乐。家里虽说不是大富，吃喝几十年应该没问题。"

李三谷道："贤弟，你误会了，我们并不是担心这个，我们到广州确有急事。我俩去意已决，你不要再劝了。"

花荣见二人态度坚决，不能挽留，便道："我去告诉家父，让他知晓此事。"

恰好花员外手里拿着一封信，急急走了过来。花荣说了蒋、李即将去广州的打算。花员外一听，不由有些失望，说道："二位英雄，实在要走，我也不便留，只是，现在有一急事麻烦两位英雄，二位若将此事办妥了，老汉将感激不尽，也绝不强留。"说着将信递给蒋良栋。

蒋良栋接信念道："花元员：限三日内凑齐五千两银子送到龙虎山，如若不然，诛灭全家！坐山龙 坐山虎。"

"这坐山龙、坐山虎何许人也？敢这么嚣张。"李三谷听后问道。

花员外摇了摇头，叹气道："这'坐山龙''坐山虎'真名叫孔龙、孔虎，是孪生兄弟，长得难以分辨。孔龙眉间有颗黑痣，孔虎则没有，熟悉的人便以此分辨。两兄弟原是龙虎山附近山村农民，整日游手好闲，好吃懒做，不干农活，又好赌，常到镇上赌场，赌输了就偷鸡摸狗，凭身上横肉蛮力耍奸赖账。有一天，两兄弟又在镇上赌钱，押仁仁宝，结果输得血本无归。老大孔龙心不甘，把压上的银钱全抢到自己腰包。庄家岂能罢休，两人抓扯起来，对方打不过，庄家从柜里掏出一把朴刀向孔龙砍去，孔龙闪过，夺过朴刀顺势将对方砍倒在血泊中。孔龙见出了命案，知道官府不会放过，便带着兄弟和几个平日里耍得好的无赖、社会上的混混逃到龙虎山落草，干起打家劫舍的勾当。这孔龙、孔虎很是凶残，凡从龙虎山过往客商均留下钱财，稍有不如意便要他们横尸荒野。他们还强要附近的大户捐献钱粮，若有不愿，诛杀满门。"

"官府不管吗？"李三谷问。

"咋不管，只是这二人已坐大，在龙虎山聚集两三百号人，可谓人强马壮。官府几次上山围剿都大败而归。为此，官府悬赏，若拿得坐山龙或坐山虎首级，赏银五千两。"

"爹爹，如今孩儿武艺学成。待今晚夜黑，孩儿前去取这两贼项上人头。"花荣跃跃欲试道。

蒋良栋沉吟片刻道："我有一计，定叫二匪人头落地。"便如此这般一说，大家听后均点头称妙。

三日后，坐山龙带着十几个喽啰杀气腾腾来到庄上。花员外忙开门迎接。坐山龙骂骂咧咧地走了进来道："花老爷，你真是个要钱不要命的东西，信收到没有？钱凑齐了没有？"

"收到了，只是银子数额较大，一时半会凑不齐。这不，今儿个才凑齐五千两银子，正准备给您送去。"花员外战战兢兢道。

"这就对了！我就知道花老爷不会吝啬得连命都不要了。好啦，银子在哪里？我马上就要带走。"

"在后院坝坝头用箱子装着，我儿子花荣在那儿看守。"

"带我去取。"

花员外带着坐山龙和十几个喽啰来到后院，果然看见地上一个箱子打开着，里面装满了银子，而花荣拿着一杆银枪，圆目瞪眼守在旁边。

坐山龙一脸欣喜，忙叫身旁的马弁上前取钱。

花荣把箱子一合，厉声喝道："慢着，久闻坐山龙大名，你敢跟我比枪么？你赢得了我手中这杆枪，这些银子就全归你了。"

"小屁孩,你找死呀!敢跟龙爷比武?"马弁走上前骂道。

坐山龙"哈哈"一笑,道:"好耍,乳臭未干的小毛孩敢和你龙大爷叫板!好,豪气,老子成全你。"然后从枪架上取了一杆长枪,拉开一个架势:"小子,请吧。"

花荣见自己的激将法奏效了,暗自高兴,举枪向坐山龙咽喉刺去。坐山龙也曾练过武,见花荣这招式非凡人所为,知道这是要命的一枪,慌得急用枪来隔挡。谁知这枪却在半路转了方向,枪尖已飞快朝胸口刺来。坐山龙想用枪挡,已经来不及,胸口已经中枪,流出许多血来。他丢了手中枪,双手握着胸口枪柄,口吐鲜血,慢慢倒在地上身亡。

喽啰们见状,上前团团围住花荣。倏地,从隐蔽处跳出二十多条好汉,他们手拿刀剑上前,向喽啰们一阵猛砍乱刺。不一会儿,喽啰们全部命丧黄泉。原来蒋良栋和李三谷早已组织村里及花家会武的壮汉埋伏在后院,准备见机行事,只待坐山龙一死,便现身消灭余匪。

第二天,花员外叫来蒋良栋、李三谷、花荣,忧心忡忡道:"坐山龙已死,虽说为民除了一害,是个好事情,可他兄弟坐山虎在山上不见其兄回山寨必前来寻找,这如何是好?"

"爹爹,没什么可怕的?兵来将挡,水来土掩。"花荣正是血气方刚时,根本不知道害怕。

"贤弟不可鲁莽,你爹爹说得有理,只有灭了坐山虎,才能真正免除后患,下面我们应该想想办法,怎样才能解决坐山虎。"蒋良栋说。

正谈论间,一位下人匆匆来报:"老爷,外面来了两位官差,说是前来取孔龙首级,并叫少爷到县衙前去领赏银。"

"是哪个嚼舌的将此事传了出去。"花员外嗔怒道,"快叫官差进来。"

蒋良栋和李三谷一听,赶紧避到屏风后面。

不一会儿,两个官差走了进来,向花员外说明了来意,见花荣在场,躬手道:"花少爷果然少年英雄,杀了土匪头子坐山龙,为民除害,了不起啊!"

花荣忙问:"你们怎么这么快就知道了?"

一官差道："我们知县早有灭龙虎山土匪之心，已安排人打入土匪内部。昨日一漏网土匪回到山寨报信，说亲眼看见花公子刺死了坐山龙。今知县大爷叫我前来取了这土匪的首级，并叫你一同前往到衙门领赏。"

原来坐山龙带人下山到花家，半路上有一个叫"筲箕"的喽啰拉肚子，在路边茅草丛许久不出来，坐山龙性急，没有等他，带着其他人先走了。筲箕追到花家，看到坐山龙已倒在血泊中，那十几个土匪弟兄也全部死了，吓得躲在暗处不敢作声，稍许见没动静，连滚带爬逃上山，向坐山虎报告。

坐山虎听了，不禁暴跳如雷，欲带人来寻仇。有一个军师模样的土匪出面阻止："虎爷，不可。龙爷这么强横，却被花荣轻易得手，我想这背后必有高人。待派人探明情况再作定论。"孔虎只得忍住。

花员外知道事情原委后，对官差说："两位官差到后院取了坐山龙首级先行一步，我叫花荣随后就到。"

官差点了点头走了。

蒋良栋和李三谷从屏风后出来，花员外说："刚才官差的话，二位都听到了吧，不知两位英雄有何打算？"

蒋良栋说："既然惊动了官府，我俩不便在此久留，花荣贤弟杀了坐山龙，坐山虎必找他报仇，为了不节外生枝，你们父子都得找一远点的亲戚避避风头。"

李三谷补充说："花员外，不瞒你了，说实话，我俩在昌州龙水也是杀了一恶霸，被逃官府追究，才逃到贵处。"

"哦，原来如此。既是这样，我将花荣托付给二位，你们到哪里他就到哪里。我相信你们，花荣跟着你们不会有错。"

"那您呢？"蒋良栋和李三谷齐声问。

"我老了，这儿是我家。哪儿也不去？你们快走吧，不要担心我，若坐山虎来了，我自有办法应付。"花员外一脸泰然道。

当夜，三人收拾行礼，与花员外告别。

花荣跪在花员外跟前道："爹爹，孩儿不孝，给您老添了麻烦，您在家多多保重。"遂起身跟随蒋良栋、李三谷往凤凰镇方向进发。

凤凰镇外十几里的地方有个凤凰坳，两边山势险峻，林茂阴森，中间有一山路十分狭窄。

蒋良栋看这山路奇险异常，叫大家小心，以防不测。三人趁着月明，小心翼翼向前探路。走了一段路，一阵风过，隐隐听见山上有响动，声响越来越近、越来越大。

蒋良栋说了一声"不好"，忙叫三谷、花荣闪开。三人刚闪到旁边一块大石头后，就看见山上滚落许多山石和木头。

李三谷说："好险，要不是二哥提醒，我们闪得快，早就被压在这些石头、木头下面了。"

蒋良栋轻声说："不要说话，好像有人来了。"三人躲在石头后面，屏住呼吸静看前面声响处。

"笤箕，快去看石头下面的仇家死了没有？"只见一个壮汉带着一群人走了过来，为首的正是坐山虎。笤箕领命，朝乱石木堆中查看了个遍，却不见尸首，忙起身道："虎爷，里面什么也没有。"

"怪了，三个大活人眼睁睁不见了！"坐山虎突然意识到什么，叫了一声"不好"，只见一支飞镖从石头后面飞过来，正中他眉心。坐山虎"哎呀"一声，仰躺倒地。

蒋良栋等三人一跃而至坐山虎身边。蒋良栋用朴刀砍下坐山虎的头颅，吓得笤箕等在场的土匪魂飞魄散，纷纷弃刀枪，跪地告饶。

"冤有头，债有主，我且饶了尔等性命，今后不可再为非作歹了。知道吗？"李三谷厉声训斥道。

笤箕战战兢兢道："感谢好汉不杀之恩，我等谨记就是了。"说完，他带着其余匪徒狼狈散去。

蒋良栋从坐山虎身上扯下一块白布，蘸了些许血渍写下"恶有恶报"四字，然后带着李三谷、花荣消失在夜色之中。

不一日，三人来到朝天门码头，买了去汉口的船票。开船时间还早，三人倚在码头石栏上，看着码头热闹，两江交汇处激流漩涡。

"呜呜"一阵汽笛声，船要开了。蒋良栋三人排着队，依次上了船，在硬座舱找了座位坐下。客船乘风破浪，朝天门码头渐渐退远，蒋良栋三人都是第一次坐船在江上漂游，既兴奋又惊奇。花荣指着江边的船筏，对李三谷说："师父，你看，有渔夫在打渔。"

　　向远处望去，江边渔夫忙碌，鸬鹚扑腾，还有附近江边船夫穿着蓑衣，戴着斗笠，划着木船快速从客船前方穿过，到对岸村落串亲办事。过了一段时间，纤夫号子由远及近、由小到大，慢慢看清纤夫们艰难地拉着纤，吼着特有的长江号子，给冷峻的三峡带来欢腾和朝气。

　　到了奉节地面，江面渐窄，水流湍急，客船绕过江中滟滪关向瞿塘峡驶去。夔门第一关到了，大家不约而同眺望雄峰。蒋良栋三人来到甲板上，近距离欣赏独特的三峡风光。

　　蒋良栋三人到了武汉后，或坐马车或走路或骑马，几经辗转，一月后，终于到了广东江门。三人在江门县城找了一客栈落脚，一切安排妥当，留下花荣，蒋良栋和李三谷按照地址去找张鸣柯表舅李作儒家。

　　二人走在街上一路打听，终于在城东找到李府，李作儒府第很大，前院大门紧闭，李三谷上前敲门，从里面出来一个精练的长者，约摸五十岁左右，问道："你们是谁？有什么事情吗？"

　　李三谷有礼貌地回答道："大伯，我俩是李大人表外甥张鸣柯的朋友，麻烦你通报一声。"

　　"你们是张公子的朋友啊，不巧，张公子到私塾老师家补习功课，还没回来，李大人还在衙门办公事。要不，你们进屋等一等。"

　　"不了，我们到街上逛逛，等稍晚些，我们再来就是了。"李三谷说完，与蒋良栋往回走。

　　此时，张鸣柯从私塾回来，手里拿着一本书，低着头还想着新学的课程，碰见蒋良栋二人，也没在意，毕竟他跟蒋良栋只见过一面，那还是在三年前"月夜砸碑"相识的。不过因与李三谷同村，还一起读过私塾，倒是非常熟悉。当时，蒋良栋走在前面背住了李三谷，便错过了。走了一段路，蒋良栋觉得刚才过去的这个书生好面熟，突然说："三谷，刚才过去的这个人好像是张鸣柯？"

"嗯，看不到脸面，不过背影看上去就是他。走，追上去看看。"二人追到了张鸣柯跟前叫了名字，喊道："张鸣柯。"

张鸣柯回过头一看，见是李三谷和蒋良栋，惊喜道："三谷，是你们啊。良栋，你是良栋，东成的表弟，梅丝拳高手。你们咋个来广东呢？"

"这个，说来话长，找个地方慢慢细说。"李三谷说道。"那好，走，到附近蜀州馆子撮一顿。"张鸣柯热情相邀。"不忙，跟我们一起来的花荣兄弟还在客栈里，我去叫他，你跟三谷先去，我们随后就到。"蒋良栋说。

"这样也好，馆子就在对面巷子左拐，名叫'麻辣鲜川菜'。我和三谷先去了，把菜点起。"

张鸣柯和李三谷来到"麻辣鲜川菜"馆子，老板招呼："张公子，请找桌子坐。"张鸣柯随便找了一张桌子坐定，对提着茶壶过来倒茶的老板说："回锅肉、红烧锅巴鲫鱼、麻婆豆腐各来一份，外加一盘花生米，一壶烧酒，准备四副碗筷。"

老板准备酒菜去了，李三谷把在家里九英豪杰结义，惩治十恶不赦的恶徒、吊死李同兴，为官府查办，打算到广州投奔张鸣柯，以及在花家村遇到花荣收为徒弟，如何铲除龙虎山孔龙、孔虎等一一说了。

张鸣柯大赞："你们干了这么多大事情呀！干得好，了不起！可惜我没有参加。"少时，蒋良栋和花荣也来到。老板已将点好的菜摆满桌。

"哦，忘了介绍，鸣柯，这是花荣，李三谷的得意弟子。"蒋良栋指着花荣介绍。

"花荣，水浒梁山有个好汉叫小李广花荣，其射箭技艺超群，百步穿杨，百发百中，今看贤弟，果真仪表不凡。三谷已经把你们的事情都告诉我了，花荣贤弟今后必将是国家栋梁将材。"张鸣柯夸奖道。

蒋良栋戏谑道："花荣贤弟飞镖可敌梁山好汉小李广的神箭，况且十八般武艺样样精通，又是为民除害的少年英雄。""各位仁兄，别笑话我了。"花荣谦恭道。张鸣柯道："只顾说话，菜都凉了。大家动筷子，尝尝家乡菜。"说着，又给大家斟上酒。

张鸣柯和蒋良栋三人许久没有吃到川菜,特别是蒋良栋三人,一路奔波,风餐露宿,今天有一种回到家的感觉,心情都好,边喝酒边划起拳来。

从此,三人就跟着张鸣柯落脚在其表舅李作儒家。李作儒也是开明之人,对于三位好汉的到来,热情欢迎。蒋良栋三人看到李府上下热情招待,觉得过意不去,便在李府做一些杂事。张鸣柯则继续读他的"之乎者也",此不细表。

第十回　张鸣柯应试不第　肖遇春喜中秀才

转眼到了八月，正值三年一乡试，张鸣柯对蒋良栋三人说："明天我要到省府参加乡试，一去要走十多天，明天报到，后天进贡院考试。半月后才能回来，你们好好待在我表舅家，等我回来。"

蒋良栋问："要不要我们陪你，或者贤弟花荣陪你去。"

张鸣柯忙拒绝道："不必了，不是很远，待不了好久。他去也帮不上什么？何况，我们这些考生全住在贡院（考场），我能照顾好自己。"

广东省贡院在广州城东南城内学道街，由山门、廊道、考房、大殿、二殿、后殿和考生宿房组成，这次考试主持是朝廷选派的翰林、内阁学士充任正副主考官。

八月初七这天，张鸣柯到渝州城广州学道街贡院，有个考官正登记报名，张鸣柯来到报名处对考官报了自己姓名，考官在花名册找到张鸣柯的名字，在另一张报名册上写上"张鸣柯"。张鸣柯交了报名费，领了座签和考引，在贡院附近找了客栈住下。

到了八月初九这一天卯时一刻，贡院开门，数千名考生依次接受初查，鱼贯入场，在四名执灯小童的带领下分别进入四个考场，张鸣柯由小童（贡院工作人员）引领到自己考场，在门口再次接受军士的搜身检查，发现没带任何物件，才被放行进入考场。

张鸣柯按照考引寻到自己的位子，考试除考引外，考生任何一物都不准带入，笔、墨、特用纸张等都由考场提供。今天是第一场，考试题目是试以《论语》一文、《中庸》一文或《大学》一文、《孟子》一文，作五言八韵诗一首，经义四首。考试要求：三道四书题每道都要写二百字以上，四道经义题则需要写三百字以上；考试时间是一天，一天里可休息三次，有人会送来饭食和清水，要如厕的，也有人专门引导并监视。

黄昏时分，张鸣柯做完考卷，拉动身边的小铃，就看见两个监考官过来糊名，将考卷放入专用匣内，并收走一切物什，张鸣柯这才可以离开。

八月十二日这天考试第二场，考生同样搜身检查方可入考场。这次考试题目是：试以五经一道，并试诏、判、表、诰一道，作议论文，要求三百字以上。

十五日为第三场，要考两天，过夜的棉被也由考场提供，每名考生都被隔开，各占一席之地。这场考试首题为："大学之道，在明明德，在亲民，在止于至善义"；次题是："致天下之民，聚天下之货，交易而退，各得其所义"。张鸣柯根据平生所学和自己的理解，很快就答完题交了卷。最后一场考试是阐述题，题目是："汉唐以来兵制，以今日情势证之欤"或"古之理财，与各国之预算决算有异同否"，任选一题作答。张鸣柯对历史很有研究，也喜欢读兵书，就选择第一题"汉唐以来兵制，以今日情势证之欤"认真答起题来，自觉很满意。

到了张榜那天，大家去看告示，题榜上却没有张鸣柯的名字。当地有知内情的人看了皇榜，摇头说："这世道真是乱了！蔡大人的公子平日里游手好闲，胸无点墨，居然也上了皇榜！还有那虞财主的儿子，纯粹是个酒囊饭袋，竟然也榜上有名！真是可笑！"

李三谷不平道："我们鸣科满腹经纶，文韬武略，朝廷竟然有眼无珠，埋没人才。这皇榜有碍众人眼睛，待我前去撕毁，以解我心头之气。"

张鸣柯上前拽住他道："兄弟，不可，不可。这也不怪朝廷，与其他人无干。考试嘛，也有发挥失常的。"张鸣柯把原因全揽在自己身上，还存有幻想，"三年过后，我再来考试，一定会比这次考得更好。"

"你还要参加考试啊，考场这么腐败，你还相信朝廷。"李三谷大声道。

"我是读书人，不考试咋办。考试中进士，当官为民造福，这是我的出路和梦想啊。"张鸣柯一意孤行，仍坚持自己意见。

大家没再说什么，只得依了张鸣柯，一路怏怏不乐回到李府。

大家开始合计下一步打算。

张鸣柯说："乡试每三年考一次，这期间我打算到私塾教书，挣点银子花花，在此麻烦表舅也不是长久之计。"

蒋良栋道："既然鸣柯有教书的想法，我们三人也不能闲着，得找点事做。"

张鸣柯连忙说："良栋，对不起，我没有撵你们的意思。我是个书生，只有到私塾教书，才不会荒废我的学业，要是停下来，三年后的考试又是一场空。"

"鸣柯，你误会我了。我们三个大男人，在你表舅家待了这么久，还不是等你考上进士，当了官，我们三人可帮衬你，当个教头、巡捕的，替你保驾护航。说实话，我们从家里带来的盘缠早花光了，现在吃住都在你表舅家，其他开销靠的是花荣贤弟的钱,剩下的也不多了。这样下去，肯定不是办法。"

张鸣柯想了想，道："这倒是，你们三人有的是本事，找点儿事干还充实些。我表舅的把兄弟王老板有一个码头，你们何不到他那儿去找点活干？不过是些苦力活，不知你们意下如何？"

李三谷说："我们是练武之人，苦力活对我们来说没得啥子，还可以练练臂力。"

蒋良栋和花荣也点头赞同。

"既然这样，我找表舅给王老板打个招呼。"张鸣柯高兴道。

第二天，张鸣柯跟他表舅讲了，他表舅表示赞同，当即给王老板写信。张鸣柯收好信，带着蒋良栋三人到江门码头，找到王老板说明来意，并把李作儒的信交给他。

王老板看了来信，又看了蒋良栋三人，说道："不好意思，目前码头只缺搬运工，不知三位……"

"谢谢王老板，搬运工就搬运工。什么时候干活？"蒋良栋回答得很干脆。

"今天就可以。"王老板道。然后他叫来一个工头做了吩咐。工头领着蒋良栋三人来到停在海边码头的货轮，让他们将船上的货物搬运到码头上的七号仓库。在这里搬运的还有七八个工人,其中有一个叫杨老倌的长者见到花荣,笑呵呵地说:"小兄弟,你这么年轻,来干这个体力活,你行吗?"花荣露出自己结实的胳膊,回答道:"别看我年纪小,可我有的是力气。"

有个贵州小伙"二胖"戏言道:"杨老倌,你还好意思说别人,你自己瘦骨嶙峋,这位兄弟比你强多了。"

杨老倌不悦道:"二胖子,关你啥子事哟,你别管闲事。"

工头走了过来,恶狠狠地道:"不要讲话,干活去。再偷奸耍滑,扣你们的工钱。"

大家停止讲话,扛起箱子朝仓库走去。蒋良栋三人夹杂在工友中,卖力地搬运,由于是第一次干这种苦力,三人只是一箱一箱省着力扛运。到后来,蒋良栋、李三谷给自己加了分量,比其他人多一倍的重物扛在自己的肩上,也不觉得吃力。

有一天,工头叫大家到四号仓库,将里面用麻袋装的粮食搬运到货船上。粮食用麻袋密封,约两百斤重,大家肩扛着粮食一步步朝船上迈,蒋良栋、李三谷力气大,各扛两麻袋跟在工友后面。此时,年纪大的杨老倌,脸色发黄,可能发病,为了生计,仍来到码头拖着瘦削身子扛着一麻袋粮食艰难前行。走着走着,一个趔趄栽倒在地,麻袋沉沉摔在硬石路板上,缝隙口子绳子被震松动,粮食散落出来。工头见状,拿着皮鞭对着杨老倌猛抽,嘴里叫道:"叫你偷懒,粮食也搞撒这么多。今天的工钱没有了。"

蒋良栋放下麻袋,怒喝道:"休要打人。"上前一把逮住工头的手臂。工头见是蒋良栋,知道他是王老板的人,身手又好,忙笑脸相迎道:"是蒋大哥呀,杨老倌不好好搬运,粮食都撒了。"

"你没看见他面黄肌瘦,明显生病了。工钱不要扣人家的,他那份我帮他扛。"

工头连忙道:"好好,一切听蒋大哥的。"然后他回过头对杨老倌道:"今天看在蒋大哥的面子,不扣你工钱,今后好好干活。"说完悻悻地走了。

花荣早已将杨老倌扶起，蒋良栋走到杨老倌身旁，对他说道："杨老倌，这两天你就不来了，你那份活路我和李三谷、花荣包了，在家好生休息。"

杨老倌无不感激，忙下跪，道："感谢蒋老弟。"

蒋良栋忙扶起杨老倌："杨大哥，折煞我也。快起来，花荣贤弟，把杨老倌送回家。"

此后，工友们无不佩服蒋良栋侠肝义胆，都尊称他为大哥，凡有事都找他商量帮忙。

三年后，蒋良栋、李三谷、花荣早已不住在李府，已经搬出来找了住处，跟工友们住在一起。张鸣柯开始跟以前的私塾老师一块儿教书，后来自己单独到江门一个乡下开设学堂，一边教书，一边复习考试，准备今年秋天八月再到渝州城参加乡试。

三月里的一天，张鸣柯收到一封家书，说是叫他安心读书，早日考取功名，不必挂念家人；另外告诉知县和布防使都已经换人，"李同兴案件"早已结案，李三谷等人可以回家了。

张鸣柯看了信后很高兴，赶紧雇了一辆马车，赶到蒋良栋和李三谷的住处，将这一消息告诉他二人。

蒋良栋和李三谷听了这消息，也高兴得不得了。李三谷说："我们在外面待了四年，终于可以回家了，也不知道家乡有什么变化？"

蒋良栋感叹道："是呀，在家千日好，出门事事难啊！"

花荣却有些担忧，道："一晃四年过去，我都快二十岁了，不知我父亲怎样了？"

李三谷安慰道："坐山龙和坐山虎都已经死了，没有人去骚扰你父亲！何况，你父亲身体硬朗，应该没事的。"

花荣听了，稍心安了一些。

张鸣柯说："你们好好安排行程，乡下学堂事情多，我就不来送你们了。另外告诉你们，你们回昌州可以走广西、贵州，从陆路回川，如今那边太平天国起义军余部在前年被朝廷剿灭了，那儿没有战争了，很安全的。回到家，给我捎封信，免生挂念。你们保重，告辞了。"说完，他坐着马车回去了。

蒋良栋对李三谷、花荣说："我们在这里把这个月干完，领了工钱再走，如何？"

李三谷："一切听大哥的。这样也好，趁着后面的时间，逛逛这里的景色，平日里只顾干活，这里的名山胜地都没去领略。"

时间又倒回到四年前，单说肖东成跟仙桃结婚后过着幸福美满的日子。结婚七天后，按照乡俗，娘家人要接新娘回家住九天，称为"回门"。仙桃娘家只有外公马老头，年纪大了，也不方便接。

仙桃对肖东成说："东成，按习俗今天我要回门，本应外公来接，可外公不方便来，我打算自己回去。"

"好嘛，回去好好侍候外公几天，我送你，顺便提一块腊肉去。"肖东成说完去取腊肉。

一切收拾妥帖，二人向山上走去。仙桃在前，空着手；东成在后，提着礼物。到了桃花荡，东成不再送仙桃，仙桃独自一人回娘家，因为按习俗姑爷是不能进屋的。

仙桃在这九天里，仍跟当姑娘时一样勤快，帮忙烧火煮饭，到桃花荡洗衣服，做一些家务活。马老头看到外孙女回门，心里乐滋滋的，精神格外好。

九天过后，肖东成上山来接仙桃，对马老头道："外公，你一人在山上住，我们不便照顾你，下山到我家去，我和仙桃好好孝敬你。"

"不了，我在山里习惯了，哪里也不想去。我才五十多岁，还做得。只要你跟仙桃逢年过节来看看我，我就满足了。"

"那好，你要保重，注意自己身体。我们回去了。"

肖东成带着仙桃与马老头告辞。那条大黄狗很有灵气，将二人送到桃花荡，便"汪汪"叫地不再送了。

转眼到了严寒冬天，蜀州一带下起了鹅毛大雪，双路铺的雪下得尤其大。肖东成看着仙桃穿着红棉袄，腆着肚子，仙桃此时已有身孕四个月了，想到自己要当爸爸了，因此暗自高兴。

仙桃看着这鹅毛大雪，想着山上的外公，不知外公怎样？能挺得住么？可这大雪连续下了好几天。仙桃对山里的外公实在放心不下，叫肖东成找了一件夹衣（棉袄），带上她一起回娘家看看外公。

走到桃花荡，溪水已结成了厚厚的冰，肖东成童心大发，竟走到上面去耍，不料冰块破裂，眼看就要掉进冰窟窿。

在旁的仙桃急喊道："东成，小心！"跟着忙上前拉住肖东成的手，使出平身力气不让肖东成下坠。

马老头听见响动，急急赶来，拉着肖东成的另一只手，两人合力把肖东成拽了上来。他们扶他进屋，把衣服换了，让他在火炉边烤火。仙桃忽然发现下身流血，知道坏了，不由伤心地哭了起来。

马老头忙问怎么回事？

仙桃哭道："外公，我的孩子没了！东成，对不起，我把孩子弄没了！"

肖东成见状，痛心万分，想到仙桃是为了救自己，内心更是愧疚不已，但作为顶梁柱，肖东成知道自己不能崩溃，于是上前安慰仙桃道："仙桃，哪能怪你呢？要怪也只怪我！你现在要保重身体，孩子我们以后会再有的！等会儿，我叫医生帮你看一下，拿点儿药。"说完，别过脸去，悄悄揩下眼角的泪花。

仙桃流产伤心，加上风寒，竟然大病了一场，经过医生诊治，才稳住了病情。肖东成也没去挑煤，在家精心照料仙桃。一月后，仙桃好转，但医生却告诉肖东成，仙桃可能再也怀不起孩子了！

两个苦命鸳鸯，被命运这样玩弄了一遭，沉沦了许久，但日子仍旧这么过下去，二人相互依偎，算是给生活涂上了一抹彩色。

次年二月，仙桃对肖东成说："你在家为了照顾我，待了这么久，如今我身体已经恢复完好，你可以去上山挑煤了。你看，这两月翠平一个人在山上挑煤，为家里挣了不少钱，你这个大哥该顶起这个家了。"

"好，我知道了，还不是要照顾你嘛，看到你病兮兮的，我心疼得不得了。现在好了，你又是那个如花似玉的新娘子了。"肖东成最后一句来了点京剧味。

"去去，少说奉承话。"仙桃嘴里嗔怪，心里美滋滋的。

第二天便到了龙水赶场天，肖东成和翠平跟以往一样，来到罗家沟煤炭厂。刚到煤炭厂，就看见围着很多人，说是煤炭厂因瓦斯爆炸，矿工罗老头被埋在洞里。经过抢救，其他几个矿工受了重伤，已经送到镇上救治，唯独罗老头死了。

肖东成着急问翠平："二叔、三叔昨晚上班没有？"

翠平回答道："二叔、三叔是白班，你看那两个不是二叔和三叔吗？"翠平指着人群里正在处理罗老头后事的二挖、三挖。

肖东成和翠平来到两位叔叔身旁。二挖抱着一个六七岁的孩子对众人道："罗老头平生老实，昨晚却遇天祸，膝下就这么个六岁大的儿子，他老婆患有疯癫病。现在罗老头死了，这孩子成孤儿了，那个心肠好，收养这个孩子吧。"

众人心里虽然同情，可家里都比较穷，谁敢再往家里增添负担。

肖东成见众人不作声，想到仙桃不能再生育，又看到这个孩子乖巧又可怜，就走上道："二叔，这个孩子给我吧，由我收养他。"

二挖见是肖东成，忙说："贤侄不可，你爸不会同意的。"

"父母那里，我去做工作，仙桃肯定会听我的,她也是很喜欢孩子的。"肖东成果断地说道。

"那好吧，你暂时抱回去。若你父亲不同意，我再找人抱养。"二挖说着将孩子递给肖东成。

肖东成从二挖怀里接过孩子，放在地上，问他道："孩子，你叫什么名字？"

孩子闪着晶亮的眼睛，回答道："叔叔，我叫罗绍文。"

肖东成抚摸着孩子的头说道："从今天起我就是你爸爸，你就是我的儿子了，我给你取个名字，叫肖绍文吧。"

"嗯。"

于是，肖东成挑着空箩筐，和翠平一起领着肖绍文回了家。

仙桃见肖东成领着一个孩子回来，忙问是怎么回事。肖东成如实跟她讲了。仙桃心地善良，又看见孩子机灵可爱，就欢喜地答应了。肖兴元开始时还不情愿，后来渐渐接受，也喜欢上这个孩子。每次赶场回来，他都会给肖绍文买些糖果小吃，把他当成自己的孙子。

二月初七上午，肖遇春提着行李回家，见到东成，打了个招呼。

肖东成问道："遇春，你不在双路铺学堂好好念书，回来干啥子？"

遇春道："大哥，后天我就要到县里参加县试。老师已经作保推举我参加，叫我回来准备。"

县试由各县县官主持的考试。试期多在二月，要向本县礼房报告，填写姓名、籍贯、年岁、三代履历，并取得本县廪生保结。这些事宜，肖遇春的私塾老师早已帮他办好。

县试一般考五场，各场分别考八股文、试帖诗、经论、律赋等。二月初八，肖兴元亲自带着肖遇春到昌州县城学坝街考点报到，交了报名费二两银子。然后，二人到西门客栈住了下来。

初九这一天，肖兴元把肖遇春送到考点，嘱咐他安心考试，不要慌。肖遇春跟着其他考生一起陆续进入考场。今天考试主持是知县，上午考试第一场。第一场考试很简单，肖遇春很快做完答题，交了卷。下午继续考试第二场。

肖遇春在县城考试三天，最后一天考试半天，上午考试完后，肖兴元带着肖遇春到附近餐馆吃了午饭，然后回家等待消息。

月底，县里公布考试结果，肖遇春五场考试成绩全部通过，获得"童生"称号。全家得到消息都为之高兴，都向遇春庆贺。蒋氏特别兴奋："我们肖家终于出了个秀才啦。"

肖遇春纠正道："妈妈。我现在只是个童生。参加四月份的会试通过了才是秀才。"

"我三儿就是秀才，四月份的考试肯定通过。"蒋氏乐呵呵地说。

院试是每三年举行两次，院试得到第一名的称为案首，通过院试的童生都被称为生员，俗称秀才。恰巧今年四月要举行院试，考场设在蜀州。

到蜀州路途遥远，肖兴元叫肖东成送遇春到蜀州参加会试。肖东成带着遇春经荣州、内江、隆昌、资阳等地，历经半个多月，终于到达蜀州，找到考试地点——蜀州贡院。

会试在蜀州贡院举行，考试三场三天，跟考进士乡试一样严格，考生吃住都在贡院。肖东成将肖遇春送到贡院办理完所有考试手续，自己找了一个客栈独自住下。考试这几天，肖东成到了蜀州城里武侯祠、杜甫草堂等处游耍。

肖遇春考试完后，肖东成问遇春考得怎样？遇春回答说很满意，录取生员没问题。肖东成说："但愿如此，万一考砸了，也不要气馁，来年再考嘛。"接下来两天，肖东成带着遇春到都江堰、青城山等地去观光旅游，后再回昌州双路铺家。

到了张榜那一天，县上有人专门到家告知肖遇春中了秀才。肖兴元留住官人，吃了茶（当地一种说法，其实就是煎个蛋之类吃点心），赏了银钱。全家人见到肖遇春果真中了秀才，自然欢喜得不得了。

第十一回　东成九龟山报信　金豹白虎峰强攻

肖兴元是一个爱面子的人，三儿子肖遇春中了秀才，无论如何也要热热闹闹庆贺一下。他叫肖东成张罗着请客，凡是亲朋好友、三亲六戚、附近大户都请来，办几桌酒席庆贺。

到了庆贺这天。蒋鹤林、何师一各自提着一袋用红绳包扎的贺礼，早早地来到肖家，肖东成和肖翠平在院坝前迎接。

肖东成高兴地迎了上去接过贺礼，道："鹤林，早啊。咋没看见二位舅舅呢？"

蒋鹤林道："我爸和大伯都来了的，他们去龙水湖看风景去了，大伯带了一把鸟枪，顺便打几只白鹤、野鸭之类的。他们叫我先过来。"

肖东成道："龙水湖的白鹤、野鸭倒是不少。就看舅舅的枪法怎样了？鹤林、师一到堂屋去喝茶。"

蒋鹤林二人到堂屋见过肖兴元夫妇俩，向他们问好。蒋淑芳见侄儿鹤林长大成人了，又这么懂礼节，甚是高兴，问道："爷爷可好？你父亲、大伯咋没见着来呢？"

蒋鹤林说："孃孃，爷爷身体仍然健朗，爸爸和大伯到龙水湖打野物去了，等会儿就到。"蒋鹤林、何师一又去向肖遇春表示祝贺，然后就到肖家后坡的练武场去了。

不久，亲戚朋友陆续到来。只见马老头左手提着贺礼，右手扛着一杆猎枪也来了。肖兴元连忙出来迎接，道："马叔，您来了。还带什么礼品嘛！"

马老头说："老三中了秀才，肯定要来道贺，怎能打个空手来？一点薄礼而已。"当他听说蒋友尚两弟兄已去龙水湖边打野物去了，道："现在开饭还早,我去会会他们。"

仙桃从里屋出来,道:"外公,请到堂屋喝茶。"

马老头将猎枪握在手中,道:"我去湖边兜一圈,或许能碰到野鸭出现,打几只给你们尝尝。"

不一会儿,唐翠山带着礼品来到肖家,向肖遇春道贺后,也到后坡练武场去,远远看见到蒋鹤林在举石锁,何师一在旁数数。蒋鹤林见到唐翠山,立即放下石锁,高兴地迎上去,闲聊起来。

不多时,双善堂的舵主于海林骑着大黄马来了。跟着于海林来的还有钱粮钱三和管事蒋礼堂(钱粮和管事是哥老会的排行,相当于三爷和五爷),钱三穿着休闲装,蒋礼堂武生打扮。

肖兴元和肖东成父子赶忙到路口迎接。

于海林赶紧下马,对肖兴元道:"肖老弟,何必这么客气,还出门这么远迎我们,老哥我不敢当呀。"

于海林比肖兴元大几岁,他俩见面都以兄弟相称。但肖东成又是双善堂的人,也称于海林为"大哥",这个大哥可是"大爷"或"老大"的意思,称谓与辈分无关。

肖东成见客人来得差不多了,就准备开席。仙桃悄悄对他说道:"你两个舅舅和外公去湖边打鸟去了,现在还没回来呢。"

仙桃话还没说完,就见蒋友尚三人提着几只野鸭走进大院。有人问:"咋没见你们打到白鹤呢?"

只听到马老头说:"白鹤是吉祥物,打那玩意做甚?这个季节的野鸭,那味道可比白鹤肉鲜美!"

肖东成自语道:"这下可以开席了吧。"他来厨房,揭开煤炭灶锅里重叠得高高的蒸笼,取出里面的蒸菜。

翠平从外面走进来,道:"等一等,九龟山的七妹春红和九妹玉兰没来。"

"什么,春红没来?这么晚都没到,肯定出事了。糟了,我还有一件重要的事忘记告诉她了。"肖东成着急地说,然后他叫翠平去上菜,自己去找春红。

客人见翠平已经在上菜了,陆续坐上桌席。

肖东成来到堂屋,对于海林说:"大哥,我有一重要事情去办,失陪了。"

于海林正在跟铺上几个头面人物摆龙门阵,正在兴致上,就开玩笑道:"东成呀,今天是你三弟遇春的喜事,我等都是你请来的,你却要走,这像话吗?"

"大哥,我确有急事。改日我好好陪您!"肖东成说完,来到于海林跟前耳语了一番。

于海林听后,说:"东成,你骑我的马去。"

肖东成点点头,走出门去骑于海林的大黄马。翠平急急赶来问道:"大哥,到底出了什么事情?"

"回来再告诉你。"肖东成跨上于海林的大黄马"哒哒哒"疾驰而去。

肖东成骑马到了龙水,看见春红和玉兰骑着马迎面而来,遂勒住缰绳道:"春红、玉兰,你们咋这个时候才来?"

春红见是肖东成,心里一阵高兴,道:"东成,你真好,这么老远来接我们!珠溪大桥在修整,我们是从宝兴场绕道而来的。"

肖东成对春红说道:"赶快往回走,九龟山大祸临头了。"

"到底怎么回事情?"春红扭转马头,与肖东成并行往回走。

"边走边给你讲。"肖东成说道,随即策马跟上。

"哎,咋个又转回去了,不去吃喜酒啦?"玉兰不悦地问,见不回答,只得悻悻地调转马头跟在二人后面。

原来,肖东成陪遇春到蜀州考试,遇春考试完后,他就带着遇春在都江堰游玩,无意间听见当地老百姓的一些议论:

"这几天,金豹走了,都江堰都安静了不少。"

"就是,这个祸害整天在一个叫什么蓑衣渡的地方训练,一群混混和恶霸跟在后面耀武扬威。这几天不见人影,是不是死了?"

"死了倒好,听说带着一帮人到昌州他表舅那去了,说什么要报仇雪恨。"

　　……………

　　"我想这个金豹是冲着你们九龟山去的,以前我听你说过都江堰的金豹被你追得落荒而逃,没想到这厮贼心不死,竟然又跑到昌州地面作恶来了。我本打算一回来就告诉你,没想到这一忙就给忘记了。要是你们真的有个三长两短,我……"肖东成道。

　　"亡羊补牢,为时未晚。只要你心里还有我,我就心满意足了。我爹爹今早到了县城,我真担心他会出事。"春红说完,又回过头道,"玉兰,我们走快一点儿。"然后拍马疾奔。

　　肖东成、玉兰紧跟其后。

　　到了九龟山,让喽啰牵了马匹,三人直奔聚义厅。

　　春红老远就叫道:"二当家!二当家!"

　　二当家朱盛文急忙从里面出来道:"春红,你咋回来了。啥子事,喊得这么急。"

　　"我父亲回来了没有?"春红急急地问道。

　　"刚回来不久,正在聚义厅谈及你到东成家去了。你咋又回来呢?"朱盛文道。

　　谢元庆听见外面嘈杂声,走了出来,问道:"女儿,出了什么事情?"看见肖东成,问:"这位好汉莫非是肖东成肖大侠?"

　　肖东成上前打招呼道:"见过大当家、二当家。大侠不敢当,晚辈正是肖东成。"

　　春红撒娇地揽住谢元庆道:"爹爹,东成过来是有重要消息告诉您。还不叫人家到里面聚义厅坐。"

　　"哦,对,对,走!东成,到里面坐。"

　　大家到了聚义厅落座,玉兰给肖东成沏茶。

　　肖东成把金豹来到昌州以及在都江堰听到的信息告诉了谢元庆。谢元庆听了,惊了一跳道:"这独眼龙金豹上次被我打败,只身一人逃得性命,已经四年不见,想不到这头恶狼又回来跟我们作对了。二当家,赶快去布置，做好迎战准备，不要让金豹偷袭成功。"

二当家朱盛文领命而去。

谢元庆对肖东成感谢道："东成啊，太感谢你了，要不是你及时带来消息，九龟山危矣。"

肖东成愧疚道："大当家的，实在对不起，因为有事耽搁了，直到今天才来告诉你们。"

谢元庆道："想那独眼龙金豹来到昌州，也不会马上实施他的计划。不过，最近几天得小心防备了。你们还没吃饭吧，中午将就吃点。晚上我们再痛饮几杯。"

"大当家的不必麻烦，我家里还有客人等着，吃了饭我就要走了。"

"不急，不急。你第一次到我们山寨，一定要多留几天。现在九龟山有难，你不能袖手旁观呀！"谢元庆挽留道。

肖东成见谢元庆说得有理，又见春红含情脉脉看着自己，便答应了下来。

下午，肖东成在春红、玉兰的陪同下，跟着谢元庆到九龟山各营寨巡视，只见旌旗飘扬，刀枪林立，已做好布防。走到白虎峰，二当家朱盛文早已安排重兵把守，弓弩手已在第一道防线严阵以待。

肖东成对谢元庆说："白虎峰乃九龟山重要隘口，战略要地，失之则九龟山危矣。今虽有重兵把守，一旦敌人用重炮，我军火铳、刀枪难以拒之，没有火炮，即使守住，必付出巨大代价。"

"是呀，我想弄几门火炮放在白虎峰和狮子山的三清宫，可惜山寨资金紧缺，加上这几年案件颇多，官府没有精力顾及我们，以为相安无事，放松了警惕。如今，独眼龙金豹在他表舅的怂恿下，气势汹汹地杀将回来，没办法，现在只有凭借工事和血肉之躯，跟他来个鱼死网破了！"

"为了减少伤亡，大当家应该在白虎峰、三清宫备置滚石木头，一旦敌人来到山下，可有大用。"肖东成建议。

谢元庆正要说什么，见朱盛文带着一队人马扛着木头，用人力鸡公车拉着滚石走了过来，便笑着对肖东成说："真是英雄所见略同啊！"

"肖大哥，有勇有谋，真英雄也。"春红见谢元庆夸赞肖东成，也翘起大拇指称赞。

晚上，谢元庆叫伙房弄了一桌酒席，有鱼有鸡，颇为丰盛。四人入座，谢元庆说道："今天呢，我置办了一桌薄酒，主要是感谢东成给山寨送来情报，让我们及时做了布防；还有东成是第一次到我们山寨。来，干杯，喝个一醉方休。"

四人举起杯，一饮而尽。春红举起酒杯道："爹爹，刚才您搞忘了说，为东成哥的三弟遇春中秀才祝贺。来，再干一杯。"

二当家朱盛文站起来，举起杯道："来，为我们相识干杯。"

三杯下肚后，二当家朱盛文不再喝，到各营巡查去了。春红酒量小，在一旁陪着肖东成和谢元庆，玉兰则在门外守卫。

吃到半夜，谢元庆喝醉了，春红就叫侍从扶他到寝室就寝。肖东成呢，酒量虽大，因这天为遇春的事操心，不胜酒力，也喝麻了。春红把肖东成扶到自己的闺房歇息，自己则跟玉兰挤在一张床上。

下半夜，春红睡不着觉，牵挂肖东成，见玉兰睡得死猪似的，就悄悄起床，向自己房间走去。肖东成瘫在床上，被子掀在一边。春红担心他着凉，遂凑向前给他盖好被子。肖东成一下抱住春红香肩，迷迷糊糊地喊："仙桃，仙桃。"并轻轻地吻住了春红的粉腮，春红本中意肖东成，又带着三分醉意，便顺势搂紧他，吮吻着，慢慢褪去衣物……

第二天早上，肖东成醒来，发现自己赤条条睡在春红床上，忙起床穿衣裤。他刚穿好，就听见有人来敲门，开门一看，竟是春红。

只见春红红着脸，似乎没有了往日的娇气。她端着一碗鸡蛋面走进来，轻柔地说："东成哥，昨晚你喝醉了，现在饿了吧，我给你下了面。"

"七妹，不好意思，昨晚我咋睡在这儿，竟把你的床弄得尽是酒气。"

"不碍事，你是客人，又是大哥，我愿意。"

"昨晚我是怎么进来的，我全然记不清了。"

"昨晚你做了什么，真记不得了？"

"刚开始恍恍惚惚有人进来过，给我洗脚，那是你吧？后来……后来……真记不得了。"

"记不得最好！"春红不愿把昨晚的事说透。春红心想，东成记不住最好，自己把它当作最美好的回忆，这样的结局可能最好。

玉兰这时走进来道："肖大哥、春红姐，大当家叫你俩到聚义厅。"

"哦，知道了。"春红说。

肖东成吃完面，把碗筷放下，三人便一起来到聚义厅。

聚义厅坐着两排各营头目，狮子山的黎奎也来了。谢元庆叫肖东成三人坐下，然后说道："兄弟们，刚才城里探子来报，马联嵩这个狗贼将带着官兵、金豹的团练约三百人，对我们进行围剿。听说还配备两门火炮，大家要做好防范，堡垒要加固，滚石、圆木准备充足。"

铁蛋说："大当家的，您放心，这些东西早就准备好了。只要马贼敢来，定叫他有来无回。"

"好。各位兄弟这就回各营寨做好迎战准备，黎奎兄弟留下来。"

头目们都下去后，谢元庆说道："二当家、春红留在九龟山防守，我去狮子山。"

肖东成道："不可，您是主帅，不能离开大本营。"

"东成，你放心，有二当家，加上春红，还有你这个英雄，九龟山万无一失，我担心的是狮子山，那儿兵少，金豹又熟悉那里的环境，必须加强那儿的防守才行。"

"大当家的，东成说得对，你是一寨之主，这儿不能离开你呀。还是让春红去吧。"二当家的说。

"不要劝了。就这么定了。"说完，谢元庆带着一队人马，跟着黎奎前往狮子山而去。

中午时分，马联嵩带着三百人马，拖着两门火炮绕过狮子山，向九龟山杀来。狮子山谢元庆得到消息，在狮子山按兵不动。

黎奎急道："大当家，马联嵩已去攻打九电山，我们应该派一班人马从后面偷袭才是呀。"

"马联嵩是行伍出身，他没防备吗？万一他转头来攻打狮子山，狮子山就保不住了。我们在九龟山经营了这么多年，工事坚固，加上我们早已防范，他马联嵩再会用兵，也对我九龟山无可奈何啊。"谢元庆很自信地对黎奎说道。

话说马联嵩来到白虎峰下，看见山上旌旗分明，刀枪林立，知道早已防备，便叫步兵停下，命令炮手开炮。炮弹随即落在白虎峰上，只见硝烟弥漫，尘土飞扬，炸死炸伤了几个山寨的弟兄。

肖东成和春红及时赶到，叫第一道防线的弟兄撤到安全地带。

炮击停止，马联嵩叫金豹带着团练们打头阵。金豹遂拿着火铳，大声叫道："弟兄们，给我冲呀！"然后一马当先，沿着陡峭的山路往上冲。

这一切，早被白虎峰的弟兄看得一清二楚。肖东成叫大家到各自的工事做好准备，待官军走近了，再滚下石头、圆木等物。

三百米，两百米，一百米，金豹的一百多人全在上山路上，离肖东成他们越来越近。

春红一见差不多了，喊了一声"放"，滚石、圆木遂源源不断地压向金豹的人马。倏忽间，只听团练们鬼哭狼嚎，死伤不少。走在前面的团练，只恨爹妈少生了腿，跑得慢的，全压在了滚石圆木之下，动弹不得，直呼"救命"。有的见势不对，掉头就跑。金豹拿着火铳打死一个往后跑的，急喊道："谁再往后跑，我就毙了谁。"

剩下的团练只得转身往山上死冲。

滚石和圆木已堆满了山沟、山路，肖东成叫弓箭手放箭，"嗖嗖嗖"，箭如雨下，敌人又倒下一大片。

马联嵩见强攻不行，忙令撤退。

清点人数，金豹从都江堰带来的一百多人死伤近一半，只剩下六十余人，马联嵩和金豹伤心不已。

马联嵩不甘心，对金豹道："九龟山地势险要，工事牢固，山匪已有准备。一旦久攻不下，狮子山的土匪截我退路，我等命休矣。马上改变原计划，我们掉转头回去攻取狮子山，打它个措手不及。金豹，你来断后。"

马联嵩命令后队变成前队，金豹的火铳队断后，向狮子山开拔。

第十二回 狮子山陷落被占 谢元庆中弹殒命

且说马联嵩带着官兵转而攻击狮子山,如法炮制,一阵炮轰。炮弹落在三清宫四周,露在外面的掩体工事顿时全被炸飞。好在黎奎早做了防备,三清宫防守的喽啰撤到大炮射程之外,待炮声停止,再进入到前沿阵地迎敌。

这次,马联嵩叫副将张彪带一队官兵打头阵,吩咐小心滚石圆木。

张彪道:"兄弟们,大家彼此拉开一定距离,小心山上滚下的石子和木头。"然后他带着官兵小心翼翼地往三清宫爬去。

黎奎见官兵近了,命令喽啰放下滚石圆木,官兵们随即倒下一片,但仍有不怕死的,继续往前冲。眼见官兵快至前沿阵地,黎奎带着人跳出工事,截住一顿好厮杀,杀退了前面的官兵,后面的官兵又蜂拥而至。

谢元庆带着一队人马向官兵投掷石灰包,放射竹箭,逼退了张彪。

马联嵩见强攻狮子山也未能得逞,愁眉不展。

金豹走到他跟前道:"表舅,没有想到谢元庆如此会用兵,我们低估了他,看来强攻不行,得想其他办法了。"

"金豹,你有何良策?"马联嵩问道。

"表舅,我对狮子山地形很熟悉,我带一队人马从后山攀岩上去,表舅您带大队人马埋伏在松林坡。再令张彪佯攻,待与其厮杀,佯装溃败,引敌进入埋伏,一举歼之。我乘隙端了狮子山的老窝,断其退路。"

马联嵩听了,点头称妙,依计行事。

张彪带着人在火炮的掩护下,不顾滚石、竹箭,再次杀向三清宫,做作决战态势,还不断怒骂,激将谢元庆。经过一番拼杀,双方互有死伤,张彪叫众人撤退。谢元庆见了,却不追赶。张彪见计不成,又杀回来,这下惹恼了谢元庆，只听他大声喊道："弟兄们，跟我追。"

谢元庆带人追到松林坡时，却不见了张彪，再看看那儿，倒是个打伏击的好地方，于是暗叫一声不好，忙叫众人后撤。可是已来不及了。只听一声枪响，他们身前身后全都是官兵。

马联嵩走出来道："谢英雄，久违了。你已被官兵包围了，快下令手下投降吧。"

"马贼，你使诈，把我骗至这里，真是可恶！"谢元庆大怒。

"兵者，诡道也。兵不厌诈嘛，呵呵！"马联嵩冷笑道。

谢元庆对手下说道："弟兄们，我等与马贼势不两立，大家这就杀出一条血路冲出去。"

谢元庆正要带队策马杀进敌群，只听见松林坡东北角一阵骚动，那儿的官兵纷纷后退，一队人马杀将进来，为首一位少年将军对着谢元庆大呼道："谢英雄，跟我走。"

"你是……"谢元庆觉得对方似曾相识。

"我是唐翠山，是春红的结义兄长。"来人道。

谢元庆听春红说过，心中大喜，对手下弟兄说道："大家冲，跟着这位唐英雄往东北方向突围。"

原来，唐翠山在肖家不见了肖东成，下午许久不回来，从于海林口里知道肖东成的去向，心里担心，于是悄悄召集了十几个有本事的袍哥，向九龟山赶来。这事没告诉蒋鹤林、何师一，怕牵连他二人。当来到松林坡时，恰逢谢元庆被困，便出手相救。

此时，官兵见不知从哪里降下来的神兵，自乱了阵脚。谢元庆、唐翠山得以从东北方向杀开了一条口子，突围出去。

马联嵩见走了谢元庆，忙带众人尾追。谢元庆走到狮子山下面一个叫复兴寺的小庙，正欲上山。忽见黎奎带着人狼狈从狮子山下来了。

谢元庆惊道："黎奎兄弟，你这是……"

黎奎道："大当家的，你带人去追张彪时，那金豹却带人从后山摸了进来，夺了我狮子山大本营。我带人前去争夺，无奈金豹武器精良，又居高临下，三清宫竟被他们占了。"

唐翠山走了过来道："谢英雄，官兵已经追过来了。您快带人先走，我来断后。"

谢元庆道："狮子山不能回去了，走，我们回九龟山。"

这时，一个叫铁蛋的头目急急跑来道："大当家的，我们已经被官兵咬住了，现在回九龟山已经来不及了，必须消灭敌人的先头部队，等待九龟山前来救援，乘机再走。"

谢元庆道："既然如此，你赶快叫一个机灵点的弟兄到九龟山搬救兵。"

铁蛋道："我已经安排人去了，现在可能已经快到了。"

"好，大家在复兴寺附近坚守，等待援兵。"谢元庆道。

谁知他刚说完，一发炮弹落在他身旁，他当即昏死了过去。

铁蛋把谢元庆背到复兴寺里，扯了块白布，包扎了他胸前的伤口。

唐翠山、黎奎从前面退了下来，交代铁蛋："敌人太多，金豹又带人从狮子山杀来了，你叫人把大当家抬起，我们边打边往九龟山撤。"

就在这艰难时刻，肖东成、春红、玉兰带着九龟山上的生力军赶到了，大家众志成城，杀退了气焰嚣张的官兵。

马联嵩见对方来了救兵，不再追赶，恐遭埋伏，遂留下金豹驻扎狮子山，自己带着大队回城，向朝廷邀功去了。

且说九龟山寨营里，谢元庆负伤很重，躺在床上昏迷不醒，大夫正在静候其病情的变化。春红守在床边，哭红了眼。

谢元庆慢慢睁开眼睛，见春红在低泣，便喊着她的名字，微笑示意。大夫对春红说："你父亲虽然醒过来了，但他伤势严重，弹片伤到了内脏，可能活不了几天。"

春红拉住大夫的手说："大夫，你无论如何要想办法救救我爹爹。"

大夫说："小姐，我是医生，救死扶伤是我的天职，可我无能为力呀。"

谢元庆知道己的伤情后，便叫众人暂退下，让春红一人留下，说道："红儿啦，不要伤心，人总要走这条路的！我走了，我唯一放心不下的就是你。有句话，不管爱听不听，我还是要说，二当家的是个好人，虽然他比你大了许多，可他对你可是真心实意，又有谋略。我知道你心中有东成，可东成毕竟成了家，有了仙桃。你还是跟二当家的好吧，了却我的牵挂。"

春红虽性格倔强，但心善良，有孝心，知道"父母之命，媒妁之言"还是要讲的，便哽咽道："爹爹，我答应您。"

谢元庆微笑着用手抚摸春红，说道："乖孩子，委屈你了。不过，你慢慢会理解爹爹的苦心。"

第二天下午未时，谢元庆伤势严重，不治身亡。春红痛哭不已，玉兰也跟着伤心抽泣。

九龟山沉浸在悲痛之中，鞭炮齐鸣，香烛萦绕，锣鼓喧天。春红、玉兰、朱盛文身穿孝服，头缠拖地白布，用苎麻束腰，守在灵堂里。山寨请来了道士做道场，为死者超度亡灵。做道场时，春红、玉兰、朱盛文彻夜守护在灵堂，不时随道士行跪拜之礼。谢元庆死后经剃头、更衣，遗体用白帕覆面，盖上寿被，停放于聚义厅内，在停尸板下置点油灯。门前贴有书写黄纸对联："不迎不送丧家礼，或往或来吊客情。"

出殡那天，道士、锣鼓在前开路，春红扶灵，玉兰执幡引路，沿途撕扔纸帛，撒"买路钱"，朱盛文、肖东成、黎奎等人紧随灵柩之后，将谢元庆安葬在文龟石下。下棺定位后，众人垒成坟堆，砌一石碑，上刻：父谢元庆之墓　女儿谢春红。春红、玉兰、朱盛文再拜坟台。入殓仪式完成后，道场结束，还要烧灵房子，给死者送去"冥房"，丧事结束。

九龟山寨不可一日无主，众人遂推举春红为大当家。春红没有推辞，坐了头把交椅，继续推行父亲"惩恶扬善，除暴安良"的政策，后被百姓称为九龟圣女。

三个月后，春红一连好几天心烦呕吐，以为有病，便让玉兰陪她到三驱镇上诊所看病。

老中医把脉后，一脸惊喜道："恭喜大当家的，您有喜了。"

春红一听，又惊又喜，喜的是怀上了东成的孩子，惊的是自己还没嫁人就怀有身孕，寻思着待父亲"百期"后，就跟朱盛文结婚，把孩子生下来，以求名正言顺。

玉兰见春红有些走神，忙问道："小姐，你这是怎么了？"

"没什么。我在想问题。"春红微笑回答。

"我给您开了点儿补药，回家调理一下。注意多休息。"老中医说。

回去路上，春红嘱咐玉兰："今天之事不要对别人说，就烂在肚子里。"

玉兰道："小姐，我也不是小孩，你是我的姐姐，我怎会嚼舌根？你喜欢肖大哥，我是知道的，只可惜你们有缘无分。"

谢元庆"百期"那天，春红跟二当家朱盛文来到谢元庆的坟前跪下，只听春红道："爹爹，今天是您的百期，女儿又来给你烧纸了，我答应你嫁给二当家，说到做到，您老人家安心地走吧。"然后进香烧纸。

春红对朱盛文说道："按照父亲的遗愿，我答应与你结婚。你也不小了，就在这几天，找个吉日把婚事办了吧。"

朱盛文喜出望外，说道："春红妹子，你说的可是真话？"

春红道："婚姻岂当儿戏。你没听见我刚才对爹爹说的那些话吗？"

朱盛文道："我这不是在做梦吧？我朱盛文终于娶到春红妹妹了。"

几天后正是黄道吉日，春红便和朱盛文结婚。

婚礼那天，九龟山从悲戚的气氛中恢复到喜气热闹的氛围，肖东成等几位结义金兰都前来祝贺。不过，肖东成对于春红怀孕以及与自己一夜缠绵之事仍蒙在鼓里。

三年后，刘知县已调任回故里天津，驻防马联嵩调到合州任驻防，金豹也离开狮子山，带着一众人马，编入官兵。

这天，春红带着两岁的女儿天骄在山龟石上玩。春红问天骄："天骄，妈妈问你，你知道我们脚下这块大石头，叫什么龟吗？"

"叫山龟。"天骄回答，指着对面那块像乌龟的山石道，"那是火龟，我还知道文龟、灵龟、水龟呢。"

春红感到惊奇，问道："是谁告诉你的呢？"

天骄闪着亮晶晶的眼睛，道："是玉兰姑姑告诉我的，九龟的名字我都知道，玉兰姑姑还带我去看了这九个乌龟。"

"天骄真棒！那你知不知道'九龟寻母'的故事呀？"

"不知道，玉兰姑姑没给我讲。"

"那，天骄想不想知道呢？"

"想，妈妈，你给我讲讲呗。"

"好吧，妈妈讲给你听。这九龟呀，名字叫神龟、宝龟、灵龟、水龟、文龟、筮龟、山龟、火龟、泽龟，九块龟石，天骄你都见过的。传说呀，天上的王母娘娘花园内，有一个池塘里住着一对金龟。这对金龟，从小生活在一起，相互倾慕，偷偷下凡到人间，相亲相爱。不久生下九个蛋，孵化出九个儿子，一家人幸福地生活在一起。王母娘娘发现金龟不见了，就派天将二郎神下凡来捉拿。乌龟妈妈赶紧带着九个小龟到青山院后山躲藏。金龟夫妇随即现身迎战二郎神，大战五十回合，不分上下。王母娘娘又派雷公助战，一声雷击，将金龟夫妇劈死。金龟夫妇死后呢，就变成了夫妻石，就在九龟山下黄桷凹处。藏青山院后山的九个小龟就变成了酷似乌龟的九块巨石，背上都刻有名字。这九个龟石的头都朝着夫妻石方向，他们在寻找自己的母亲哩……"

天骄天真地说："九个小龟真可怜，他们没有妈妈了。"

这时，一个探子来报，道："大当家的，独眼龙金豹烧了狮子山寨，带着手下走了。听说跟他表舅马联嵩到合州上任去了，还当了官。"

春红忿忿地说道："这个祸害就这么走了，我爹爹的仇还没报哩。"说完，她把天骄交给奶妈，带着玉兰向狮子山跑去。朱盛文领了一队人马跟了过去。

狮子山营寨和三清官被金豹一把火烧为灰烬，只有山脚下的复兴庙得以幸存。

春红看着满目沧桑的狮子山营寨，望着一片焦土和断垣残壁的三清宫，想到以前兄弟们在这里安营扎寨，狮子山是多么气派雄伟呀，营寨里热闹朝天，操场上兄弟们集训呐喊震天，伙房炊烟袅袅，飘逸出诱人的饭香……

春红对朱盛文道："我打算重新修复狮子山营寨，恢复三清宫原貌。"

朱盛文说："春红，如今山寨经费紧张，重建需要一大笔银钱。现在独眼龙已走，狮子山对我们来说已经失去了它的战略价值，我们只需派一哨人马轮流驻扎在复兴寺，作为九龟山的前哨即可。"

春红想了想，说道："也是，好，就按照你说的办。"春红跳上马背，"走，我们这就回九龟山做安排。"

县衙内，新任知县丁赍良看着案卷，问身边的典史："听说昌州民众与地方恶霸、天道会发生了许多冲突，造成命案，你具体说说哪些案件还没有结。"典史回答说："大人，目前还有十八起命案在审理结案之中。龙水九起，马跑场四起，三驱两起，中敖、邮亭铺、雍场各一起。"

丁知县："有这么多，你把这些案宗全拿到我书房，待晚上我认真查阅。看看是否有错案、冤案。"

晚上，丁知县认认真真看了这十八桩案子，不时用毛笔勾画，直到鸡鸣时分才阅完，发觉有件命案，人命关天，凶犯有很多疑点，便再仔细查阅一遍，认为此案须重审，主意已定，倦意袭来，便趴在卷案上打起瞌睡。

天明时分，典史来到县衙，唤醒了熟睡的丁知县，让他回府上去休息。丁知县醒来，见到典史，就说："不睡了，那个关于张生的案子疑点很多。走，跟我一起到牢房去见见这个犯人。"

二人来到牢房，忽听得有人大声喊道："大人，我冤枉啊！大人，我冤枉啊！……"

丁知县问典史："喊冤的是何人？"

典史回答道："正是张生。"

"走，我们到张生牢房去看看。"丁知县径直朝关押张生的那个牢房走去。典史、狱吏紧随其后。狱吏打开牢房后，丁知县和典史走进了牢房。

第十三回　丁知县复审错案　灵官会一打会馆

丁知县和典史来到张生牢房，张生停止了喊叫，眼睛愣愣地看着他俩。典史对张生说："这是新任知县丁知县，不要怕，问你话，你要如实说来。"

张生忙呼道："冤枉啊，丁大人，我冤枉啊，我没杀人，王怀仁不是我杀的呀，您要替我做主呀。"

"张生，不要急，你慢慢把具体实情跟我讲一下。"丁知县温和地说道。

张生的事情原来是这样的。

在马跑场团结邻里有一财主叫杨世仁，生有两个女儿，膝下没有儿子，大女儿叫大凤，嫁给大堡场老板王百万做了二姨太；二女儿小凤喜欢上了同村的穷书生张生，杨财主嫌贫爱富，不同意小凤嫁给张生，暗地里张罗媒人介绍小凤给城里的陈员外当小老婆。

小凤不愿，便与张生私奔。二人从团结走路到大堡场，张生走在前面，小凤是个千金大小姐，气喘吁吁跟在后面。半路上，小凤走路急，脚一下子给崴了。张生只得扶着小凤一瘸一拐向前走，到了场口看见一家豆腐店，便停下歇息。

这家豆腐坊老板是一位五十岁左右的老头，膝下有一女，全家靠卖豆腐为生。他见张生二人如此狼狈，问其来由，张生如实说了。老板舀了两碗豆浆给二人喝。他很同情小凤，便把自己拉磨的毛驴借给小凤当坐骑。张生谢过父女二人，让小凤骑上毛驴，自己在前面牵着，向万古场投奔亲戚。

杨世仁在家里不见了小凤，心里十分着急，便到大堡场大女儿家杨大凤家去找。此刻，大凤正在房里与恶徒王怀仁偷情，见父亲在屋外喊，便叫王怀仁躲到柜子里，然后用锁锁上。大凤去开了门，杨世仁带着人一窝蜂进来，到处找，发现大凤床前有两双女人穿的绣花鞋，认为小凤就在屋里，且断定小凤就藏在柜子里，便叫人将柜子抬回家。大凤心虚，连忙阻止，说柜子里没有小凤。杨世仁更加判定是大凤将小凤藏在柜子里，不由分说，叫人将柜子抬了出去。

大凤懊悔不已，不该让王怀仁来。原来，大凤老公王百万新近又纳了一房小妾，时不时在外拈花惹草，冷落了大凤。大凤经常一个人独守空房，不免寂寞难耐。

街上有个二流子，就是这个王怀仁，见大凤有几分姿色，便时常来招惹。大凤是水性杨花女子，哪经得住王世仁的甜言蜜语，半推半就随了他。一阵巫山云雨，醉梦销魂，二人便好上了。

这天，大凤见王百万到外面去了，要过几天回来，就叫王世仁中午翻窗进来。不承想，二人正如鱼得水时，她父亲却闯了进来，且把王世仁当成小凤抬了去。

且说躲在柜子里的王怀仁因柜里空间狭窄，早已晕了过去。到了杨家，杨世仁打开柜子，发现不是小凤，而是一个男人，便知道了是怎么回事。见男人没有气息，以为死了，不敢声张，忙给他换上小凤的嫁衣，装进棺材，对外说小凤暴病而亡了。

是夜，王怀仁醒了，忙从棺材爬起来，悄悄跑出杨家，一路小跑后到了大堡场的豆腐店。他敲门进来，老板见到王怀仁这个样子，便问："你咋穿着女人衣服？又去糟蹋了哪位姑娘？"

王怀仁见老板戏弄他，又担心他向别人讲出自己的事，顿起杀心，顺手拿起一把菜刀杀死了老板。老头女儿从里屋出来看见，惊叫一声，向外就跑，王怀仁追上去，一不做二不休，用刀将她砍死在路边一棵树下。然后，王怀仁进屋里换了老板的衣服，脱下小凤的嫁衣顺手扔在豆腐店里。

第二天，有人报案，官府派捕快查看现场，见有小凤的衣服，恰巧张生来还毛驴，就被逮个正着。官府认定凶手是张生，不由分说将其打入死牢。

过了一月，王怀仁见风平浪静，心里高兴，伙同几个酒肉朋友到街上喝酒，醉后将他与大凤偷情，被错抬至杨家，以及到豆腐店杀死人的事说了出来。有人将此事告诉了刘知县，刘知县命捕快将王怀仁拘至县衙大牢。此前，王怀仁酒醒后，知道自己说漏了话，迟早要被官府传去。但王怀仁很早就参加了天道会，决定到马跑场会馆找道会的人求救。道会门主名叫黄有中，闻听后给他出主意，叫他否认，其他的事道会出面帮他摆平。

当刘知县审问王怀仁时，王怀仁一口否定那晚没有杀人，说当晚在马跑场会馆，道会的人可以作证。黄有中又叫人为王怀仁辩护。因没有确凿证据，刘知县只得放了王怀仁，仍判张生为凶犯，待秋后问斩。

丁知县听了张生的叙述，认为他说的与案情十分吻合，知道张生是冤枉的，但必须要找到关键证据及元凶才行，张生才能平反。

他寻思：这个案件的突破口除了小凤随身携带的衣服，还有什么地方呢？有了物证，还需人证呀。据张生陈述，小凤并没有死，而杨世仁曾对外宣称她暴死了，还买了棺材埋了，那埋的人是谁呢？看来只好开棺验尸了。

"对，开棺验尸！"丁知县心里暗暗惊喜，他叫来典史，吩咐他带人去挖开小凤的坟，开棺验尸，是否是空棺。

典史领命到了小凤所埋的坟前，见这座新坟前没有纸钱、香烛之类的痕迹，更加断定有问题。他带头挖开坟堆，打开棺材一看，果真里面什么都没有！

典史回到县衙，向丁知县报告："老爷，小凤新坟里面确实是一具空棺。"

"跟我预料的一样。但为什么是空棺？此事的确蹊跷，去把杨世仁抓来。"丁知县道。

杨世仁来到公堂上，神色有些慌张，但仍故作镇静问道："大人，您带我到公堂，到底何事？"

丁知县厉声问道："杨世仁，你干的好事。为什么小凤的坟埋的是空棺？你把小凤藏到哪里去了，如实招来。"

杨世仁见见事情败露，立马跪在地上，如实招来。

丁知县大怒道："你这个嫌贫爱富之徒，居然干出这等荒唐事，你虽然没有行凶杀人，但此命案皆因你而起。给我拉出去，打五十棍棒。"

随后，他马上命人把王怀仁押至公堂。开始时，王怀仁心存侥幸，不予承认。

丁知县叫杨世仁和大凤上堂作证，又把他和小凤的衣服拿出来。王怀仁见人证物证俱全，只得画押承认。此冤案昭雪，张生当堂释放。黄有中派人来交涉，要求对王怀仁从轻发落，丁知县对来人道："你叫我从轻发落，这是两条人命，应该千刀万剐凌迟处死！给他一个全尸，算是最轻处罚了。"

张生得以昭雪，元凶王怀仁落网受惩，老百姓无不称赞丁知县体恤民情，是一个难得的好官。自此，凡是有恶霸、为非道徒作案犯事，老百姓不再忍气吞声，而是到县衙状告。

一日，丁知县来到龙水镇，老百姓向他反映：王怀之伙同张冬老在龙水一带不断偷盗附近的牛、狗来宰杀，引来百姓不满，大家都痛恨其恶劣行径，望丁知县管管这件事。

你道这王怀之、张冬老何许人也？王怀之就是那个害张生坐牢造成冤案真凶王怀仁的堂弟，张冬老是他的表兄，此二人常在龙水一带私自杀牛杀狗，有时还暗地偷牛羊。当地百姓怨声载道，可都无可奈何。

丁知县查明情况后，立即示谕，在龙水镇屠宰场立了块石碑，上写：永禁屠牛碑。

王怀之、张冬老慑于压力，这才有所收敛，但心里对丁知县却存了怨念。

不知不觉，丁知县到昌州来了两年，案件明显减少。谁承想，不久又有一件纠纷闹到了公堂。

这天，丁知县正在办公，忽听得外面擂鼓告状。他忙放下手中文卷，自语道:"好久没接到案子了,不知发生了什么事件?"

他带着一班衙役到公堂审理。到了公堂,只见两个农民跪在堂前。

丁知县问道:"来者何人,有何冤情速速道来。"

一个农民说道:"我是中敖场蒋禧永,这是我胞弟蒋禧怡。我俩状告蒋永辉、蒋荣海仗势欺人占祠堂。这是状纸。"

丁知县取过状纸,认真阅览。此时,外面有人在擂鼓,丁知县叫人带上来。又上来两人,指着跪在地上的蒋禧永两兄弟说:"大人明察呀,祠堂是这两人强占,并行凶打人,毁坏圣牌。"

典史在旁怒吼道:"来者何人,竟敢藐视公堂,在此大声喧哗,还不跪下报上名来。"

两人立即跪下,报上自己的姓名:"蒋荣辉""蒋荣海"。

丁知县站了起来道:"我正要拿你俩试问,你们不请自到。本官判你俩从祠堂搬出,跟蒋禧永两兄弟道歉。"

蒋荣辉两兄弟大呼冤枉,反诬蒋禧永行凶打毁圣牌,要求赔偿,也递上告状。丁知县见此案原告和被告相互对告,没有一方认罚,便把惊堂木一拍,道:"待本官查明后再判,退堂。"

丁知县带上一名衙吏,微服来到中敖场了解情况。

经过调查取证了解,事情的真相是:

中敖场平民蒋禧永、蒋禧怡与蒋荣辉、蒋永海等共留老宅作祠堂。蒋荣辉两兄弟霸占祠堂为经堂,抵门不开。到了正月初一,蒋禧永等人上祠堂拜年,蒋荣辉两兄弟不让其入,双方发生口角。于是发生前一幕,双方都上公堂报官告状。

丁知县查明后,劝他们以同宗为念,不再追究,但蒋永辉不服,仗着是道会的人,有道会撑腰,非要官府惩办蒋禧永。这下惹恼了丁知县,出牌复审,不顾压力,依法究办,并责罚蒋荣辉五十大板,限日搬出祠堂。

丁知县虽然一身正气,秉公办案,但由于地方恶霸、道会门徒横行不法,朝廷腐败无能,当时整个社会成了黑恶势力的天下。即便惩治了部分恶霸、歹徒,但仍有众多恶人横行霸道,变本加厉欺压百姓,终于使得民众忍无可忍，拉帮结派站出来抗争。

除了肖东成"梅花九"惩罚过十恶不赦的坏人外，最近在龙水镇出现了一个顺天会组织，专治贪官污吏、无赖恶霸，近来矛头又指向天道会的黑恶势力。

这个顺天会头领叫杨可亭，他从外地回到家乡龙水，按照天地会思想，创立了顺天会，组织人员暗地里对抗恶霸地主和昏庸的官府。

这一天，杨可亭和顺天会骨干分子玉娘、黄飞等在龙水镇茂源茶楼密室里议事。杨可亭说："太平军虽然失败了，但是还有很多幸存下来的弟兄继续与清妖作地下斗争。如今清妖未除，又来了个什么天道会。兄弟们，顺天会成立了这么久，还没干一票大事，我想策划刺杀龙水天道会头子彭诺泽。大家认为如何？"

玉娘说："彭诺泽最近深居简出，平常躲在高公馆的会馆里，有高霸天的庇护，还有武师、道徒保护，配有洋枪。刺杀他，谈何容易？就是与他同归于尽都难，何况刺杀后还要全身而退。"

"只要摸清彭的行踪，刺杀成功的可能性还是有的。"黄飞说，"彭跟他的门徒王怀之走得近，可派人跟踪王怀之，从其嘴里探得消息。"

杨可亭点头赞同："黄飞老弟主意可以，得派一个机灵点的弟兄。让山猴去。"

不久，山猴探得一消息：彭诺泽本月初八要到十里店去吃喜酒。杨可亭听了十分高兴，便叫玉娘、黄飞到茂源茶楼研究刺杀彭诺泽的对策，他们详尽地做了计划。

初八凌晨，杨可亭在十里店三岔路松村里设下伏兵，打算引走卫兵，然后用飞镖逼轿子里的彭诺泽出轿射杀。

快到晌午，只见彭诺泽坐着官轿，一前一后有两个武师骑马护卫，还带有十几个全副武装的道徒，官轿在众人簇拥下徐徐而来。突然，一伙蒙面人从树林窜出来拦住他们的去路，走在前面的武师带着十几个道徒拼命截住，双方厮杀起来，蒙面人边打边撤，武师带着人追击。四个轿夫弃了轿子就跑，后面那个武师骑着马赶上那四个轿夫，也往回跑。

只留下彭诺泽一人在轿子里。

玉娘见时机已到,从树上跳下来,对着轿子猛扔飞镖,却不见响动,也没有人出来,又没听见哀叫。她觉得蹊跷,向前掀开轿子一看,却是空轿,大呼上当。

原来,那彭诺泽担心路上不安全,叫四个轿夫抬着空轿,自己却化装成武师骑马跟随,一旦有变,便于脱命逃生。杨可亭他们一心专注轿子,没有细辨武师的相貌,彭诺泽又化了装,一时还不能分辨。

彭诺泽回到高家会馆,很是后怕,同时派人到官府禀呈,捉拿案犯。为了加强防范,彭诺泽找到高霸天商议。

彭诺泽道:"高老太爷,现在有很多反对势力跟我们作对。我想,您年轻的时候也有不少仇家吧。为了我们的安全,我想扩建会馆,在高家后院的空地上修建钟楼,作为道会的活动基地。前院的会馆作为武装人员驻扎地,全天保护高公馆,您看怎样?"

高老太爷暗地想:狡猾的彭诺泽打着保护高公馆的幌子,侵占我的地盘。但转念又想,自己也干了许多坏事,免不了有仇家上门讨债,就答应了。

高霸天道:"好啊。我年纪大了,两个儿子也不在家。大儿子高啸天在京当差,很少回家;幺儿子高啸龙在国外留学,即使他毕业了,也不会安家在龙水,我在渝州城早给他置办了房产。就剩下我老两口守家,高公馆这么宽。你尽可扩建你们的会馆,我也是你们的会员,应当为组织出力出物。"

彭诺泽大悦,道:"高老太爷真是开明之士。我一定尽全力保护高家安全。"

高公馆内的会馆扩建后,以前高公馆面貌不复存在,一座欧式建筑风格的会馆出现了。当地百姓看见,愤恨在胸,议论纷纷,诅咒这耸立在华夏大地的欧式房子被雷劈电击。还有人说:"听说渝州城的会馆都被当地民众捣毁,我们何不效仿?把这鬼会馆也给毁了。"

这些议论传到彭诺泽耳里,彭诺泽对身旁的亲信道:"好呀。只要有人闹，敢来打会馆，我们正好就借此扩大事端，打击当前盛行的三教，进一步扩大我们天道会的影响力。我想这些刁民，各帮派及三教势力必在六月十九灵官会期闹事，我早有对策，将所有势力压制下去。"

六月十八日，杨可亭召集玉娘、黄飞又到茂源茶楼议事。只听见玉娘说："上次彭诺泽太狡猾逃脱了。可亭，今天叫我们来，是不是研究再刺杀这个魔头？"

杨可亭道："不，我们这次干一票大的。明天是龙水灵官会，参与民众较多，大多数都是三教及底层的广大人民。到时，我们组织人员带头打高家会馆，民众必响应，杀杀高霸天和彭诺泽的嚣张气焰。"

这时，山猴敲门进来道："老大，我们抓到一个奸细，他在偷听你们谈话，被我打昏了。"只见一个弟兄扛着一个麻袋，走了进来，放在地上。

杨可亭道："打开看一看，是谁吃了豹子胆，敢偷听我们谈话。"

黄飞打开麻袋，见一男子昏迷不醒，仔细瞧，惊喊道："这不是唐翠山吗？"

这时，唐翠山醒了过来，摸了摸头，问道："黄飞，你怎么在这里？这是什么地方？"

"这是茂源茶楼呀。"

"我想起来了，我刚才从门口路过，看见你走进了茂源茶楼，于是想走进来找你叙叙。谁知我到大厅不见你，便到楼上寻你，不承想……"

"哈哈，真是大水冲了龙王庙，一家人不认得一家人了。大哥，这就是我跟你说过的唐翠山，我的朋友。"黄飞拉过唐翠山走到杨可亭身边介绍道。

"久闻唐英雄大名，我是杨可亭，这是玉娘。刚才我们的谈话，你都听到了吧，明天跟我们一起行动吧。"

唐翠山抱拳施礼，说道："见过杨大哥，见过玉娘。我们梅花九早就干过月夜毁碑、惩杀恶徒的事，明天我吆喝几个弟兄配合你们。不，应该是一起干。"

"对，一起干。唐兄弟耿直、爽快。我们顺天会有你这样的朋友，真是一大幸事。走，到豪客来酒店撮一顿，为唐兄弟压压惊。"

话说到了六月十九日这天，龙水举办灵官会，大街上热闹纷繁，到处张灯结彩，人流攒涌，舞狮子的、玩龙灯的、走高跷的，街道被装点成了欢乐的河流。参加灵官会的人看得眼花缭乱，应接不暇。

顺天会头领杨可亭、玉娘等组织人员举着条幅："打倒恶霸，打倒高霸天！"沿街游行，并高呼："打倒彭诺泽，打倒天道会！"当游行队伍来到高公馆前面，见高家新修的会馆大门外摆设着官府公案，数十名执械道徒排列两旁，犹如审案大堂。游行群众气愤，继续高喊口号："打倒彭诺泽，打倒天道会。"杨可亭、唐翠山斥其不应该私设公堂，带着众人欲到馆内看个究竟。

高霸天见会馆前面有人在喊口号，知道要出事，就叫人备轿，坐上轿子带着老婆、几个仆人从后院的侧门溜了。

这时，几十个道徒拿着刀枪阻止杨可亭、唐翠山他们的去路，一下子激怒了民众，更多的民众涌向了这里，越聚越多，彭诺泽在会馆里面命令道徒放枪恫吓。

这更加惹怒了民众，杨可亭见时机一到，喊了一声："打！"带着黄飞、玉娘等人冲进会馆，唐翠山也带着几个袍哥兄弟跟了去，民众见状蜂拥而入，捣毁会馆。

彭诺泽早已吓得骑着马，带着亲信从后门溜之大吉。

第十四回　九英豪杰齐聚会　太平村庄少男丁

龙水场口不远处有一个张家院子，现在这个院子是唐翠山和他叔父居住。唐翠山三十多岁了，还单身，从小父母双亡，自幼跟着叔父学习梅丝拳，从十七岁开始跟着叔父做铁货生意，走南闯北，自由惯了，无心思结婚，乐得潇洒快活。如今，叔父在渝州城买了宅子，很少回来，整个张家大院就他一个人住。因宅子大，找了个张大爷守着。

唐翠山为人大方，谦和，朋友众多，常有袍哥会和顺天会的弟兄到宅子来找他耍，或切磋武艺，或听他讲江湖传奇。自从上次跟杨可亭一起打会馆后，登门造访的朋友更是络绎不绝。

这天，唐翠山在客房里正在给一群毛头小伙子眉飞色舞讲他的英雄事迹。

蒋鹤林走了进来，道："四哥，你的英雄事迹我都会背下来了，你还在讲。"

"鹤林来了。你当然啰，这些小后生可没听过。鹤林，你今天来，有什么事吗？"唐翠山问道。

"听你讲故事呗。"蒋鹤林故意卖关子。

"别逗了，你小子跟谁学的，这么磨磨叽叽的，像个女人。快说，到底有什么事？"唐翠山急切地问道。

"三……哥，李……三……谷，回来了。"蒋鹤林一字一顿地说。

"什么？三哥回来啦。上次二哥蒋良栋回来说他已经到合州亲戚，什么表兄那儿当武术教练，咋又回来了？"

"我也不晓得。肖东成大哥捎信叫我们九兄妹明天到他那儿聚会。有什么不明白的，明天当面问。我走啦。"

"好，鹤林，我不留你了。明天见。"然后，他又跟那群毛头小伙子吹他的神话了。

第二天，唐翠山骑着马来到肖家坝，老远就听见"嚯嚯"练武声从竹林里传来。他仰头朝里面窥视，只见竹林空地上那练武场比昔日宽阔了许多，其间有一个红衣女子正在教一群孩子练武。

唐翠山下了马，牵马到了竹林边把马拴了，走向前跟那红衣女子说道："玉兰，我称呼你九妹呢，还是五弟媳呢？"

"四哥来了，你爱怎么叫就怎么叫，我不在乎。肖大哥在堂屋等你呢。"玉兰收住武术架势道。

"那你呢，不进去么？"唐翠山停住脚步问道。

"要啊，春红姐姐还没来呢，我等到她一起。三哥李三谷已经来了，在里面候着呢。你们有十多年没见面聊了吧，看你还认识不？去给他絮叨絮叨吧。"

"是呀，多年不见。肯定有变化。九妹，我进去了。"唐翠山说着向肖东成堂屋走去。

玉兰看着唐翠山走了，转过身又一招一式给孩子们教起武术来。

春红自从与朱盛文结婚后，暗地里又促成玉兰和翠平，玉兰早就中意翠平，翠平也觉得玉兰是个好姑娘，两人婚姻一帆风顺，和和美美，如今生下一个六岁的儿子，取名肖绍龙，这个名字是春红给取的。这个名字的寓意只有春红自己知道，她和肖东成的孩子是"娇"，玉兰和翠平的孩子是"龙"，合起来为"娇龙"，可见她对肖东成是多么在意呀。

天骄十四五岁了，也在此学武艺。当天骄六岁时，春红就把她放在肖家习文练武。仙桃很喜欢天骄，欲收为义女，春红含笑答应了。肖东成义子肖绍文十八九岁了，在这群孩子群里当娃娃头。玉兰当教头，具体负责训练这些孩子。

翠平、玉兰的儿子肖绍龙跟着他三叔肖遇春读书写字。

原来，肖遇春考取秀才后，又去考了两次乡试，都未中进士，花了家里不少银子，便不再考试。为了减轻家里负担，便在坡后二挖家里腾出间空房，作为课堂，置办课桌黑板，招收学员。开始几年，没有什么名气，只招来几个学生，后逐渐多了起来。

春红骑着马急匆匆从九龟山赶过来，下了马就径直来到天骄身边，说道："天骄，在玉兰姑姑这儿，习惯不？"

"习惯，玉兰姑姑对我可好啦。遇春叔叔还教我读书写字呢。"天骄一脸稚气。

翠平走了出来，道："七妹、九妹，大哥喊你们进来了。"翠平与玉兰结婚七年了，仍一直称呼她九妹。

春红和玉兰走进堂屋，见七个男人围坐在一起，肖东成坐上首，左蒋良栋、唐翠山、蒋鹤林、何师一，右李三谷、肖翠平，相对而坐。

春红和玉兰就翠平旁空位坐下。九英豪杰终于再次聚拢在一起。

春红刚坐下，就劈哩啪啦说道："大哥，二，三，四，五，六哥，八郎。你们好啊。"

然后她又偏过头面向李三谷，道："三哥，十多年没见，你还是那么年轻英武，一点都没有变。"

"老啰，七妹，你倒比年轻时更有风韵了。"李三谷开玩笑道。

"遭打，敢戏语你七妹妹。三哥，谈谈你的英雄事迹吧。"春红脸上洋溢着微笑道。

肖东成笑道："你看看，你们每个人进来都问相同的问题，我叫他不忙讲，等到齐了给你们一起讲。"

李三谷望了一眼蒋良栋，对春红说："二哥回来这么多年，没给你们讲吗？"

春红望望斜对面的蒋良栋，又看看右边的李三谷，道："你问问二哥，像挤牙膏一样，问点说点，只知道个大概，他哪有你那么健谈。"

肖东成打圆场，道："你们二哥事情多，哪有空给你们摆龙门阵。今天我们聚在一起，就叫三谷给你们讲个明白。"

"我哪有你春红妹妹会说，别给我戴高帽子了。我讲就是了。"李三谷说着就将一路经历娓娓道来。

话说当年蒋良栋、李三谷和花荣在广州打工，打算到了月底领了工钱回家。到了月底，领了工钱，三人与工友们告别。

　　杨老倌舍不得他们走，含着泪道："你们这一走，我特别心酸，真的舍不得你们走。不知何时能相见。"

　　二胖子走过来道："杨老倌，别哭丧着脸，天下没有不散的宴席。蒋大哥，我也要回去，我跟你们一路。我家在贵州桐梓县，正好顺路。"

　　"那行，不过这次回去，我们每人须置马匹，骑马回去，这样既快，又方便。大家觉得怎样。"李三谷三人点头应允。

　　于是蒋良栋四人在马场买了四匹马，然后在训练场练习骑马技术。两天后，四人回到马场临时住宿，收拾行李，各自骑着马，向江门县城出发。

　　来到县城，人来人往，十分热闹。四人下马，牵着马随着人流向前。走到一个广场，广场中央围着许多人，人群前方赫然扎着两丈余高的擂台，台子两侧柱子贴着一副对联。上联写着：拳打东亚病夫；下联是：脚踢四海蛟龙。台子上有个身子魁梧、留着小胡子的倭国浪人，正和中国武师打斗，很快这个中国武师被他一记重拳打倒在地。

　　这个倭国浪人得意地舒臂蹬腿，"哇哇"怪叫着举拳示威。他叫的什么蒋良栋听不清，再看看台柱子两侧的对联，眼睛都红了，心里骂道：倭国浪人竟敢如此猖狂，小看我堂堂中华。

　　正当蒋良栋怒不可遏的时候，又一个中国老武师被洋鬼子打下台来。蒋良栋悻悻地骂道："没有下嘴唇，别去找箫吹！武林各大门派，名山大刹的僧道，个个自命不凡，自诩武功盖世。现在鬼子上门了，怎么都不露面，成了缩头乌龟！"

　　旁边一个官员模样的人告诉蒋良栋道："客官，你有所不知，倭国使馆公使怕这个浪人打输了丢他们的脸，暗地里着官府下令，武林各大门派掌门人，名山古刹的僧道，还有大内侍卫，都不准上台打擂，违者立斩！就是一般武师上台打擂也要先标名挂号，立生死文书。这几天上台打擂的，都是那些一般武师，自然打不过这个浪人。"

蒋良栋心中本来就憋着一口闷气,一听这话,咬牙切齿地骂道:"今天老子就来教训教训这个鬼子,看他再敢骑在咱们脖子上拉屎不?"他说着一个旱地拔葱就上了擂台。

浪人正大耍威风,一扭头见蒋良栋上了擂台,他"哈哈"大笑道:"又一个送死的来了!"

蒋良栋轻蔑地看了一眼浪人,道:"小子,休在这里逞狂,尝尝你蒋爷爷的拳头。我华夏神州乃礼仪之邦,你是客,就先出手吧。"

几天下来,浪人打死打伤了不少的中国武师,哪把蒋良栋放在眼里,认为面前的这个青年人年轻气盛,没有啥本事,便跳起来边骂边一个长拳,恶狠狠地直捣蒋良栋面门。

蒋良栋身形一闪,身如鸿雁展翅,走起了梅丝拳步法。只见他身影绰绰,眨眼间两人绕场斗了十几圈,却没打对方一拳一脚。眼见两人又一个照面,错身之际,蒋良栋突然从腋下出了一掌,"啪"一声给了浪人一个大耳光。

台下围观的百姓这几天看到的都是中国人挨打,哪见过这场面,一时间掌声雷动,叫好声不绝于耳。

台上蒋良栋对浪人正色道:"你来我中国,吃喝都是我中国的。还打死打伤我中国这么多人,这个耳光是赏你的见面礼!"

浪人哪被人打过,气得暴跳如雷,嚎叫一声向蒋良栋猛扑过来。

蒋良栋依然是穿桩绕树的梅丝拳功夫,左转右绕,不和他正面交锋。浪人空有一身力气,却连蒋良栋的边也挨不着,急得"叽里呱啦"直叫,吼叫着又一个直拳向蒋良栋直击过去。

蒋良栋闪身躲过,左手一牵浪人的右手腕,右手抡圆了手掌,"啪"的一声又是一掌打在对方脸颊。

浪人连挨了两个耳光,被打得两眼直冒金星,"哇"的一声吐出一口污血。他眼睛都红了,怒骂着又狠狠扑了上来。

蒋良栋闪身躲过,趁浪人立足未稳,左右开弓,"啪啪啪"连打了对方十几巴掌,打得他"噔噔噔"倒退了十几步,差点没坐进台上助阵的本国领事馆怀里。

这十几个耳光，打得他满脸紫手印，又"哇"一声吐出一口鲜血。浪人圆眼怒睁，手指着领事馆厉斥责道："什么东亚病夫不堪一击，完全是骗人的鬼话！"

监擂的官员看到浪人被打得连连败退，他怒气冲冲地上了台，对蒋良栋训斥道："你是何人，竟有这么好的武功？"

蒋良栋如实答道："我是一个搬运工，以前学过武艺，路过这里，看到这对联，又看到这么多中国武师被打败，便来会会这猖狂的倭人。"

监擂的官员也有爱国之心，这几天见到中国人一个个或被打死或被打败，心里也不是滋味，轻声对蒋良栋说："要知道，官府下令是不许国人打赢的。如今你虽然为我们争了光，却得罪了官府和倭国，不要再打了。"然后压低声音说："赶快离开这里。"

蒋良栋立即下台骑上马对李三谷三人道："快跟我走。"李三谷、花荣、二胖子赶忙跳上马紧跟其后。监擂的官员带着一队官兵在后面佯装追赶。

蒋良栋四人甩掉了尾追的官兵后朝广西进发。几天后，他们到了广西与贵州交界处。二胖走在前面，看到贵州地界，脸上露出喜悦之情，他勒马停住，道："蒋大哥，我们已走出广西，你看，前面就是界碑。翻过前面那座山，就有一村庄，我去过，是一个富饶之地，我们可在那儿休息一下。"

蒋良栋看看天色，已到晌午时分，人饥马饿，答应道："好吧，大家挺一挺，翻过这座山，我们在村里找点吃的，人吃饱了，马喂足了，再走。"

四人顾不得饥渴，快马加鞭，翻过山坳，走入贵州地界，已看见一座村庄。村庄里，牛羊鸣叫，炊烟四起，房前房后鸡鸭成群，田间土边，不时有几个老农在种田锄草。

四人跳下马，二胖在前，一前一后牵着疲倦的马走进庄里，走了一段路程，李三谷对蒋良栋说："二哥，你发觉没有？这个村子只看见老人、妇孺，很少见到青壮男子。"

蒋良栋说:"确实是啊。二胖,你是贵州人,你知道是怎么回事吗?"

"我是桐梓县人,离这儿远着哩,况且我在广东打工时间比你们还要长。到村上找个人家问问不就知道了吗?"二胖说。

到了村上一个大户人家,门虚掩着,二胖上前直喊:"有人没有?"

不一会儿,一个干练的老者推门走了出来。

李三谷上前施礼道:"老伯,打扰了,我们四人在广东打工,回家路过此地,走得人困马乏,上门讨点吃的,请给个方便。当然,我们不会白吃你的。"

老者和蔼慈祥,笑迎道:"四位客官,请进。老者家里虽不富有,但吃的还是有的。唉,我们村何时有你们这样俊秀的后生呀。"

蒋良栋道:"老伯,我正要问,你们村咋不见青壮男丁?"

"死了,都死了。有的回来了一趟,又不知藏到哪儿躲命去了。"老者满脸哀怨。

原来石达开余部李文彩在广西、贵州一带招兵买马,继续打着太平军旗子与清廷对抗,当地百姓纷纷响应。一天,李文彩带着义军转战到这里驻扎了一段时间,深受村里乡民欢迎,把家里的男丁全送到义军部队。太平军称这个村为太平村,大家以此为荣。当这支打着太平天国旗号的太平军在贵州大塘覆灭后,除了当俘虏的战士被清军所杀,侥幸逃脱的则跑到广州、蜀州避难。

这位老者姓曾,膝下有个儿子也是太平军,如今下落不明。家里有老伴、儿媳,还有七八岁孙子,有个女儿在邻村,农忙季节女儿女婿便过来帮忙,生活将就维持。

中午,曾老汉的老伴、儿媳在伙房弄了一顿丰盛的饭菜。他请蒋良栋四人一起入桌吃饭。席上,曾老汉说:"现在是栽秧农忙季节,老夫想留四个好汉在太平村住一段时间,为这些妇女老幼帮忙种下田,如何?"

蒋良栋说:"曾伯,你都是个大好人,素不相识的,还好菜好肉相待,岂我们能忘恩负义。我们在广东待了四年,在这里再待一个节气又何妨?"

三位贤弟意下如何？"

三人齐声回答，道："哥哥说得有理，我们听就是了。"

曾老汉大喜，把酒相敬。

于是，蒋良栋四人在这个节气里帮着村上无劳力人家栽秧打麦，得到大家的喜欢和认可。有不少人家找曾老汉老伴说媒，要将自己闺女或儿媳嫁给这几个好汉。

蒋良栋对曾老汉说："我和三谷、花荣是要回蜀州老家的，你给二胖介绍一个吧，他都快三十了。"

"婚姻不强求。二胖嘛，我倒给他物色了一个。村东头有个田嫂，有几分姿色，很能干，带有两个子女，把家里收拾得井井有条，人也贤惠善良。"曾老汉说。

曾老汉又道："蒋英雄，听说你们家在昌州算是殷实人家。既然你执意要回去，我有一事相求。"

蒋良栋道："老伯，你言重了。有什么事尽管说。"

"你知道的，村口苏三娘前不久得痨病死了，留下两个儿子。大儿子十岁，小儿子才三岁，由她老娘带着，怎么能养大？我琢磨着，她大儿子和老娘我们家养他。小儿子你抱养去，行不行？"

蒋良栋感到突然，自己还没结婚，转念一想：曾老伯家里不是很宽裕，都能……便答应道："要得，等这孩子长大了，我带他回太平村认祖宗。"

次日，二胖和田嫂结婚。蒋良栋、李三谷、花荣吃了二胖喜酒后就跟二胖、曾老汉辞别，带着苏三娘的小儿子回到了渝州。

二胖跟田嫂结婚后，生了个儿子，带着全家老小回桐梓县老家，这是后话。

第十五回　龙虎山花荣落草　双路铺东成掌舵

　　春红见李三谷一口气讲了许多，忙起身来到三谷身边："三哥，你讲累了，口渴了吧，茶水都喝干了，我重新给你沏杯茶。"
　　"多谢七妹。"
　　唐翠山开玩笑说："三哥，你咋没找个婆娘回来？"
　　李三谷笑道："想啊。我是江湖中人，哪有心思谈婆娘？你看二哥不是没有带吗？"
　　"二哥没带，可给肖大哥带了一个干儿子回来。"春红给三谷沏完茶，回到自己交椅上，"老实讲，这个苏三娘的小儿子如今也该十四岁了吧。"
　　玉兰接过话道："嗯，现在在练武场学武术，他是大哥的第七个干儿子，取名叫肖绍平，又叫肖太平，名字是肖大哥取的，他老家'在太平村'，还有个意义——平平安安。"
　　肖东成前前后后共收了十三个干儿子和一个干女儿天骄（实际上是他的亲生女儿），后来这十三个义子和天骄跟着肖东成进西山，成了肖东成起义军的中坚力量。
　　肖东成站起来制止，道："不要扯远了，等三谷把话说完，我还有正事给你们讲。"
　　大家稍加安静。这时，海平从外面闯了进来："好啊，你们在这里聚会也不通知我。"
　　海平已长大成人了，二十六岁，个子比东成还高，眉宇间英气十足。肖东成说："海平，别闹，我们在商量正事。何况这是我们梅花九的聚会。你来掺和什么？"
　　"梅花九，其实我早就是梅花九的人了，你们搞忘了，月夜砸碑，我也参加了的。"海平嚷道。

"肖大哥，我看梅花九也应像袍哥会、顺天会、青帮那样广纳人才，扩大组织，凡是与我们九英豪杰结拜的弟兄或者亲兄弟，只要有真本事，本人愿意，都是我们梅花九的人。"蒋良栋建议道。

肖东成征求大家的意见，大家都认为这个提议很好。肖东成说："那好吧，海平，你坐到何师一那排。"海平高兴挨到何师一旁坐下。

春红笑道："海平，你就是老十了，今后就叫'石碗'。"

唐翠山更正道："啥子石碗啰，有损梅花九形象，还是像袍哥会一样，叫么老大。"

"这还差不多，我本来在家里排行就是老么。"海平撅起嘴巴，自豪地说。

肖东成对海平说："幺老大，就依你。好了，听三谷讲。"李三谷说："叫你们别打岔，刚才讲到哪？"

在一旁一直没说话的蒋鹤林道："二胖子跟田嫂结婚，你们离开太平村到了渝州城，后来呢？"

李三谷补充说道："我们到了渝州的沙坪坝，找了一家火锅店，有四年没吃火锅了，点了许多毛肚、鸭肠，那顿吃得好舒服。那天，恰巧遇到我一个住在合州的亲戚，说我父母在合州做生意，买了房子。于是我就跟着这位亲戚到了合州……"

话说李三谷来到合州，逛过钓鱼城，众人都钦佩合州人民的民族精神和当时钓鱼城主将王坚与副将张珏的顽强。这天，李三谷闲着没事，走出了李宅，到路旁小摊吃了一碗当地的特色小吃——米粉。米粉是用猪肉、鸡肉、羊肉、羊杂、牛肉等做臊子的米粉，是合州人早餐的主选饮食。李三谷吃罢米粉，再饮一杯甜豆浆，觉得非常不错，结了账，到街上热闹处遛达。走到十字路口，看前面围着一群人在看招聘启事。李三谷走近仔细一看，原来是城东张财主招武术教练，训练家丁并兼作保镖，薪酬不菲。他当下撕了启事，前去应聘。

到了张财主家，说明来意，管家带他到后院，张财主和一群家丁在院坝里。

张财主躬手问道:"英雄,敢问尊姓大名。"

李三谷上前还礼,说道:"我乃昌州龙水人,名叫李三谷。"

"李英雄,既然揭了帖子,必有些本事,露两手呗。"张财主做了"请"的手势。

李三谷到了场中央耍了通最拿手的缠丝拳,在场的人拍手叫好。张财主也抬起双手轻轻拍了两下。

张财主见李三谷收住架势,遂上前不冷不热地说道:"拳上功夫还可以,如迷踪拳一般,但不知还有什么可露的。"

李三谷心想,不来点狠的,你还不知道我的厉害。他便收住两脚,半蹲下去,将气运到右脚,然后右脚一抬往下一跺,脚下的石板被震裂。

张财主见坚硬的路石都被震裂,足见其内功深厚,伸出大拇指,称赞道:"好功夫。今有李英雄来做武术教练,我张某真是三生有幸了。我在后堂备了薄酒为英雄接风。走,管家,前面带路。"

就这样,李三谷在张财主家担任武术教练,一干就是十多年。

与李三谷分手后,蒋良栋带着孩子和花荣前往璧山走,到了丁家花家庄附近凤凰山,在当年杀死坐山虎的地方,只见一行人马拦住去路,为首的正是当年龙虎山山寨的筲箕。

筲箕对花荣便拱手作揖道:"花荣兄弟,久违了!我们在此恭候多时,龙虎山大当家的有请。"

花荣愣住了,问道:"你还在做土匪?龙虎山孔龙、孔虎早已死了,谁是大当家,我与他素不相识,你是不是想报当年孔龙之仇?"

"花少爷,误会了。你父亲也在龙虎山,是他让我们来接你的。"

"这就更奇怪了。我爹爹曾经是堂堂朝廷命官,何时与山上土匪苟合在一起。你是不是耍阴谋骗我上山?"

"小人不敢,我确实是受大当家吴明和花员外之命。花员外早料到你不肯上山,特留下封信给你,请过目。"筲箕说着,掏出一封信给花荣。

花荣接过信一看,确实是父亲笔迹,把信接过来浏览了一下,便递给蒋良栋,道:"师伯,你的意见呢?"

蒋良栋接过信看了看,道:"既然是令尊的亲笔信,看来笤箕说得不假。只是几年没回家,竟生这么大的变故。管他的,到了山上弄个明白。"

花荣也说:"就是阴谋,也要搞个明白。笤箕前边带路,我们去就是了。"

原来一个月前,来了一个新知县,是孔老孔虎的亲戚,他一上任,就着手为他俩报仇。他不知从哪里得来消息,知道蒋良栋和李三谷在龙水有命案,便以花荣与逃犯合谋扰乱治安、滥杀无辜为罪名,派人到花家庄缉拿花荣。

这天,花员外正坐在椅子看花荣寄回的家书,知道儿子要回来,推算大概到了贵州。管家匆匆进来,道:"老爷,县里的狄大人来了。"

花员外放下家书,到门外迎接狄大人。这个狄大人叫狄福,是花员外的故交,现在县衙里做文书工作,得到新知县要来花家捉人,特赶来报信,让他赶紧出逃。

"花家前世遭了什么孽,天老爷如此折磨我。我如今往何处躲?"花员外焦急万分。

"花兄,实不相瞒,我曾入过袍哥会,我有道上兄弟落草在龙虎山当寨主。你可带上我的信去投他。"狄福说。

"这哪行,孔龙孔虎曾是龙虎山的老大。他手下肯放过我们花家。"

"此言差矣,今非昔比。当年孔龙孔虎死有余辜,罪有应得。如今当家的是我好兄弟吴明,他以前是龙虎山的军师,对坐山龙、坐山虎的所作所为极其不满。二人死后,龙虎山的土匪推举军师吴明为寨主,吴明是个读书人,知书达理,打着'杀富济贫'的旗号,对山寨进行整顿,军纪严格,从不扰民。孔龙、孔虎余党已被铲除,花兄尽管放心前去。"

"既然这样,我便去就是了,只是这份祖上留的家业可惜了。"

"留得青山在,不怕没柴烧。"狄福安慰道。

当天花员外就收拾家里重要财物,雇了马车,遣散众家仆,关了宅门,携了狄福的信件到了龙虎山落脚。

且说花荣、蒋良栋跟着筲箕来到龙虎山,早有喽啰报告给吴明。吴明、花员外到寨门迎接。

花荣见到花员外,马上下跪,道:"爹爹,孩儿不孝,现在才回家。这几年,让爹爹受苦了。"

花员外见到了儿子归来,激动不已,噙着泪花扶起花荣。

众人到了山寨聚义厅,伙房早已备好酒席为他们接风。席上,吴明邀蒋良栋、花荣入伙,蒋良栋拒绝了。花荣没去处,便答应了,吴明大喜。饭后,蒋良栋辞别众人回到双龙铺去见肖东成……

肖东成接住李三谷的话说道:"良栋来到我家,见我结婚了,很惊讶,我给他讲了走后这几年发生的事,并介绍仙桃给认识。我见他带着孩子,问是怎么回事?他也讲了原委,仙桃听了,便把孩子抱养过来,取名肖绍平,平时喊他小名——太平。"

大家齐声说道:"哦,原来是这么回事。"

肖东成道:"四弟,说说你上次打龙水高家会馆的事吧!"

唐翠山一五一十地讲了上次参与打会馆的事。

"翠山好样的。大哥,明年灵官会我们带头干一次。"李三谷说。

"好。明年灵官会,那天人多,我们按照顺天会的方法发动民众一齐打会馆。现在我们做的是,没加入袍哥会赶快加入,加入了要物色骨干,在袍哥会立住足,有机会成为老大,增强梅花九的实力。"肖东成赞成李三谷的意见,并谈了自己的想法。

李三谷道:"我去加入合州袍哥会,在那里形成我们的力量。"

肖东成道:"良栋,你就到龙水罗天柱礼字堂,鹤林是那儿的三排,他可以引荐的。凭你的本事,不出几年,堂主非你莫属。"

"是,大哥,我早有此意。鹤林已经去跟罗堂主说了,叫我过几天去入伙。"蒋良栋点头答应。

接着,肖东成对春红和玉兰吩咐道:"春红、玉兰,你俩就不去了。春红要加强对九龟山的统领,招兵买马,把狮子山营寨重新修复起来;玉兰认真教好那群童子军。另外,我准备找袍哥会弟兄筹集资金,为九龟山寨添置几门火炮,以备不时之需。想当年,如果有火炮,谢大当家也不会遇难。"

春红站起身抱拳道:"谢谢大哥想得周全。我代表九龟山寨弟兄感谢大哥。"

肖东成笑道:"你跟我客啥子气,我们都是一家人嘛。玉兰,去到厨房,看你仙桃嫂子饭弄好了没有?都饿了。"

玉兰刚走出门。仙桃走了进来道:"你们几兄妹唠嗑完了没有?饭菜弄好了,该吃午饭了。"

"我们正准备问你哩,你倒喊起我们来了。走,兄弟们,到后堂用餐。"肖东成说着起身离开,大家跟着肖东成向后堂走去。

农历五月十三日,是哥老会每年的三大聚会之一的"单刀会",主要祭奠关公关二爷。这天,在双路铺禹王公庙正殿前方挂着关羽关二爷神像,下面香案摆供品。待人都到齐了,按照惯例,大爷首先要讲关公单刀赴会的故事。

大家在下面坐定,认真听于海林堂主讲述道:"想当年,关公关二爷,他上阵处,赤力力三绺美髯飘,雄赳赳一丈虎躯摇,便恰似六丁神簇捧定一个活神道。那敌军若是见了,唬得他七魄散、三魂消。即便你有百万军,挡不住他千里追风骑;即便你有千员将,敌不过明明青龙偃月。关公千里走单骑,更是家喻户晓,传为神话。"于是就侃侃而谈关羽单刀赴会的故事。

建安二十年,关羽为了荆州之事只身过江,与鲁肃会面。酒过三巡,菜过五味,鲁肃迫不及待地直奔主题,索还荆州。关公开始时以饮酒莫谈国事为由将话题岔开,哪料鲁肃步步紧逼;关公乃以刘备继承汉室土地为由,不肯应允。周仓插话:"天下土地,唯有德者居之,岂独是汝东吴当有耶?"抵赖之言,毫不掩饰。关羽于是变色而起,从周仓手中夺过大刀,假装怒叱道:"这是国家大事,休得多嘴,快快给我退出!"明叱周仓,实说鲁肃!接着,关公推醉,右手提刀,左手挽住鲁肃手,亲热之中又带有几分杀气:"今天饮酒,我已经醉了,莫要再提荆州之事,担心我这刀伤了故旧之情。改日我请到荆州赴会，再作商议。"鲁肃被他一提，挣脱不得，早已吓得魂不附体，暗藏的刀斧手也只好望洋兴叹。到了船边，关公才放了鲁肃，拱手道谢而别。鲁肃如痴如醉，半晌才缓过气。

堂口大爷讲完故事，带领大家到关公圣像前，肖东成等跟随其后。于海林领着大家对关公神像叩拜，然后依次上香。完毕，大家又回到原位坐下，于海林开口讲道："今天我给大家宣布件事，今年我快七十了，身体有恙，为了我们双善堂发扬光大，我该退位让贤了。我推荐肖东成担当此任，不知道大家意下如何？"

肖东成在大家心目中早已树立了威信，一致赞同没有意见，只有三排钱三不表态。

于海林道："老三，谈谈你的意见吧。"

钱三不服气道："我有意见，我不服。"

"那你要怎样？"于海林问。

"我要挑战肖东成。"钱三说完，转身对肖东成说，"肖东成，我知道你武功好，力气大，比武，我不是你对手，但我不怕你。今天，我既不跟你比刀枪，也不比拳脚。比摔跤，你敢吗？"钱三自恃身强体壮，有蛮劲。

肖东成来到场中央，道："钱三爷，真要比么？你请吧。"

钱三揽衣扎袖，走上前。"是要比撒，我还怕你。"他说着上前就抱住肖东成的腰，左脚靠住东成右腿，欲使力往前施压。

肖东成顺势捏住钱三双肩，向左一侧，用力一摔，将钱三摔了个仰面朝天。钱三爬起来不服，道："这局，我输了，但是要来个三局两胜定输赢。"

钱三吸取了上次的教训，知道肖东成身强体壮，腿脚功底扎实，光是推拉靠压是起不了什么作用的。于是，就决定利用身体重量的优势，不进攻，单等肖东成来攻他。

肖东成围着钱三左右跳跃转了几圈，寻找钱三的防守漏洞，没有找到下手的机会。

钱三暗自高兴，马上用脚去钩东成的脚，可是肖东成一转身，就让钱三的脚钩空了，就在这时，肖东成再一转身，去钩钱三，可是钱三实在是太重，早就做了防守准备，所以肖东成这一脚也钩空了，还差点让自己摔倒。

肖东成摇晃了几下，眼中带着笑意，定定神，站住脚跟，然后右脚虚晃一下，空出左脚来继续想踔倒钱三，钱三识破了肖东成计谋，躲开了他的左脚，反向肖东成扑过去。

肖东成一闪，闪到了一旁。钱三转身一拽，肖东成闪到了钱三背后。此时，钱三已经沉不住气了，待肖东成用右脚去钩他的脚时，便迅速一抬脚。说时迟，那时快，肖东成灵机一动，换左脚去踔，再用手一拉，钱三立即重心不稳。

这时，肖东成突然用双手一推，钱三没有料到肖东成会来这一招，"咕咚"一声，摔了个仰面朝天。

钱三爬将起来，仍然不服气道："摔跤，我输了，我俩再比掰手腕。你若赢了我，我就服你。"钱三在堂会众多弟兄中手劲最大，从未遇过对手，想以此扫扫肖东成颜面，提高自己的声望。

于海林上前制止，道："钱三，不闹了。你已经输了，还不服。"

肖东成对于海林说："于堂主，就依钱三爷。我跟他比试一下掰手腕。您老来当一下裁判。"

肖东成天生神力，加上从小习武，臂力相当不错。他心想：钱三自不量力，还想跟我角力，非教训他不可。但口里谦虚道："钱三爷，你的手劲当属第一，兄弟向你讨教了。"

两人当下坐在一张条桌两边，双方握住对方右手，于海林当裁判，有向肖东成助威的，有为钱三呐喊的。

肖东成突然想到，赢了钱三，对方没有面子，以后不好相处，便稳住不发力。钱三铆足了劲，怎么也掰不动，知道自己不是对方对手。

于海林见势，立即宣布平手，给钱三一个台阶下。他问钱三："钱老三，还比试不？"

钱三心里清楚，是肖东成让了自己，心悦诚服地说："还比啥子嘛，就依舵主的。"

就这样，肖东成当上了双善堂堂口舵主，大家心服口服，称他为"肖大哥"。肖东成当了双路铺双善堂堂主后，事情多了起来，每逢龙水赶场，上山挑煤去卖是不可少的，而堂里的管理、吸纳新人、解决纠纷也离不开他。

第十六回　肖东成再纳新人　灵官会两打会馆

这天，肖东成带着翠平、海平照常在龙水卖煤。卖完煤后，他叫两个兄弟先回去，自己到商店给家里的孩子买了些麻花。肖东成回家后，又独自一人到后坡二挖家看遇春教书。

他来到后山坡，就远远听见读书声："人之初，性本善；性相近，习相远；苟不教，性乃迁；教之道，贵以专；养不教，父之过；教不严，师之惰；子不学，非所宜；幼不学，老何为；玉不琢，不成器；人不学，不知义……"

到了学堂，几个义子跑到肖东成身边亲热地叫唤："干爹。"

肖东成将纸包的麻花打开分了一半给他们，然后把剩下的叫遇春分给其他学生。

这时，海平带着狗娃找到这里。海平道："大哥，到处找你，原来你在这里。"

"什么事情？"

"狗娃有关于堂会的情况向你报告。"

狗娃一直敬佩肖东成。听说肖东成加入了哥老会，便来找肖东成要求加入。肖东成见狗娃为人仗义，肯帮忙，便推荐他入了袍哥，如今升至六排巡风。

狗娃见到肖东成，道："大哥，我们堂会有位弟兄昨天在饭馆吃饭，喝醉了酒不但不给钱，还踢翻店里桌子，暴露了自己的袍哥身份。今天店主找到双善堂落脚点非要讨个说法。"

"狗娃，边走边说。查清楚没有？是哪位弟兄干的？"肖东成边走边问。

狗娃跟在肖东成后面，道："查清楚了，是老于舵主舅舅的堂孙子蒋礼堂。"

肖东成，道："是他，堂堂哥老会老五，也不讲家规。"

蒋礼堂是武生出身，功夫了得，是双善堂得力干将，当年跟随于海林打天下，为于海林当舵主立下功劳。今见表叔于海林把第一把交椅让给肖东成，顿生忌妒，对双善堂失去了往日的积极性，有些心灰意冷，喝酒解闷，酒后任起性来，犯了堂规。

到了茶馆，店主看到肖东成就叫起屈来。

肖东成说："您放心，我们会给您满意处理的。"然后邀请店主一起到茶馆后堂处理这件事。

在后堂，肖东成坐上座，次座钱三，然后就是狗娃，让店主也在旁坐下。肖东成对狗娃道："把蒋礼堂带上来。"

狗娃起身走到侧屋叫了声："给我把人带进来。"

不一会儿，两个弟兄把蒋礼堂押了上来。肖东成说："老五，你怎么这样糊涂，喝了酒竟撒起野来，毁了我双善堂的名声不说，也害了你自己。"

蒋礼堂说："肖堂主，我一时糊涂，犯了堂规，甘愿受罚。"

"好吧，店主那边的损失，照价赔偿。按照堂规还应打五十大板子，老五，对不住了。来人，给我带下去。"

店主见肖东成来真格的，马上起身道："肖堂主，钱我不要了，板子也不要打了。怪我心胸狭窄，财迷心窍。"

肖东成道："你哪里有错，还是我这位兄弟不该那样对你呀！我代表这位兄弟向你赔罪了。"

店主说道："老朽哪受得起。"

肖东成道："钱三兄弟，从堂里账上取点银钱赔给店家。"

店主见不能推辞，领了银钱回到饭店，每逢有客人吃饭，便将这件事摆谈出去。此事一传十，十传百，肖东成及双善堂名声远扬，来入双善堂的英雄好汉渐多。双善堂成了双路铺一带势力最大的哥老会。

不知不觉，到了腊月，到了团年日子，双善堂在双路铺禹王宫团年，准备办席三十桌，龙水、荣州、三教、合州（李三谷所在袍哥会）、铜梁等地袍哥会老大都来了。袍哥会有个规矩，凡是大事都要互相邀请较近的关系较好的老大聚会。也是新收门徒的日子。

在吃团年饭前，狗娃推荐一位新人入伙。此人身材灵巧，眼睛鲜亮，脚轻敏捷，名叫金世侯，外号"金丝猴"，又因轻功了得，常干些偷鸡摸狗之事，江湖人称"赛时迁"。

钱三认得金世侯，便俯在肖东成耳旁悄悄说道："此人偷鸡摸狗，属小偷之人，按规矩，不得入帮会。"

肖东成气愤地对狗娃道："你不知帮规吗？引荐些什么样的货色，别污没了我们双善堂的名声。"

狗娃说："金世侯已不再干往日勾当，现慕名而来，望大哥不要埋没人才。金兄轻功如飞檐走壁，探囊索物手到擒来，今后有用得着的地方。"

"既是英雄，哪有不接纳的道理。钱三，你按程序办了就是了，我到禹王宫去招呼一下堂口老大。你办好，速速过来。"肖东成听狗娃说金世侯已改邪归正，又仰慕其本领，就接纳了。然后，肖东成大步朝禹王宫走去。

上次杨可亭、唐翠山等打砸了会馆，一直没有维修。高霸天和彭诺泽多次到渝州府告状，要求找到元凶赔偿损失，但官府腐朽无力破案，又迫于高家和道会的势力，责令昌州县衙赔偿，尽快恢复高公馆和会馆。于是彭诺泽重新修建会馆和钟楼，还维修了破坏不严重的高家后院。

农历五月，新建的龙水会馆落成。彭诺泽叫阴三娃送帖子到县衙，邀请丁知县参加落成典礼仪式。

阴三娃如今是彭诺泽的心腹，成了第二个李同兴。他的哥哥阴二狗成了高家的管家兼护院。自从上次高家会馆被顺天会打砸后，高霸天知道有人盯上了他，他想起以前做的孽事，害怕极了。本打算一直住在城里，不回龙水镇，但想到龙水是自己的故土，自己年岁大了，迟早要叶落归根，又见风平浪静，就带着老伴、仆人回来了。他认了阴二狗和阴三娃为自己的干儿子，招募了二十几个家丁，还让阴二狗当高家的管家兼统领，管理这二十个家丁。阴二狗和这二十个家丁住在高家后院西厢房，保护着高家。而阴三娃也得到彭诺泽的重用，统领着四十几个道会武装门徒，保卫着会馆。

阴三娃把帖子送到了县衙。丁知县历来对道会一直反感，收到请帖便推辞有事，叫驻防千总刘联芳前去。

龙水新会馆落成典礼剪彩的消息传到肖东成耳里，他立即通知蒋良栋、唐翠山到茂源茶楼相聚，商议攻打高家会馆事宜。

这天上午，在茂源茶楼雅间，肖东成、蒋良栋、唐翠山三人围坐一张方桌喝茶。雅间外茶楼大厅，蒋鹤林坐在角落位置上，一边喝茶，一边放风。

唐翠山说道："后天，龙水新会馆竣工落成典礼，我们何不把这次典礼搞砸，杀杀高霸天、彭诺泽的威风。"

肖东成没表态，转过头问蒋良栋："良栋，谈谈你的看法。"

"后天又不是重大聚会日子，也不是赶场天，来往民众稀少，你我带兄弟前去必遭对方盯个一清二楚。一旦行动，那就是明枪真刀跟他们干，必遭来官府派兵镇压。那就是造反，目前我们没有这个实力。"

肖东成说："我们必须依靠广大民众的力量，顺应民意，达到反抗目的。不能盲目瞎干。"

唐翠山忿忿道："彭诺泽也太狡猾了，选个不是赶集的日子。"

肖东成道："他还不是担心有人搞破坏，坏了他的好事，这说明他们还是惧怕民众的力量。后天不行，等到灵官会那天再行事。到了，我们如此这般，你们觉得如何？"

肖东成说出自己的计策，二人觉得此计甚妙，点头同意。

肖东成对唐翠山说："翠山，明天你带上几个人去看看情况，为下次打会馆做好准备。"

到了剪彩那天，刘联芳带着十多名马弁，骑着马来到新建的龙水会馆。彭诺泽已安排阴三娃率领数十名道会武装持械守护着会馆周围，防止民众前来滋事。

刘联芳下了马，叫马弁留在门口，自带两个随众朝会馆走来，正好碰见彭诺泽带着人迎了出来。

"千总大人，你好。怎么，丁大人没来？"彭诺泽问道。

"彭大人，丁知县有事，走不开，委派我前来，有什么不妥吗？"刘联芳说道。

"不，不，只是太遗憾了。"

"今天，高老太爷没见出来。"

"高老太爷身体不好，他不便出来。刘千总，龙水新会馆落成典礼马上要开始了，我们一起去剪彩吧。"

"好，好。"刘联芳答应道。

刘联芳在前，彭诺泽一行在后，走向会馆落成典礼现场进行剪彩。

剪彩过后，彭诺泽留刘联芳在会馆吃饭。酒宴上，一张圆桌，摆满中西方混杂的菜肴。彭诺泽用刀叉切着盘里的牛排，端起盛满啤酒的高脚酒杯："刘大人，我们干一杯。"

刘联芳端起一小杯茅台酒："彭先生，我不会喝啤酒，我用白酒敬你一杯。"

说着，一饮而尽。

彭诺泽说："刘大人爽快，不愧是带兵的将军。"他也把杯中啤酒干了。

酒过三巡，彭诺泽说："刘大人，麻烦你回去跟丁知县说一下，下个月十九，灵官会又到了，我担心刁民又来闹事打会馆，请县府派兵保护。"

刘联芳喝得微醉，晃着脑袋："这个好说，到了灵官会那天，我带几十个官兵来保护你们。"

彭诺泽大喜，又端起高脚酒杯跟刘联芳干了几杯，二人直喝得酩酊大醉方散。

六月十九日，龙水场依然像往年灵官会一样热闹，来自铜梁、永州、荣州、璧山等周边县的袍哥人员纷纷来到龙水。龙水场锣鼓声天、一片欢腾，人们载歌载舞、秧歌高跷，像过年一样。

刘联芳亲自带着五十名兵勇早早从昌州县城出发，来到龙水会馆，布兵保卫；阴三娃在会馆门口两边布置武装道徒把持看守；阴二狗听从高霸天的吩咐也安排了家丁在后院周围巡逻，以防不测。

肖东成等按照计划，向弟兄们认真做了部署：蒋良栋、蒋鹤林和何师一在会馆门口不远处的茶馆喝茶；唐翠山、玉娘、黄飞在人群中（玉娘、黄飞是顺天会组织杨可亭的手下，杨可亭到山东一带发展组织去了，此时不在龙水，顺天会暂由玉娘负责）；赛时迁金世侯装成烟贩，在会馆门口周围卖香烟；肖东成跟往常一样跟翠平、海平挑煤到龙水人文桥市场卖煤。

这天早上，肖东成、翠平等一拨人天不见亮就到了罗家沟煤厂称煤挑炭。路上，肖东成说："今天是举办灵官会的日子，去年顺天会带头打砸了会馆，解了民众之恨。今天要是那边有响动，到时大家一起前去策应，再次砸烂这狗日的会馆。"大家跃跃欲试，都说愿听肖东成的。

到了龙水人文市场煤炭摊位，天刚微亮。龙水人文市场在人文桥旁一大块操场，有许多露天摊位，煤炭、竹篾、水果、蔬菜等都在市场里面摆摊经营，每逢集日，十分热闹。四周是人字结构穿斗房子，有门市带篷布的铺位，有糖果副食品、五金铁货、饮食小饭馆、面馆、茶馆等买卖营生，生意十分红火。有几个没吃早饭的人在附近店铺买了馒头充饥，手拿着馒头边啃吃，边等买主。

蒋良栋、蒋鹤林和何师一已经在高家会馆门口不远处茶馆喝茶闲聊，眼睛视线不离会馆。唐翠山、玉娘、黄飞混在人群中，装着赶集的样子；金世侯装成烟贩，在会馆门口周围吆喝着卖香烟。

不久，龙水新会馆门口民众越来越多，有人见官府兵勇把守，感到好奇，便要进入会馆看个究竟，却被在门口把持的道徒和兵勇制止。唐翠山见机会一到，便带着玉娘、黄飞等一干人冲到前面与其理论道："这是会馆，是可以随便出入的地方，为何不让进去？"

一兵勇说道："这我不知道，我只服从命令在此守卫，不准闲杂人进去。"

黄飞上前一靠，转过头煽动民众道："道会和官兵不让进，必有什么猫腻！走，大家一起去看里面有什么见不得人的事？"

群众听了，都争相往里边涌。

唐翠山对在不远处卖香烟的金世侯递了个眼色，叫他去给肖东成报信。

唐翠山见金世侯离开了，信心十足，便对兵勇说："我不给你讲，叫你们头领过来。"这时，一个小头目走了过来，看见这阵势，有些心慌，故作镇静道："各位父老乡亲，请冷静。今天会馆禁止出入一天，明天你们再进来如何？"

黄飞故意装着外乡的口音人，说道："我们从铜梁老远而来，欺负我们外乡人哟。你是啥子会馆哦？应该砸啰！"

其他外地的民众见黄飞说出他们的心里话，都纷纷响应："啥子鬼会馆，给我砸喽。"

这时，肖东成手拿扁担，带着翠平等二十多个一路挑煤人赶到。

肖东成怒吼一声道："跟他理论啥子，冲进去直接把会馆砸了就是了。"民众跟着肖东成涌进会馆，门口的官兵道徒哪拦得住，只能任由民众打砸。

蒋良栋、蒋鹤林和何师一见到肖东成等人拿着扁担冲向了会馆，赶紧放下手中茶杯，顺手操起条凳、家什，跳出茶馆，跟着人流参与打砸会馆。

刘联芳和彭诺泽见惹恼了众怒，躲在会馆里屋面面相觑，不知所措。

这时，一个兵勇进来报告道："千总大人，民众已冲进会馆。兵勇和道徒拼命拦击，双方发生斗殴，我们被打得鼻青脸肿，受伤不少；后来又冲进一批身强力壮的苦力拿着扁担、长凳，还有拿着棍棒刀枪的，我们抵挡不住了，只得收缩到底楼，关了房门。"

阴三娃走了进来，对彭诺泽道："门主，我们顶不住了。怎么办？"

刘联芳见状，吓得胆战心惊，找了借口道："门主，我马上回县城，请求知县派兵支援。你们先顶着。"

此刻，肖东成带着民众冲上钟楼，把钟从楼下摔了下来，响声震天动地。

刘联芳刚上马，吓得惊叫一声，差点从马上掉下来，惊慌失措地从后门跑回县城去了。

一个道徒慌慌张张跑到彭诺泽身边吞吞吐吐道："门主，钟……钟楼顶楼被砸毁了，会馆屋顶琉、琉璃瓦、房梁被掀得东倒西歪，走廊柱头被打得稀……稀巴烂。"

"可恶，可恨的乡巴佬，一个才竣工不久的新会馆又给毁了。"门主彭诺泽气急败坏。

"咚咚咚"，外面有人在砸门。彭诺泽见躲在会馆屋不是办法，已经不安全了，知道刘联芳托辞借兵，再也不会回来，就带着阴三娃及几个亲信从后门骑马溜了。

高霸天看见十多个民众朝后院冲来，赶忙叫阴二狗带人截住，自己收好细软，带上家人匆忙逃跑了。阴二狗见民众越来越多，虚晃一枪，拔腿就跑，朝马跑场逃去。

话说高霸天逃到渝州城的宅邸，老伴受了惊吓，加上一路逃命舟车劳顿，回到府邸就病倒了，不久就离开人世。高霸天悲恸不已，电报给京城的儿子高啸天回家吊孝，小儿高啸龙在外留洋，在老太婆病重期间就去了电报，因路途遥远，但已经在回家途中。

高啸天是个留洋学生，受到过进步思想的熏陶，对自己家庭和封建的旧制度有反抗意识，但是不知道怎么办，很郁闷，一直在京城干本分工作。他对父亲以前的霸凌行径很反感，特别是弟弟高啸龙在家里强奸丫鬟，丫鬟受辱后上吊自杀，父亲庇护弟弟出国留学逃避，这件事更使他深恶痛绝。他回到渝州自家府邸后，在母亲灵前大哭一场。

高霸天告诉高啸天龙水两次打会馆的经过，把母亲的死全推给打会馆的民众。高啸天听闻，冷冷地说道："当时，我反对会馆修建到我们高家，你不听，自己也加入了道会，自己的三教不信仰，却偏偏受到彭诺泽的蛊惑，信起他们的教来。这不是自作自受吗？"

高霸天怒道："逆子，竟敢这样跟你老子说话。不是你写信叫我帮衬你这位同学吗！你母亲的死总该是他们造成的吧，你要为她报仇！"

"当时我对他不了解。后来我不是又多次写信告知，不要和他再往来。现在倒好，自己祖宗留下来的三教不去信仰，你老人家受其蛊惑加入他们的道会。母亲的死，你最清楚。"高啸天道。

高啸天知道，母亲一直有病。年轻的时候，父亲长期不回家在外面包养女人，母亲知道了，就大病一场，从此落下病根。高霸天老伴埋葬那天，高啸龙还没回到家。高啸天将母亲送上山后，就回京城了。气得高霸天大骂他是不孝子。

两天后，高啸龙才回到渝州。小霸王高啸龙嬉皮笑脸地说："我接到电报，就往家赶，谁知道母亲大人不等等我，就先去了。"然后他走到自己母亲的灵位前，敬上香，干哭了几声。

第十七回　王怀之两进公堂　灵官会三打会馆

龙水濂溪祠举办庙会，这一天跟办灵官会一样热闹，锣鼓喧天，唱戏舞狮，流动小商贩涌到这里大声叫卖，有卖香烟的，有卖烧饼的，有卖葫芦串的……

龙水濂溪祠位于上河坝黄桷树附近三百米处，是为了纪念宋代理学大师周敦颐而修建的。大堂内塑有周敦颐先生的青铜塑像，塑像两边墙上的汉白玉雕刻着周敦颐大师的著名诗词，左边刻有《爱莲说》：

水陆草木之花，可爱者甚蕃。晋陶渊明独爱菊。自李唐来，世人盛爱牡丹。予独爱莲之出淤泥而不染，濯清涟而不妖，中通外直，不蔓不枝，香远益清，亭亭净植，可远观而不可亵玩焉。予谓菊，花之隐逸者也；牡丹，花之富贵者也；莲，花之君子者也。噫！菊之爱，陶后鲜有闻。莲之爱，同予者何人？牡丹之爱，宜乎众矣！

右边刻有《太极图说》：

无极而太极，太极动而生阳，动极而静，静而生阴，静极复动。一动一静，互为其根。分阴分阳，两仪立焉。

祠外，有池塘景观，池内种有睡莲，养有金鱼，建有九曲桥和凉亭。

龙水道徒王怀之是一个穷凶极恶、心狠手辣之徒，平民无不避而远之。这天，玉怀之带着几个社会混混，哼着小曲，朝濂溪祠走去。看到池里荷花娇艳怒放，伸手摘了一朵拿在手中嗅了又嗅，闻了又闻，胡乱吟诗曰："荷花手中拈，梦里思睡莲，濂溪好风景，怎能不爱怜？"

几个死党混混奉承道："大哥，好诗。"

王怀之怪笑一声道："是吗，哈哈，走，到前面看热闹去。"随手将荷花往地上一扔，并踩上一脚。

濂溪祠主事的走了过来呵斥道："荷花不能随便掐摘，是供大家欣赏的。"

王怀之凶狠道："你是什么人？敢来多管闲事。"其他几个混混围拢过来道："不过摘了一朵荷花而已，你信不信把你脑壳拧下来当花玩。"

主事的见遇到地痞流氓，忍气吞声离开了。

走到热闹处，王怀之等人停下来看走高跷，看得兴致起，禁不住叫起好来。

突然，王怀之肩膀被人拍了一下，扭头一看，说："龙治明，你娃最近死到哪去了？在赌场也不见你鬼影子。"

这个叫龙治明是古南街场口一平民，平时做点零工，偶尔到赌场下点小注。

龙治明说道："最近，我在一饭馆打杂，端菜扫地之类，干些粗活。王怀之，你借我的二两银子，现在该还给我了吧？"

"什么？我啥时借了你二两银子？"王怀之耍赖道。

"上月初，我帮别人挖屋基所挣的二两银子全借给了你，那天你打牌输了，我不愿意借。你还说，又不是不还你，这么小气。还立了字据，这才借予你。"龙治明道。

王怀之不悦道："你不要瞎说，我有的是钱，会向你借钱？"

其他几个混混也上来帮腔道："你不要瞎说，我们几人可以作证，你没有借钱，你那字据也是你自己捏造的。"

龙治明急了，说："你们不要耍无赖，王怀之，你不要以为人多，想欺负我。你若不还钱，我要告官。"

王怀之一听，恼羞成怒，从身上掏出一把弹簧刀，手指一按，"啪"一下弹出来刀刃，说："龙治明，你这要钱不要命的混蛋。"

龙治明见王怀之动刀了，慌忙向濂溪祠大堂跑，王怀之持刀在后面追。

龙治明躲在塑像背后，见王怀之追了进来，忙窜出大门，朝荷花池方向跑，王怀之也追了出来。

王怀之的几个死党在荷花池边拦住龙治明去路。

龙治明转身欲跑，被追上来的王怀之揪住，用刀往他大腿上一捅，血就流了出来。

这一幕被路过的蒋鹤林和何怀一撞见，蒋鹤林一个箭步向前夺下王怀之手中凶器，何师一和在旁的民众一窝蜂扑倒王怀之，将其摁住，扭送到县衙。

县衙升堂审理此案，蒋鹤林叙述了现场经过，并说亲见王怀之行凶杀人。龙治民在诊所包扎了大腿，一瘸一拐说出了事情的原委，并把字据呈现。

知县看着跪在下面的王怀之和几个混混，惊堂木一拍，喝道："王怀之，又是你呀，真是屡教不改的家伙。"

王怀之虽然跪在地上，但仍昂着头，一副满不在乎的样子，道："是我借了钱，伤了人，你能怎么样！"

知县大怒道："大胆，竟敢目无国法！来人，把王怀之拖下去收监，其余几个帮凶拉出去杖打二十。"

王怀之偏着头，离开大堂时还在斗狠："要不了几天，你们会放我出去的。"

彭诺泽知道了这事，写了文书，盖了印讫，叫人交与知县，要求放人。但知县不吃他这一套。

彭诺泽将此事呈报渝州城道主，向省府施压。知县迫于省府的压力，只得放了王怀之。

王怀之被放出之后，更加肆无忌惮，对知县切齿痛恨，想起当年屠牛杀狗，被知县禁止，断了自己的财路，对知县更是切齿痛恨。回到家里带上几个党羽，联合张冬老等人来到丁赉良知县示谕竖立"永禁屠牛石碑"前，用带来的锤当众砸碑，一边砸一边骂。

张冬老也拿着大锤猛砸，不一会儿，石碑被砸毁。民众见后立即报官，知县知道后，大怒道："这个王怀之太可恨了，才放出去没多久，又把县谕立下的禁碑给毁了，这次决不姑息。"便亲自带着捕快前到龙水缉拿王怀之和张冬老。

王怀之和张冬老得到消息，躲到会馆不出来。知县到会馆交涉，让交出二人，彭诺泽搪塞说二人不在会馆。知县知道其中蹊跷，不好明说，只得告辞回县城，并留下四个精明能干的捕快隐于暗处，待王怀之和张冬老露面，将其抓获归案。

王怀之和张冬老在会馆待了一个礼拜，见外面风平浪静，便大摇大摆从会馆走了出来。走出会馆一段距离，被便装的四个捕快前后堵住去路。张冬老想抽身回会馆，但来不及了，被两个捕快擒住动弹不得；王怀之见不能回会馆，转过身朝人文市场跑，另两个捕快哪里肯放过，跟在后面追。

这天凑巧是赶场天，肖东成等人正在市场卖煤。何师一今天也在卖煤，见王怀之跑进了市场，后面有两个人在追赶，因为是便装，何师一不知道是捕快。

何师一指着王怀之对肖东成说："大哥，那个人就是王怀之！做了不少坏事，上次庙会杀人被六哥鹤林和我逮住送往官府究办入狱，后又被放出。今不知又犯了何事，被人追赶。"

"不管那么多，把他截住再说。"肖东成说着，操起扁担在王怀之前面候着，翠平、海平、何师一等人相继操起扁担站在肖东成身后。

王怀之见前面挑炭的拦住去路，便上前说好话："各位乡亲，后面有人追杀我，请让一个道。"

肖东成故意说道："你是什么人？惹了什么事让人追杀？需要我们帮忙吗？"

王怀之正要说话，追上来的捕快亮出腰牌道："我俩是县衙捕快，请你们协助逮住这个逃犯。"

翠平一听，上前用扁担扫向王怀之下身，王怀之顿时瘫了下去。

两个捕快上来，轻松将王怀之捉了去。

张冬老和王怀之被四个捕快押往县城，打入监牢等候审判。

彭诺泽听到王怀之、张冬老从会馆走出不久，便被知县留下的捕快捉了去，十分震怒。也不与知县交涉，直接上报渝州城道主向省府提出抗议，要求严办知县，放出王怀之。

省府不分青红皂白，一纸公文责令知县放出王怀之和张冬老。

王怀之出狱后，欲报复人文市场的挑煤工人。他给道会彭诺泽建议强占人文市场卖煤的摊位，把挑炭卖煤市场赶至人文桥下。

这天，肖东成一行挑煤到人文市场，见摊位已被道徒霸占变成肉市场，王怀之、张冬老等将牛肉、狗肉明目张胆摆起卖。

肖东成放下挑子，上前理论："这是煤炭市场，怎么变成了卖狗肉的？你们懂不懂规矩？来抢占我们的地盘。"

王怀之的徒弟小幺堆笑答道："这位兄台，请息怒，煤炭市场已移到人文桥下，这里不再卖煤了。你们还是把煤挑到人文桥去卖吧。"

海平道："我们在这里卖得好好的。你们凭什么把我们赶走！应该是你们把肉摊子搬走，还我的摊位！"

何师一道："就是！你们这些卖狗肉牛肉的，各自回到你们原来的猪肉市场去，要不然……"

小幺沉脸变色道："你要怎样？"

何师一提高嗓门说道："砸了你的摊子。"

"你敢？你们也不打听，我师傅是谁？竟敢在这里撒野。"

旁边有群众对肖东成等人说："他师傅是臭名昭著的王怀之。"

这下，众人才明白过来是怎么回事。

肖东成寻思，这王怀之真是小肚鸡肠，上次被捕快逮捕入狱，全怪罪我们这些协助的挑煤工人，不但不悔过，反而变本加厉报复，今天得好好教训这些道徒。

大家听说是王怀之在捣鬼，都是怒火中烧。

肖东成说："你不提你师傅便罢，提起我就鬼火冒。兄弟们给我上，把这些摊子给我砸了。"

众人与肖东成上前掀摊子，把狗肉、牛肉全扔在地上。小幺等道徒欲制止，即刻被打得鼻青脸肿。

小幺气极，操起刀向肖东成腰间砍去，被肖东成一闪，顺势夺过了刀。小幺惊得转身就跑，到赌场告诉了王怀之。

王怀之惊惧不已，忙叫人报官，要求严惩肇事者。知县派人调查，据实判决，王怀之等人强占市场在先，肖东成等人愤懑，掀摊在后，不予追究，损坏摊位和肉品由县里出资赔偿，煤炭市场迁至人文桥下。

省府考虑到昌州时局的稳定，将现任昌州知县调走，调个亲善天道会的知县来。钱葆塘钱知县就是在这样的背景下来到昌州的。钱知县是天津人，来之前是酉阳知州参事，他的姑父叫覃辅臣，是天道会骨干分子，跟他到了酉阳传道收徒。这个覃辅臣有些来头，做事绝情，心狠手毒，自参加道会以来，得到道会门主赏识，作为道会骨干，参与培训，后成为头目，带头参与了鱼肉百姓的恶事。

钱知县因与覃辅臣的亲戚关系，便与昌州天道会套近乎，走马上任第一天，便书信一封，邀请彭诺泽到县城醉香楼吃饭。

醉仙楼坐落在北山脚下，西城门濑溪河畔，阳春三月，杨柳依依，亭台楼阁，在这景致里把酒言欢的人，无不快活似神仙。彭诺泽这几年为疪护道徒，与县衙之间的关系颇有距离，能得到知县邀请，还真有点受宠若惊，便早早来到醉香楼雅间，见到知县便有礼节卑躬屈膝："钱大人，没想到你下帖子邀请我，太阳从西边出来了。本来我该请你吃饭，为你接风洗尘。"

"彭先生，说哪里的话，你在昌州来了十多年，已经是一个昌州通了。而到这里就职的知县却换了不少，我初到昌州，还仰仗你多关照。"钱知县这是话中有话。

"钱知县太客气了，你姑父覃辅臣是我好朋友，一家人不要说两家话嘛。"彭诺泽心知肚明。

"既然这样，彭先生，为了稳定昌州，减少你们和民众的纠纷，我有两点建议：一是龙水会馆暂缓重建，等过两年重修，现阶段马跑场就是你的大本营；二是叫你的道徒遵纪守法，不要惹是生非，让我在昌州平安待几年，保住头上花翎，不要像前任罢官回家。"

"这个好说，龙水被毁会馆过两年再修，我也伤心那个地方。关于管教道徒，我会在做礼拜时宣扬的，好好管管他们。"

钱知县大喜道："来，来，尽说话了，吃菜。把酒斟上，我们干一杯。"

果然，钱知县来到昌州，彭诺泽没有向上反映他的不是，时常还褒奖他，两人常聚在一起喝酒聊天，关系走得近，他也平平稳稳当了几年知县。

高霸天担心有三次打馆，就待在渝州不回来了，修书一封给彭诺泽，将高公馆全捐给道会。彭诺泽大喜，策划着开始重建会馆。小霸王高啸龙还没毕业，他在渝州等他母亲过了"头七"，就又去上学了。

待钱知县规定两年时限到来，道会就开始修建会馆，为了防止会馆被打砸，这次修得比以往都牢固，四周也修了三米高的围墙，计划次年竣工。"整个高公馆，都是我彭某人的了。"彭诺泽暗自高兴道。

而这一年，梅花九迎来了一件喜事：蒋良栋一步登天做了龙水袍哥会堂口老大。蒋良栋在礼字号堂口很有声望，其武功高强，深受哥老会弟兄拥戴，被推举为堂主，由"凤尾老幺"晋级为袍哥老大。

话说蒋良栋从堂口会馆办完事情回家，走到白鹤林家场门口，只见一个八九岁的男孩走了过来："爹爹，你买的糖糖呢？"

蒋良栋逗笑着说："没有，卖糖的死了。小宝，三字经能背了吗？"

"爹，你不要骗我，我知道爹爹最疼小宝了。三字经早就能背了。人之初，性本善……"

"小宝最聪明了，给你糖，奖给你的。"蒋良栋从荷包里掏出一块硬糖递给小宝，然后把小宝扛在肩上，向家里走去。

蒋良栋结婚较晚，将近三十岁结婚，娶妻覃氏。覃氏乃宝兴旗团邻里一大户，可谓门当户对。蒋良栋有一族兄叫蒋道甲，其人以"迎神""掐时"活动营生，"迎神"和"掐时"是迷信活动。蒋道甲在一次活动中将自己锣弄丢了，便到蒋良栋家来借，覃氏见是同族，就把背面有"蒋良栋"三字的锣借给了他，却没想到此锣会引出惊天动地的事来，这是后话。

灵官会前，会馆已竣工。彭诺泽借口防止在灵官会期间民众再次攻打会馆，通知钱荷塘知县出告示禁办灵官会。

钱知县寻思，会馆修好，灵官会期快到，若灵官会如期举行，不知又要生什么乱子。彭诺泽这个"禁止举办"的点子可行。于是当日就写出告示，盖了县印贴在各场口醒目处。

告示出后，引起社会哗然。龙水各界、哥老会、顺天会首领召集议事，大家都说："灵官会是传统节日，不能破坏。"

顺天会杨可亭说："这两年钱知县与彭诺泽沆瀣一气，竟然忘了祖宗，让道会盛行，真可恨，不能让其阴谋得逞。"

肖东成作为袍哥首领，也参加了议事。他说道："坚决反对禁办，这是民众的大型聚会，不能因官府一纸告示而停办。"

商界头领梅守成点头同意，说："对，我们照例举办灵官会，看他官府能奈我何。"最后大家一致商议决定，照常举办灵官会。事后，肖东成和杨可亭相约到茂源茶楼密谋打会馆事宜，不再细表。

灵官会前夕，彭诺泽找来阴二狗、阴三娃、王怀之、张冬老做了如下安排：在灵官会那天，由阴三娃带领一百个武装分子到龙水街上游行；王怀之率一百个武装分子潜伏在会馆，阴二狗带领三十人在会馆四周巡逻，由张冬老、薛小五（薛老五之子）各统带五十人做预备队，并准备石灰包。

刘联芳受知县命令，带六十个兵勇来保护。

金世侯把这些信息传递给了肖东成。肖东成急忙召集梅花九骨干人员到家来商议对策。

肖家坝肖家大院再也不是独家小院，以前的老房子没变，仍是穿斗架房。因人丁兴旺，其后边修建了后堂，非常别致，设有天井；在旁边山坳平整出一大片操场，是小将们练武的天地，几乎与二挖、三挖家连成片。院子前边有几百平米石板砌成院坝，收获季节是麦场和谷场，农闲时便成了比武、游戏的乐园。

老房子右边有马厩，养有三匹马，一匹当坐骑，另两匹临时也可以当坐骑，主要是到山上驮煤。

肖东成三十岁后，父亲肖兴元就把家让给他主持。肖兴元不再住老房子，而是搬至后堂居住，在院里养些花草，兼喂养三匹马，有时照看孙辈，还指点后生们武艺，过得逍遥自在。

在老房子客厅里，里面摆设没有变，只是增加了几把椅子。此时，客厅里坐满了人，梅花九有三人未到。一是春红在九龟山较远，因这次打会馆，她是山匪，不便露面；二是李三谷在合州张财主家当武师，路途遥远；三是蒋良栋因他岳父得重病，与妻子覃氏到宝兴旗团覃家院子看望岳父。不过，除了三人没到场，受邀的顺天会的杨可亭、玉娘都到了，哥老会的钱三、金世侯也在。

肖东成和在座的众兄弟商量出了一个计策，决定在六月十九日那天第三次攻打会馆。

六月十九日，龙水灵官会照常举行，来自附近县的三教九流云集于此。

唐翠山、杨可亭联络几十号弟兄，藏了刀剑混入人群；蒋鹤林、何师一和赛时迁金世侯则在会馆四周吆喝：或卖香烟，或卖水果，或摆地摊卖杂货；而肖东成呢，则早已联络一路挑煤的工友和矿上的工人，一部分人挑煤到人文桥下，一部分人在人文桥附近茶馆喝茶。

此时，阴三娃带着一百多人道徒沿街游行。而龙水会馆门口早有刘联芳的兵勇把守。

唐翠山和杨可亭带着弟兄随着群众来到会馆，见刘联芳又领兵把守会馆，上前责问："你是天道会的官，还是朝廷的官？"

刘联芳低头不语。黄飞上前道："你这个木锤子，说话呀，你安心帮助坏人与民众为敌，你还有没有良心？"

刘联芳忍不住说了句："我是朝廷命官，你们岂能这样说话，不怕我治罪么？"

这一下激怒了民众，争相拥向这里与官兵争执。刘联芳见势不对，吩咐手下兵勇守住大门，自个儿躲进会馆里面。

刘联芳走后，民众与兵勇之间吵得更凶。钱三带着一帮哥老会弟兄也来到会馆门口,说:"你们千总都滚了,你们还干站在这里干啥?还不滚回去。"

一个小头目举着手铳威胁道:"你们有谁敢在这里胡闹,我就开枪打死他。"

钱三冲上去,一拳痛击小头目手腕,手铳掉落在地,唐翠山、杨可亭带着弟兄涌了上来,与兵勇厮打在一起。

会馆里的王怀之见外面打得热闹,忙叫埋伏在会馆里的道徒向民众扔石灰包。这更加激怒了民众,双方动起了器械,会馆的薛小五带着五十个道徒涌出来,趁混乱戳伤十多个群众。

肖东成接到赛时迁金世侯带来的消息,带着大批挑炭工人和矿工及时赶到,立即与会馆的阴二狗、张冬老、薛小五等道徒发生械斗。双方一时刀来剑往,左躲右闪,不时一只胳膊掉落于地,一只耳朵削飞上天;不时有人被剑刺入大腿,血涌如泉……拼杀中,农民蒋兴顺被一官兵剑砍颈项,鲜血喷洒,当场死亡。

阴三娃带着的一百号人也窜到这里,趁混乱烧了会馆附近的民房,一时大火熊熊燃烧,火光映红了半边天。

群情激愤,势不可遏,大家不顾生死,怒捣会馆。

王怀之、阴二狗等带着两百号人来制止,双方又是一场酣斗。

肖东成吩咐杨可亭、唐翠山带人去砸会馆,自己带了翠平、蒋鹤林、海平、何师一、钱三等与王怀之、阴二狗械斗,双方僵持不下。

突然,一声锣响,传来一阵喊杀声,只见李三谷带着花荣一帮子人冲了进来。王怀之带着道徒纷纷往后退。

原来李三谷早有打算参加今年龙水灵官会,便到龙虎山约花荣,花荣此时已经是龙虎山老大,原来的老大是吴明,自觉不适合做山寨大头领,退位让贤继续做军师,为花荣出谋划策。

肖东成等人见来了生力军,精神大振,奋力杀向道徒和官兵,官兵和道徒只得且战且退,四散逃跑。阴三娃在混战中被砍成重伤,奄奄一息。

第十八回　蒋良栋被诬通缉　肖东成武装起事

话说灵官会这天，街上人潮涌动，三教九流人物都来到龙水，民众自发举行了灵官会，声势比往年更加浩大。彭诺泽见县衙张贴"禁止举办"的告示不但没有生效，反而激起了民愤，觉得待在龙水会馆不安全，打算到马跑场躲一躲。彭诺泽找来阴二狗、阴三娃、王怀之、张冬老、薛小五，对他们说道："看来今天形势不对，你们要打起精神，时刻盯防捣乱分子攻击会馆。我们计划不变，仍按照的原计划部署：阴老三带领人到龙水街上游行，造成声势压制；王怀之率人潜伏在会馆四周，也要备置石灰包；阴老二带领人在钟楼四周巡逻；张冬老、薛小五各统带五十人藏在会馆内，见机行事。"

五人领命而去。彭诺泽叫住阴三娃，道："阴老三，你留下一会儿。"

"门主大人，什么事情？"

"我马上去马跑场，你们万一顶不住，就来马跑场。但愿你们能给我带来好消息。另外，刘大人带人来了没有？"

"刚到不久，我把我们的计划告诉了他，他很满意，还夸赞您会用兵呢。他将他的兵勇布置在会馆门前，刀枪林立，十分威严！要不，您去会会他。"

"不了，我到马跑场的事情暂不告诉他。好了，等你们的好消息！我走了。"说着，带着两个随从，悄悄地溜了。

当肖东成见官兵、道徒四散溃逃各自逃命时，不再追赶，转回到会馆继续参与打砸会馆，命人焚烧会馆，熊熊大火将高公馆包围起来。众人看见会馆在烈火中摇摇欲坠，便个个面带胜利的喜悦慢慢散去。

阴二狗背着奄奄一息的阴三娃，见后面没有人追赶，便来到一农户家，农户主人见到他们凶神恶煞的样子，早已吓得藏匿起来。

阴二狗叫人烧水给阴三娃擦洗伤口。阴三娃醒了，说道："二哥，我不行了。彭大人现在在马跑场，临走交代，我们可到马跑场去。"说完就咽气了。

阴二狗"哇"的一声，伏在阴三娃身上大哭，道："兄弟，我一定跟你报仇！"

这时薛小五带着溃兵也来到这里。阴二狗擦干泪水站起身来，道："我兄弟死了，你们先走吧，到马跑场去见门主。我就地安葬了兄弟，随即就来。王怀之、张冬老呢？"

薛小五道："怎么就这么草草安葬了，不管怎么说，他也是我们的英雄，我们抬回到马跑场隆重祭奠。王怀之、张冬老没朝这边走，可能躲在街上某个地方。"

薛小五叫人卸下农户的门板，然后将阴三娃的尸首放在上面。一群残兵败将抬着罪该万死的阴三娃尸首，缓缓朝马跑场走去。

话说钱葆塘见到刘联芳带着溃兵逃回，不禁大怒道："你们是怎么搞的？几百名全副武装的兵勇、道徒，竟然被手无寸铁的平民打得如此狼狈。你们拿着朝廷俸禄，却不能为朝廷分忧，养你们何用？"

刘联芳争辩道："大人，这些平民太多，也持有器械，众怒难犯呀！"

钱知县叹了口气，道："唉，刘老弟，此事闹大了，你我头上乌纱帽不保啊！赶快收拾残局吧。你马上回驻防，调集全部兵勇赶到龙水缉拿闹事头目。"说完，他自己带几十官差先行奔赴龙水。

到了龙水会馆，大火仍在燃烧，会馆门口、四周一片狼藉，横七竖八躺着官兵和道徒尸体，还有残肢散落四处。

看着残忍不睹的场景，钱知县问后赶来的刘联芳："这里为什么不见平民的尸首？"

恰巧王怀之带着一帮导道徒走了过来，谎报道："报告钱大人，这些刁民也死伤不少，已被其家属弄回去了。下一步，大人有何打算？"其实，民众除蒋万顺被官兵杀死外，只受重伤两人，轻伤倒是不少。

钱知县命令道："刘大人，你马上带上官兵沿街搜索，逮捕可疑分子，缉拿带头肇事者。王怀之，带上你的人，配合刘大人，发现可疑情况，立即向刘大人汇报。"

"是。"王怀之高声答道。

二人领命而去。

且说蒋良栋族兄蒋道甲在高桥坝幸光村城隍庙参与迎神活动。

城隍本意指城墙和护城河，后演变为主宰城池的神灵。他行走冥界，级别上高于土地神，低于阎罗王，为佛道俗三界共同尊奉。民间城隍神具有人格化、本土化、多样化的特点，担当各地城隍的，均是令人敬仰的英雄好汉和直臣孝子。

这天城隍庙里烛光摇曳，香火袅绕，鞭炮骤响。一色古装打扮的八位男青年抬起城隍塑像，蒋道甲的锣鼓队伍在前面敲着锣，打着鼓，一时锣鼓喧天，无不热闹。

队伍出了庙门，开始巡游各个邻里。前面锣鼓开道，彩牌紧随，乐队奏着乐曲，十几个踩高跷的男子倚着音乐节拍边唱边走，并护卫着身后的城隍神像；呼哄班镇后，不时齐喊着"好啊""发财啊""风调雨顺啊""乡境平安啊"等吉语祥话，表达当地百姓的祈愿。

这长蛇般的队伍沿着大路迤逦前行，每到一个三岔路口，就有迎神、接神的案桌摆着，桌上放着水酒荤素，点着香烛。鞭炮燃起，道士念咒，祈求全境风调雨顺，祥和平安。

夹道观看的百姓在香炉里插上香烛，求得庇佑。孩童们跟着队伍穿插奔跑，兴高采烈。游行队伍绕邻里一周，神像被游神队伍请进回城隍庙。

迎神活动完毕，蒋道甲吃了午饭，挑了担子，挎着锣儿，唱着小曲儿走在回白鹤林家的路上。

此刻，刘联芳带着几名巡查的官兵走了过来，见他挎着锣，怀疑他参与了这次打砸会馆的头领，叫官兵将他捉住。刘联芳上前喝道："大胆刁民，竟敢聚众闹事。老实交代你们一共有多少人？你的同伙在哪里？"

蒋道甲丈二和尚摸不着头脑，一时云里雾里，道："大人，您说什么呀？我听不懂？"

"还跟我装糊涂，我问你，这次打砸会馆，你参与没有？"

蒋道甲争辩道："我是一个迎神的，从未参与打砸之事。"

刘联芳指着锣说："你还狡辩，物证在此，这锣就是聚众闹事用的锣。"

蒋道甲道："冤枉啊，大人明察，这是迎神的锣呀！"

周围的群众围拢上来为其申辩，说："他是个老实人，从不干违法的事。"

"是呀，他平时就是帮人'掐时''迎神'，不会是他。"

"他哪有那个胆子哟，连鸡都不敢杀，你借他一千个胆子,他也不敢。"

村民们你一句，我一句帮蒋道甲说话。按住蒋道甲双肩的官兵见有人替他说话，恐怕抓错了人，就放开手退到一旁。蒋道甲见没人注意他，乘官兵不备，偷偷溜走了。

刘联芳一心听群众议论，突然发现蒋道甲不见，知道他悄悄跑了，便来到他撂下的挑子旁，取下迎神锣，拿在手中仔细查看，发现锣背面有"蒋良栋"三字，认为蒋良栋便是这次闹事首领。

刘联芳问身边的群众："你们知道蒋良栋住哪儿吗？"

有人回答："蒋良栋啊，就住在龙水白鹤林附近，他就是蒋老太爷的大公子，功夫了得，是条好汉。"

刘联芳闻听更加确信蒋良栋是元凶。于是他向钱知县指控白鹤林蒋良栋为闹事首领。钱知县立即签发拘票，叫刘联芳带人到龙水白鹤林捉拿蒋良栋。

这天，蒋良栋带着妻子覃氏，背着儿子小宝正从宝兴旗团里岳父家回来，路上碰到同村人告知官兵正四处缉拿他，说他是这次闹事元凶。

蒋良栋不敢回家，知道有官兵在白鹤林候着，便带着妻儿投奔肖家坝肖东成，向他求救。

蒋良栋还没走拢肖家院坝，就被在院坝训练小将们的肖绍文看见。他叫小将们自行练习，自己跑到客厅向肖东成报告："义父，表叔蒋良栋一家三口来了。"

花荣也在，听说师伯来了，忙起身出屋迎接。他见到蒋良栋，上前招呼道："师伯，好久不见，近日可好？"

蒋良栋从肩上放下小宝，说："花荣贤弟，你也在呀。"

跟在花荣身后的蒋鹤林也问道："二哥，你跟嫂子都来了，出了什么事情么？"

"官府正在四处张贴告示缉拿我，白鹤林老家已有捕快候着，我不敢回去了，只有来找肖大哥想想对策。"蒋良栋说。

蒋鹤林有些纳闷，道："你怎么会惹上官司，官府为何要捉拿你？"

肖东成出了门，道："良栋，进屋叙谈。"

蒋良栋跟着大家进了客厅，仙桃、玉兰领引覃氏和小宝到里屋休息。

客厅里，梅花九只有春红和玉兰不在，当然海平作为老十名正言顺坐在里面。蒋良栋把原委说了，大家听了哈哈大笑。

蒋良栋不解道："我被冤枉吃了官司，你们不为我出主意，反倒哈哈大笑，有你们这样的兄弟吗？"

蒋鹤林笑着说："我的二哥哟，你知道是谁带头打会馆的吗？"

"是谁呀？"蒋良栋急切地问道。

唐翠山说："还有谁呀？当然是我们肖大哥呀！"

"东成，又是你呀！我猜就是你，你却让我背黑锅。"蒋良栋微笑道。

唐翠山道："二哥，打会馆，作为梅花九老二，你本该参加，谈不上为大哥背黑锅吧？"

蒋良栋笑了笑，说："我只是说说而已，你们不要当真，只是怪我不该借锣给蒋道甲，让刘联芳以此为把柄，将我牵扯进去。"

肖东成说："这次打会馆比上两次声势都还要大，双方死伤不少，听说官兵、道徒死了好几十人，我们这一方也死了一个蒋万顺，无辜群众重伤两人，轻伤不少。如今事情闹大了，官府不会就此罢休，再加上良栋被诬通缉，大家出出主意，该怎么办？"

李三谷说："二哥本与打会馆无关，却被诬遭通缉，可见官府昏庸，当下朝廷无能。三十多年前洪秀全造反起义,建立太平天国,虽然失败了,可人民仍在水深火热之中,不断有人起义反朝廷。我们何不效仿之。"

唐翠山道:"确实如此,自鸦片战争以来,朝廷为维系摇摇欲坠的统治,崇洋媚外,签订了一系列不平等条约,赔了大量的银子不说,还割让土地,加重老百姓的负担。现在民族危机日益突出,只要我们揭竿起事,天下必响应。"

肖东成说:"我赞成,我们必须打着'扶弱济贫,除暴安良'的旗号,这样天下响应人就更多。"

大家觉得有理,只有拿起刀枪才有出路。于是大家推荐肖东成为起义军头领,定于六月二十三攻打龙水。

肖东成命玉兰通知九龟山春红攻打花市街;命唐翠山联络顺道会杨可亭、玉娘、黄飞攻打罗家街;命李三谷和花荣去合州带人马攻打马家街;命翠平联络挑煤工人和矿工攻打古南街;自己和蒋良栋带领袍哥会兄弟攻打会馆(会馆虽被焚毁,钱知县命兵勇和道徒在此驻扎守候,准备修复会馆)。事后,众人分头组织联络,准备武装起事。

是年六月二十三日,肖东成率领五路人马杀向龙水。春红、玉兰带着九龟山一百多弟兄手执利刃,攻打花市街道徒,首先捣毁顽固教徒薛老五、薛小五父子房屋二十间。

薛小五纠集附近道徒抵抗,截住春红等厮杀,春红舞着双剑策马到薛小五身边,挥剑刺向其胸口,薛小五忙用鬼头大刀隔住,春红另一宝剑刺向其颈部,慌得薛小五扔下刀后退几步。玉兰带着众人冲散教徒,薛小五见不是对手,丢下数具尸体,带着父亲薛老五和几个贴心道徒逃到乡下老家。春红带着众人放火烧毁几户顽固不化的恶霸、道徒的房屋若干,周围民众走出家门,看到熊熊大火,都拍手称快。

翠平带领海平、何师一等西山煤铁纸厂数百名工人,手执长矛大刀,攻打古南街道徒所在地。张冬老和小幺住在这里,此二人不在家,在人文市场卖牛肉和狗肉。翠平他们没遇到阻拦,轻而易举捣毁几十间道徒房屋。然后,翠平带着众人杀向人文市场。

市场卖肉的张冬老、小幺早听说自己的家被砸了，忙收了肉摊，掣起杀刀，纠起一路屠夫，回家救急。在市场门口，他们与翠平等人相遇。

翠平见了，拦住去路道："张冬老，留下你的狗头。"

张冬老大怒道："何方小子？这样藐视你张爷爷。"说着挥刀迎了上来。

二人大战二十多回合，张冬老毕竟年纪大，哪是虎狼小伙翠平的对手，卖个破绽，闪身就逃。

海平、何师一等人杀过去，跑得慢的当即丢了性命。

李三谷、花荣带着龙虎山八十精锐骑兵，途经铜梁、万古、马跑场，一路冲击拦击官兵和道徒，马不停地赶到龙水马家街，发现马家街道徒房屋已被何师一带人捣毁。

原来，翠平杀退张冬老后，见李三谷还没到，就叫何师一、海平带人前去攻打。

王怀之住在罗家街，会馆被毁后，大部分武装道徒都暂时聚集在王怀之府上。当唐翠山、杨可亭带人来的时候，双方势均力敌酣斗在一起。王怀之等渐渐不支，退到围墙后面，王怀之的弓箭手赶到，一阵箭雨射向义军，义军缩了回去。

杨可亭说："强攻不行，将他们围起来，待机攻击。"

肖东成、蒋良栋带着一百多袍哥兄弟来到会馆，发现官兵刀枪林立，已有准备，遂命令大家隐藏起来，与会馆的几十兵勇对峙。

肖东成令钱三喊话道："兵勇兄弟们，我们是起义军，你们被包围了，放下武器投降。"

兵勇头目回答："我们奉了刘千总之命，在此驻守，你们胆敢踏进会馆一步，格杀勿论！"

肖东成大怒："兄弟们，冲进去，若有抵抗，无论是官兵、道徒，都给我狠狠反击。"

说完，带着蒋良栋、钱三、蒋礼堂、金世侯等弟兄杀进会馆。会馆里的兵勇和阴二狗带领的一伙道徒见肖东成有备而来，个个面带凶相，杀气腾腾，只能勉强持械应对。

兵勇头目见不是对手，吩咐众人缴械投降。阴二狗却拒绝投降，带着几个亲信躲在角落里，顽固抵抗，不停地用火铳向肖东成他们开枪，并大声喊道："肖东成，你们砍死了我弟弟，我说过，我要为他报仇。"

"阴二狗，你弟弟阴三娃无恶不作，干尽了坏事，他死有余辜！"肖东成道。

阴二狗听见肖东成的声音，一阵兴奋，歇斯底里地叫道叫嚣："肖东成，你别仗着人多，敢和我单挑吗？"

"好啊，阴二狗，我给你一个机会。你让你身边兄弟放下武器，我俩单挑吧。"

肖东成说完，遂叫弟兄们停止进攻，并叫蒋良栋把投降官兵和部分道徒押下去，然后他把手中的大刀别在身后，从身旁一个弟兄手里拿过一支洋枪。

阴二狗身旁的亲信说："大哥，肖东成武功盖世，力大无穷，你哪是他对手？"

阴二狗拍了拍亲信的头，道："你笨呀，我这是缓兵之计。兄弟们，趁他们不注意，我们找机会逃出去。留得青山在，不怕没柴烧。"

阴二狗见肖东成停止了攻击，命令亲信露头开枪射击，自己也站起来朝肖东成放了一枪。肖东成赶紧闪身，端起手中枪向一个露出头脸的道徒射击，一阵声枪响，那道徒额头中弹，血流如注。肖东成道："弟兄们，给我冲。"

那几个顽固的道徒见肖东成他们来势凶猛，纷纷缴械举手投降。阴二狗却不知去向。

"阴二狗，他在哪里？"肖东成问道。

"他朝你开了一枪后，就命令我们死守，自己一个人偷偷逃跑了。"

肖东成把投降的兵勇集合，留下器械，放了他们。对投降的道徒，没收家产，勒令退道会，方可放回。

第十九回　王怀之伤逃马跑　义民军占领龙水

到了中午，春红、李三谷、肖翠平带着三路兵马来与肖东成汇合，独不见唐翠山、杨可亭等。肖东成令金世侯前去罗家街打探。

不一会儿，赛时迁金世侯带来消息：王怀之占据有利房屋与唐翠山厮斗，双方僵持不下，已死了不少弟兄。

肖东成怒骂道："这个王怀之，老是与我们作对，是一块又臭又硬的烂石头。哪位兄弟愿意带人前去灭了他？"

李三谷说："小弟愿意。"

肖东成大喜道："三弟前去，我放心矣。"

李三谷、花荣带着本部人马策马飞奔增援罗家街。

此时王怀之依托残垣断墙与唐翠山所部正相持着，唐翠山发起了几次冲锋，都被王怀之的弓箭和枪铳队挡住。

李三谷、花荣带领八十名骑兵来到唐翠山阵前，杨可亭、玉娘等义军见来了援军，精神大振，个个摩拳擦掌，想再次冲锋。

唐翠山制止道："等一会儿，待我跟三哥商议一下如何攻打，尽量智取，减少伤亡。"

李三谷下了马，问道："四弟，你们咋还没攻下来？肖大哥命我前来增援。"

唐翠山问道："三哥，其他几路人马战况如何？"。"

李三谷说道："都很顺利，全部消灭顽抗之徒，烧毁无数道徒房屋，各街道已经被我们起义军控制。如今就剩下你这一处。"

杨可亭上前招呼道："李英雄好，上次打会馆与英雄见过一面，要不是你和花贤弟及时赶到，我等恐怕入了官府大牢。今天又是你们前来增援我等，万分感激。王怀之十分狡猾，利用有利地形和精锐武器与我军对抗，我等正一筹莫展，李英雄不知有何良策？"

李三谷道："我是这么想的，你们准备石灰包，石灰里面混上胡椒、辣椒粉，投入对方阵地。趁敌人混乱，我带着这八十铁骑冲入进去，杀他个片甲不留。"

杨可亭大悦道："妙哉！玉娘、黄飞你俩带人快去准备。"

李三谷乘机跟着唐翠山、杨可亭到前沿阵地查看敌情和地形。

不一会儿，玉娘和黄飞等推着四五车石灰包到来，李三谷命令花荣带领骑兵做好冲杀准备。

唐翠山叫玉娘、黄飞将车推至最前沿，一声令下："给我投。"只见石灰包如一阵蝗虫飞入王怀之阵地，霎时灰尘四起，石灰混着辣椒、胡椒四处散飞，呛得道徒眼泪直流、睁不开眼睛，丢了弓箭、刀枪，四处乱窜。

李三谷趁对方阵脚大乱之际，带着铁骑冲进王怀之等固守的阵地，手执利刃行云流水般地削掉道徒的脑袋，血光四溅，震慑了王怀之。

唐翠山、杨可亭等弟兄跟在骑兵后面，看见受伤未死的道徒补上一刀，追杀着四散溃逃的道徒。

王怀之也被花荣砍伤左臂，血流不止，他扯了衣襟包扎伤口，忍着疼痛逃到自家后院，从马厩里牵出匹大黄马，跨上马鞍逃向马跑场。

余下的道徒除少数逃脱外，皆缴械投降。

在整个龙水起义中，义军消灭作恶教徒一百二十人，捣毁顽固教徒房屋三百多间，并没收其道徒不法财产，勒令其退会。

肖东成见道徒武装被消灭，龙水各街道已被起义军控制，又令李三谷占领医馆，自己带领人马占领镇公所，将起义军大本营设在濂溪祠。春红驻守西面花市街江西庙，唐翠山驻守北面罗家街黄州庙，翠平驻守东南面古南街南华宫，蒋良栋驻守会馆附近八景宫，李三谷所部防守马家街及医馆。

义军以"扶弱济贫，除暴安良"为口号，受到三教九流的广泛支持，从者不绝，很快达到数千人。

马跑场秀才雷建侯闻风响应起义。雷建侯虽是文人，但在当地颇有声望。当肖东成在龙水起义成功后，随即召集马跑场豪侠义士、平民百姓，操起棍棒、器械，冲进马跑场会馆。

马跑场会馆修得豪华坚固，一楼一底，右边是四层高的钟楼与会馆连成一体，会馆前面有一开阔地，没有围墙，人们可以随便逗留，但钟楼和会馆有道徒把守，一般人是不能随便进入的。

当雷建侯带着一百多义军通过开阔地，冲进会馆时，道徒惊慌失措地关了大门，紧闭不出。雷建侯从义军中挑选出四个壮汉，抬着巨木撞击大门，躲在会馆的彭诺泽吓得浑身发抖，不知所措。

左臂缠着纱布、右手提着枪铳的王怀之走了过来，道："门主，眼看叛军即将撞门进来，躲在会馆不是办法。赶快打开会馆后门，我带人断后，突围出去，到万古或铜梁去，再做打算。"

"好，会馆所有武装由你指挥。"

门主说完，带着亲信，携了贵重物品开了后门。

走了十几步，突然被一队义军拦住去路，王怀之带人冲在门主彭诺泽前面截住厮杀。门主彭诺泽等则乘隙逃走。

王怀之见门主已安全突围出去，心下稍安，但自己却被义军缠住脱不了身，忙命道徒回会馆，叫人用木头死死堵住后门，自己则找了一根绳索，爬上钟楼三楼，将绳子套在柱头，沿着绳索从后面攀爬下去，独自一人狼狈地逃到万古去追门主彭诺泽去了。

雷建侯等义军很快解决了会馆剩下的武装，捣毁整个会馆。雷建侯占领马跑场后，便修书一封给肖东成，说自己带人响应起义，打了会馆，消灭了道徒武装，只是跑了门主和王怀之。

肖东成大喜，马上回书一封，叫雷建侯当天下午到龙水濂溪祠中军帐议事。

雷建侯骑马带着一个马弁来到濂溪祠，被站在门外的义军拦住，雷建侯说明来意，并拿出肖东成的亲笔信，这才被放行进了濂溪祠。

刚迈过门槛,就见肖东成带着众兄弟迎了出来。雷建侯忙停住脚步,抱拳施礼道:"小弟雷建侯见过肖头领、肖英雄。"

肖东成道:"什么英雄?你我都是兄弟,我比你年长,你就叫我肖大哥吧。请,到里面大堂说话。"

雷建侯随众人来到濂溪祠大堂依次坐下。正中坐着肖东成,左有蒋良栋,右有李三谷;下方坐着两排义军头目:左面是唐翠山、杨可亭、春红、玉娘、玉兰、黄飞、金世侯,右面是余翠平、蒋鹤林、何师一、肖海平、钱三、蒋礼堂、花荣。肖东成叫雷建侯在金世侯旁坐下。

肖东成对雷建侯说道:"我刚才与兄弟们在军中议到起义之事,我们这次举事是正义之举,应效仿古代义军发布檄文之例。你是秀才出身,大家推举你撰写檄文,并到中军做高参,不知贤弟意下如何?"

雷建侯说道:"肖大哥,休要客气,区区小事,何足挂齿。只是我现在马跑场刚起事,军务繁忙,再加上小弟才疏学浅,恐难胜任。小弟愿意推荐一人,此人非凡人,定能胜任。"

肖东成问道:"是么,不知道此人是谁,现在哪里?"

雷建侯回答说:"此人就在你们军中,名叫彭述谷,铜梁人,跟我一起中的秀才,算是同窗吧。他的文笔犀利流畅,博古通今。他本人也很有志向,是个人才。你们在龙水起义的消息,还是他告诉我的,建议我在马跑场起义响应义军。"

肖东成高兴地说:"哈哈,没想到我军中竟是藏龙卧虎之地。各位弟兄,这位彭述古在你们哪个军营中,速速给我请来。"

蒋鹤林起身道:"大哥,起义的第二天,我在会馆巡逻,见到一位书生模样的年轻人在窥探会馆,我便上前查问,他说他姓彭,铜梁人,是来投奔起义军的,问我在哪里报名。我说在濂溪祠。恐怕此人就在中军军营里。"

钱三站起来:"大哥,我想起来了,这个人是在我这里报的名,我见他是书生,有文化,便把他留在大本营,在粮草处做些记账之类事务。我这就叫他到中军帐来。"不一刻,钱三领着彭述古进到中军帐。只见此人外表文静，白净脸庞，一身正气，眼神睿亮。

彭述古见了肖东成，抱拳施礼，道："部下彭述谷，拜见肖大头领。"肖东成是爱才之人，忙下座位来到彭述古跟前，邀请他到上面去坐。彭述古极力婉拒，肖东成只得叫他挨着花荣坐了，与雷建侯相对。

肖东成回到自己座位，对着彭述古说道："我们这次起义，是正义之举，还是应该像古代义军一样发布檄文。今你的好友雷建侯推荐你撰写檄文，不知贤弟意下如何？"

彭述古谦恭道："承蒙大哥厚爱，小弟愿意一试。"

肖东成大喜，忙叫人呈上纸笔墨砚。彭述古起身来至书案，拿起毛笔疾书。

完毕，大家无不夸赞写得好。

彭述古放下毛笔，转身对各位弟兄拱手说道："献丑了。"

肖东成叫大家回到各自座位，彭述古从座位站起身，说："各位弟兄，肖大哥，我们既是起义军，就应该有自己的建制。如今我们起义大军上千人，我建议：一百至二百人设立哨，二至三个哨为一营，目前我们人数来看可设五到六营。哨下面设什。各营树立'肖'和'义民'两面大红旗，另外挂一面营官姓氏大旗，颜色自定，但不能用红色，以方便打仗时分辨和壮我军威，提高士气。"

肖东成说："彭贤弟坐下，你的建议很好，正合我意。下面我宣布。"

大家立马站起身，听肖东成宣布命令。

肖东成继续说道："蒋良栋为起义军副总头领，兼任左军头领。李三谷为副总头领，兼任右军头领。"然后一一任命。

唐翠山为左军左营官，蒋鹤林为副营官，驻防人文市场、会馆一线；杨可亨为左军右营官，玉娘为副营官，黄飞为该营左哨长，驻守马家街、高桥坝一线；以上两营受左军头领节制。

肖翠平为右军左营官，何师一为副营官，狗娃为左哨长，驻防古南街、马家街一带；春红为右军右营官，玉兰为副营官驻守花市街、酒厂一线。以上两营受右军头领节制。

钱三为中军左营官，防守大本营濂溪祠；花荣为中军中营官，副营官蒋礼堂，驻防医馆、戏院一线，花荣一旦不在营中，所有事务由蒋礼堂负责；雷建侯为中军右营官，驻守马跑场、团结一线。以上三营和左、右路军均由总头领肖东成节制。成立探哨，金世侯为哨长，级别跟副营官一样。彭述古为参军，级别与营官一样。

大家得了封号，高兴地回到自己营中认真操练，准备打仗。职务有变化的，告别原来弟兄，到新的驻地任职，履行职责，大家无不积极、开心。

肖东成又叫彭述古照抄了几份檄文，派人送到各处营地张贴。檄文一出，极为震动。

官府急令知府王增文赴昌州查办。

这天正是六月天气，在渝州城这个火城正是酷暑季节。还好昨夜下了场阵雨，气温骤减，天气没有那么炎热。知府王增文在府上后花园凉亭一边赏荷花，一边与幕僚萧旭轩下围棋，旁边有丫鬟打扇。

只听那萧旭轩说：“王大人，中法战争已结束五年了。我大清明明战胜了，朝廷主和派却偏偏签订个什么《中法新约》，开放贸易、通商口岸，所有关税锐减，安南也拱手相送，从此西南门户洞开，华夏大地危矣。我堂堂中华大地何时才有'万国来朝'的雄威？"

"我朝自闭关以来，与西方列强在军事、经济、文化等方面差距明显，但鸦片战争打醒了朝廷，知道了与西方的差距，朝廷不乏有维新人物，不断有留洋学生学习先进的东西，也有像左宗棠、张之洞等强硬派，我们还是有希望的。"

"大人，近来在我们渝州城地面发生了一系列道案，这天道会势力的膨胀与西方列强有很大关系吧。没有他们在暗中支持，天道会没有这么肆无忌惮吧。天道会纵容道徒欺压百姓，残杀民众，造成多起命案，凶犯一直逍遥法外，我们官府拿它没办法。"

"说起这些案件就头疼，昌州知县钱葆塘来信，说西山肖东成占了龙水镇，杀了不少道徒，捣毁三百多间房屋……不说了，该你行棋了。不过，你这条大龙被我快屠杀了，看你如何解开？"

萧旭轩挠挠脑袋,看着棋盘,把棋一拨:"我输了,再下一局。"

这时,一个公差匆匆走进亭子:"大人,朝廷电报。"

王增文将电报接过手中阅览。萧旭轩问:"大人,何事?"

王增文把电报一递,说:"你自己看。"

萧旭轩看了,说:"朝廷叫你亲赴昌州查办,这么热的天,你去吗?"

"不去不行啊!明天就去,你陪我。"

"我还要去呀?!"

"怎么?不想去吗?"

"去,去。大人走到哪里,我就跟到哪里。"

"这就对了嘛。你去安排四个捕快,从千总那里调派一队官兵随我前往。该用膳了,走,吃饭去。"

第二天,王增文、萧旭轩带着人马从渝州城出发。王知府坐的是马车,其他一干人或骑马、或步行。途经来凤、丁家,到了铜梁,铜梁知县出城迎接,留知府大人吃了午饭再赶路。

下午到了万古,门主和王怀之从会馆出来迎接,哭诉了自己的遭遇,王增文表面安慰,心里骂道:该死的天道会,活该受此罪!

快到马跑场,有人告诉他们,起义军雷建侯占领了马跑场,必须绕道走。萧旭轩说:"从檄文上看,这些义民是'扶弱济贫,除暴安良',并不是真心反朝廷,只恨恶霸和作恶多端的道徒。听说肖东成把投降的官兵全放了,我们尽可放心路过。"

王增文道:"有这回事?不过,这毕竟是一场暴动,无论如何要谨慎,小心提防。"

众人将信将疑、小心翼翼往前走,到了马跑场,只见军营里飘着两面红旗,上写"肖""义民"字样,不远处飘着面黄色大旗,上写"雷"字。

走到场口,有一哨卡,义军哨兵叫王知府等停下,问是什么人?答道:"渝州城知府王大人。"哨卫不信,进营禀报雷建侯。少时,雷建侯出来,对萧旭轩说:"你们说是王知府,请王知府出来说话。"

王增文从马车下来,挪步向前。雷建侯连忙上前:"王大人,果真是你。

不好意思，得罪大人了。"

王增文纳闷："你认得我？"雷建侯："大人贵人多忘事，去年我到渝州城里参加府试，你当时是主考官。"

"是吗？那你就是秀才。你一个秀才，不本分读书考取功名，却跟着肖东成瞎胡闹，干起造反的勾当。你糊涂哇，这不是枉读圣贤书吗？"

"大人，此言差矣。你们看过我们起义军的檄文么，上面写得清清楚楚，这次义民起义罪在恶霸、道徒，责在道会。这次起义，除一般民众，还有地方绅士和团练，难道他们也糊涂吗？"

"你说的可是实话？我会如实调查的。但你们毕竟是聚众闹事，这明明是造反。"王增文严肃地说道。

雷建侯说道："只要官府杀了这些作恶多端的道徒，解散道会，惩治地方恶霸，我们自会解除武装。"

王增文暗想：谈何容易。但为了稳住雷建侯，他应付说道："我这次下来就是调查实情的，若像你所说，我会如实上奏。"

雷建侯邀请王增文到营中歇息，却其被婉拒。萧旭轩说道："不要为难你主考官，他不便与你们接触。"雷建侯叫人放行。王知府上了马车与众人朝昌州县城驰去。

在马跑场街上，王知府看到居民安居乐业，社会秩序井然，人们各自忙活，根本看不出几天前这里发生的械斗，王知府不觉暗叹起义军管理得好。

王知府一行人走到登云坝，就听见群众在议论："你知道吗？肖东成打着'除暴安良'的旗号起义占领了龙水镇、马跑场，从者不绝。回龙场的谷财主带着团练都前去投奔了，可见影响力之大。民心所向啊！"

"就是，我侄儿在龙水打菜刀，他也入伙了，昨天还回来了一趟。听说义军把捉到的官兵全放了，但对作恶的严惩不贷，杀了好多恶霸、歹徒，真是大快人心。"

王增文思忖：果真是恶霸、道会惹的祸。群众见到官兵，不再议论，陆续散开。

到了县城，知县钱葆塘和驻防刘联芳已在城东大门迎接。一路上，王知府问及肖东成起义及檄文一事，钱葆塘和刘联芳将责任怪罪在肖东成等义民身上。

王知府不悦，道："据我所知，责任不在这些义民，你们想过没有他们为什么暴动？而且追随的并不是吃不起饭的平民，也有地主绅士、团练加入，你们是这里的父母官，就没有责任吗？"

钱葆塘忐忑不安，道："是卑职失职，未能管理好昌州，还望大人恕罪。"

王知府继续说道："听说是县衙听信彭诺泽，贴出告示禁止举办灵官会，才闹出肖东成等人打会馆，还诬陷蒋良栋是闹事头领，四处通缉他，才逼使他伙同肖东成起义占领龙水镇，你这不是'逼上梁山'吗？要安抚为主，不要轻易动刀枪。目前内忧外患，外有西方列强虎视眈眈我中华，内有西捻军捣乱，不要再刺激平民闹出事端，引起兵变、民变，要为朝廷大局着想。"

"王大人说得对，小人今后定按大人意思照办。"钱葆塘唯唯诺诺。

"钱知县，我看这样办，你派人告诉肖东成，解散义军，已毁会馆和民房由官府赔偿，一切不追究。"王知府下达谕意。

钱葆塘立马派人到龙水镇将这一谕意传达给起义军。肖东成和众兄弟一致议定不答应解散义军，义军未接受王增文的安抚条件。

王增文在昌州待了两天，游览了大北山石刻和宝顶石刻后，见起义军不愿意解散，遂打算回渝州城。临走吩咐钱葆塘和刘联芳不要轻举妄动，听上面谕令。王增文知府回到渝州城后，与川东道尹张华奎议定采取剿抚兼施之策，一面分化招降，一面督练围剿。

第二十回　桂添培首战失利　义民军遭遇围剿

一日，肖东成、蒋良栋、李三谷和彭述古四人在军中议事。

肖东成说："前些日，钱葆塘派人到军中送信，叫我等解散义军，一切不究，众兄弟认为是否有诈？又因我起义军日益壮大，近几日投奔者更多，起义军已达到两千人。义军是正义之举，顺乎民意，拒绝了官府的安抚。探哨处金世侯送来消息，王知府回到渝州城正在加紧训练，准备围剿我们，另一方面到处张贴告示招降，分化我军。大家对此有何对策？"

蒋良栋说："起义军迟早要与官府大战一场，虽说我们是'扶弱济贫，除暴安良'，但朝廷会把我们当成叛军，必定派兵来围剿我们。我们岂能坐以待毙？各军营除了日常训练外，还要加强筑建防守工事，购买枪支弹药、火炮之类，以备不时之需。"

李三谷道："现在，有好多新加入的弟兄还没有武器，我正在着人打造兵器，过两天，人手就能有一把长矛或刀枪，只是枪铳、火药甚少，火炮就不说了，一门土炮也没有，现在准备来得及吗？"

彭述古说："三位哥哥，据目前态势看，官军对我们还没有其他动作，渝州城知府王增文是一个有正义感的好官，他不会立即派兵围剿的。如今是酷暑天，官府更不会仓促派兵，即使派兵，也需要时间准备。我想，最早也要到今年秋天才有可能派兵前来。在这段时间里，我们义军要积极备战，做好打大仗的准备。还有,我建议花荣带部分骑兵回龙虎山，作为义军据点。海平暂代中营官之职，新加入的好汉李作儒到蒋礼堂营担任右哨长。"

"我完全赞成，稍微变动一下人事。花荣为正营官，回龙虎山招兵买马,脱离左军节制。海平直接升任营官,春红回九龟山,职务不变,玉兰升至营官,翠平带两哨人马回双龙铺湖广庙驻扎,防守双龙铺。肖绍文带部分新兵回肖家坝,在那里建立根据地。何师一升至正营官,驻防不变。"肖东成做了部署和人事安排。

"刚才,良栋和三谷谈及购置火炮一事,我叫钱三安排,争取弄四五门土炮,枪铳若干,成立枪铳队,所有哨长以上兄弟人手一把手铳。"肖东成补充道。

三个月后,武器配备到位,义军战斗力大增,个个精神抖擞,刀枪锃亮,做好了一切战斗准备。肖东成把枪铳营哨放在濂溪祠,狗娃任哨长,保卫大本营。

是年冬天,川东道尹派主将桂添培、副将吴彦忠带领官兵来围剿。十一月二十六日,吴彦忠集结一千步兵、二百骑兵、五门火炮在军营前等桂添培。

少顷,桂添培带着一队马弁来到,见了吴彦忠就说:"区区几个毛贼,带这么多兵马,五百兵马足矣,火炮、骑兵更用不着。"

吴彦忠说:"大人,听说肖东成、蒋良栋等非一般毛贼,不可小觑,多带无妨。"

"那这样,我带二百骑兵先行,你随后跟来。"于是桂添培带着十几个亲信和二百骑兵来到昌州,与钱知县和刘千总商议攻打龙水镇。

十一月二十七日,桂添培不等吴彦忠兵马,带着这二百骑兵和刘联芳的三百兵勇杀气腾腾奔向龙水花市街。玉兰带着原九龟山兄弟一百多人和新入伙的弟兄谷欣团练等二百余人严阵以待。桂添培见义军旌旗分明,纪律严明,便在离花市街两里处永益安营扎寨。

玉兰留下一百人在阵地,自带二百人马列队迎敌。桂添培见义军不惧,反倒列队迎战,很是佩服,叫刘联芳也只点二百兵勇与玉兰义军一比一对杀。

这刘联芳的兵勇哪是士气正盛的义军对手,战至一个时辰,官兵死伤无数,刘联芳被玉兰缠住厮杀一起,谷欣见玉兰与刘联芳久战不下,持枪相助，刘联芳招架不住，抽身退去，带着余众逃回阵营。

桂添培在后面看得清楚，恼羞成怒，命全军压上。只见那二百骑兵腾起阵阵灰尘，嚎叫着扑过来。玉兰说声不好，命义军退回炮楼、碉堡等工事阵地。此时，从玉兰左后面冲出一彪骑兵，原来是海平接到肖东城命令带着一百余铁骑前来增援。两方骑兵来往几个冲锋，各有死伤。玉兰带着三百义军又掩杀过来，弓箭手在前，官兵纷纷被箭射落马下。义军步兵上前一阵猛砍，一时血流成河。桂添培见官军战败，飞身上马准备逃跑，被海平拦住，两人酣战三十回合。桂添培无心恋战，虚晃一剑，抽身就跑，玉兰在后面看得真切，哪肯放过，跃马上前，掏出飞镖掷向柱天培后心。桂添培听得背后"嗖嗖"作响，心里一惊，本能地一闪，飞镖射中左后肩，忍着痛带着残兵败将退至十里店，安营扎寨等待吴彦忠带兵前来再战。

在营中，桂添培拔了飞镖，医官止了血，包扎伤口。刘联芳在旁惶恐地说道："都怪卑职无能，没保护好大人，让大人受伤。"

桂添培说："你何罪之有？都怪我轻敌，犯了兵家大忌，贸然出兵。没想到这些叛贼如此强悍，待副将吴彦忠带那一千精兵到来，再一决雌雄。"

第二天，吴彦忠果然带着一千步兵赶到。桂添培大喜，不顾伤未痊愈，带伤率领众官兵反扑花市街。

此时花市街人马增至上千人。肖翠屏从双龙铺带来两哨人马约三百人；春红从九龟山带着二百骑兵赶来专对付桂添培的马队。肖东成命令钱三所部、狗娃的枪铳队做预备队随时增援。

桂添培先是用炮轰击花市街义军工事，一阵炮后，义军也以牙还牙，开始用土炮轰击官兵大营和炮兵阵地。桂添培没有料到义军有炮，己方火炮离义军太近，被义军土炮炸损了两门火炮，忙令火炮退至土炮射程外，停止射击，命步兵二百人马为一拨，依次向守卫在花市街的义军冲击。

吴彦忠自恃骁勇，首先带着第一梯队二百人马，蜂拥冲至义军前沿，叫嚣着杀尽所有义军。肖翠平大怒，带着三百肖家军，从营寨跃出，两拨人马碰面，如遇仇人，分外眼红，不分青红皂白捉对厮杀，一时杀得天昏地暗，日月无光。

肖翠平连砍带削，干掉几个兵勇。吴彦忠手持利剑，凶残刺倒两三个义民，与肖翠平相遇，两人见了，不由分说厮杀在一块，刀来剑往，一个蜻蜓点水，一个大刀剜心。虽说吴彦忠是行伍出身，武功高强，但是遇到肖翠平一点也不占上风，毕竟肖翠平从小习武，练得一身真本领，加上年纪尚轻，血气方刚，根本不把吴彦忠放在眼里，越战越勇。

这时，官军越战越少，而义军越来越多，涌向翠平这边来。吴彦忠有些心慌，不再恋战，带了余众回大营。肖翠平不再追赶，恐遭埋伏，也带领义军凯旋。

桂添培见吴彦忠大败而回，并没有责怪，反而安慰他道："不要气馁，我们有的是人马，就这样跟叛军磨下去，看他能逞强几时。你去休息一下，我再令人前去攻打。"

吴彦忠下去后，桂添培命令巴得萨奇千总再领二百人马攻打花市街义军阵地。

玉兰见了，对翠平说："你去歇息一下，我和海平带一哨人马迎战。"

春红说："玉兰，你两口子好久没在一起，快带翠平到营中休息，顺便唠唠知心话。姐姐代你灭了这群清妖。"

玉兰还想说什么，春红和海平已经带着人冲到敌阵厮杀在一起。

这一次，义军又占了上风，打退了巴得萨奇等官军的第二次进攻。如此这般，义军打退了官军四次进攻。

桂添培组织官军发起第五次进攻，这一次由桂添培亲自带人马参战。此次进攻，桂添培将人马增加到四百人，其中有吴彦忠的第一拨人马。官军眼见主帅亲自披挂上阵，士气大振，"嗷嗷"叫着，欲挽回前几次的失利。此时，花市街的义军都参与了战斗，他们精力尚未恢复完全，只有翠平的第一拨人马稍好，为了保证取胜，这次翠平叫上兄弟海平共四百人马与桂添培决战。看上去，两军人数一样，实则官军强些，上四场战斗，义军靠着人多才战胜骄傲的官军。但是义军士气正旺，纪律严明，剽悍英勇，不怕死，所以这一场战斗，双方杀得地动山摇，难解难分，不分胜负。

从下午三刻厮杀到黄昏，双方打个平手。看到天色已晚，双方无力再战，各自鸣金收兵。

桂添培不敢在永益扎寨宿营，因这儿离起义军太近，担心起义军夜晚偷袭，依旧退至十里店安营扎寨与义军对垒。如此僵持半月，桂添培见久攻不下，不再强攻，改用招降分化之计内部瓦解义军，在军事方面采取骚扰，不再组织大规模攻击，双方得以休整。前前后后双方死伤差不多，官军死伤四百多人，义军也死伤三百多。

桂添培组织了个侦探队，专门搜集义军头目资料。

这天，探子带来一个消息，义军头目蒋礼堂与肖东成有过节，此人在县城有一个相好，十天半月要去幽会一次。桂添培听了大喜，将十里店的官兵撤至县城休整，扬言等待朝廷派援兵再来攻打龙水义军。

肖东成觉得有些蹊跷，官军战斗力在我之上，无缘无故撤军，此事定有阴谋。于是叫彭述古到中军营中问问情况。

彭述古说："肖大哥，我正在分析这件事情。从官府的策略上看，不外乎就是围剿和安抚投降。对，肯定与安抚分化有关，听说昌州各街道场口张贴投降安抚告示，说什么起义军哨级以上官员，只要投降许诺封官，以往所犯之事，不予追究。我担心我们的弟兄经不起诱惑，叛变投敌。"

肖东成说："我对哨级以上的兄弟还是放心的，他们都是梅花九成员，可生死相托的铁杆兄弟，还是靠得住的。"

彭述古担心地说："不一定吧，大哥，你觉得蒋礼堂这个人怎样？"

"你担心他，他也参与过打会馆和武装起义，并且很积极卖力，没有什么呀。"肖东成有些不信。

彭述古说："他曾经与你有过节，我担心别人拿这个说事。还是提防点好。"

肖东成点头道："你说得对，你安排人员，对各位弟兄的行踪要密切掌握,有什么异常情况,立即报告给我。此事只有你我知道,须秘密进行。"

彭述古立即着人照办。

如此过了半月,蒋礼堂见恢复以往平静,想起县城的相好,不免心猿意马,安排了防务,带着两个亲信到县城北街相好家,两个弟兄则在不远处监视周围动静。这蒋礼堂与相好巫山云雨,一阵快活,不再细说。

这蒋礼堂相好的四周早已埋伏桂添培的人,见到蒋礼堂到来,立即向桂添培报告。桂添培大喜,立即跟吴彦忠带着一队精兵前来捕捉。官兵悄悄摸上来,干掉了蒋礼堂的两个亲信,吴彦忠立即带人冲进房间,将蒋礼堂从被窝里揪将出来,其相好裹住被子吓得瑟瑟发抖。

蒋礼堂是武生出身,这几个兵勇哪是他对手,吴彦忠掏出手铳,往蒋礼堂小腿旁连开两枪,蒋礼堂瘫坐下去,上来几个剽悍的兵勇将其牢牢捆住。

桂添培见制伏了蒋礼堂,现身出来,命令带蒋礼堂回军营审讯。

蒋礼堂被捕的事情,肖东成早已得知。原来,蒋礼堂刚走出龙水,就被暗中监视的探子发现,一人将消息传给肖东成,另一人则继续跟踪到了县城。晚上,跟踪到了北街,见蒋礼堂三人到一家房屋门前敲门,一个妖娆的少妇提着灯打开房门。蒋礼堂上前就搂住,油腔滑调说一些"宝贝""心肝"等肉麻的话语,接着关了房门,留下两亲信屋外守护。不一会儿,看见一伙黑影将守卫干掉,踹开房门,冲进里屋,听见一阵打斗和两声枪响,蒋礼堂被捆绑押出,火光中分明看清是桂添培和一群官兵。

清军大营,蒋礼堂被押至中军帐,桂添培忙叫人松绑,蒋礼堂怒瞪圆眼,傲视桂添培道:"要杀要剐随你便,我是不会和你合作的,你不要枉费心机了。"

桂添培上前道:"不急,我们坐下慢慢聊。"说着亲自扶其坐到椅子上,然后和吴彦忠坐在旁边。

蒋礼堂很从容喝口茶,说:"我们之间没有什么可聊的。"

桂添培堆笑着说："你是一个武生，是个将才。朝廷正是用人之计，只要你不再跟着肖东成之流闹事，对抗朝廷，帮朝廷铲除叛匪肖东成，我保证你升官发财，享受荣华富贵。"

"肖东成是我们双善堂堂主，又是起义军主帅，我们是生死兄弟，我岂能背叛他。"蒋礼堂仍坚定不动摇。

桂添培道："是么？我听说老弟曾经被肖东成治罪打过板子。"见蒋礼堂不语，又继续离间："要不是肖东成，你早就是堂主，何苦还冒着杀头之罪造反呢？你堂堂一个武生，如今才是个副营官，连肖东成的小弟肖海平都在你之上，你不觉得对你很不公平吗？"

蒋礼堂低下了头。

桂天培见起到了效果，追问道："老弟，想通了吧？"

蒋礼堂说："可我母亲在双龙铺，肖东成不会放过她的。"

桂添培说："这你放心，你母亲早就被我们派人接到县城，并找了一处宅子住下，你马上就可以见到她。"

蒋礼堂一听，赶紧来了个一百八十度大转弯，说："桂大人，既是这样，我愿跟随大人，效犬马之劳。"

桂添培大喜，好酒好菜招待，亲自送其回宅子与他母亲住在一起。从此，蒋礼堂充当桂添培的鹰犬，成立安民局，招收社会上无赖杂皮和痛恨起义的恶霸、道徒，不到一周，就拥有几百之众，蒋礼堂被任命安民局团总，统领整个安民局与起义军为敌。

肖东成得知蒋礼堂被捕，紧急召集弟兄商议营救之计。正待商议之时，金世侯带来蒋礼堂投降的消息，大家惊讶万分，没想到蒋礼堂意志脆弱，这么经不起诱惑和考验，枉为起义军头领，同时也为起义军的形象受损而担心民意所向。肖东成一面命令狗娃带人控制住蒋礼堂的党羽，任命李作儒为副营官，接替蒋礼堂的职位，做好防范，不要被蒋礼堂说服投降；一面命令各弟兄回到驻地加强训练，做好防守和迎战准备。大家领命而去，积极备战，迎接官军的再次围剿。

不久，桂添培纠集官兵分两路杀来。一路由吴彦忠和蒋礼堂从东面攻击高桥坝、罗家街、会馆一线；另一路，桂添培亲自带五百步兵、二百骑兵和刘联芳三百多驻军从北面进攻花市街、古南街。

单说东路，吴彦忠命蒋礼堂带领六百安民军攻打会馆驻军蒋良栋、蒋鹤林部，自带五百人马攻打罗家街杨可亭、玉娘部。

先是双方火炮对射，霎时，房屋倒塌，人仰马翻，火焰四起。官兵冒着炮火摸进义军阵地，被义军弓箭、枪铳压制，不能前进一步。

蒋礼堂狡猾，不急于进攻，他熟悉义军布防，先叫弓箭手放火箭，箭上放有硫磺、火药，起义军坚守的阵地和营地顿时一片火海。

此时蒋良栋不在营中，到马跑场查看布防。只有蒋鹤林在阵营指挥战斗。蒋鹤林看着到处火焰四起，痛恨蒋礼堂的狠毒，大喝一声："冲出去，杀死这叛徒。"

四百义军义愤填膺，呐喊着："处死叛徒！"跟着蒋鹤林冲出火海，与蒋礼堂的安民军绞杀在一起。

义军个个英勇，安民军毕竟是杂牌军，看到义军不怕死，先自胆怯三分，蒋礼堂知道义军厉害，且战且退，退回原处。蒋鹤林也不追赶，回去扑火，修筑工事，准备再战。

吴彦忠见到罗家街工事坚固，义军防守严密，发动几次进攻，都被杨可亭、玉娘的起义军杀退。吴彦忠不再攻打，转而与蒋礼堂合兵一处，向蒋鹤林杀来。

蒋鹤林不惧，以四百余众与官兵、安民军一千余人对抗拼杀，但终因寡不敌众，渐渐不支。正待命令撤退，突然，一声锣响，蒋良栋带着雷建侯等马跑场弟兄杀进敌群，好一阵厮杀，双方人马又倒下一片。

吴彦忠见来了援军，官军不占优势，如此僵持下去，对己不利，一旦被起义军缠住，再来一队人马，自己性命休矣，遂命令撤退至横店扎营休整，来日再战。就这样，吴彦忠带领的东路军没有实质性进展，与义军相对峙。

再说北路，桂添培立足未稳，还没发动进攻，起义军就先发制人，土炮对着官兵阵营一阵猛轰，炸死炸伤不少官兵，玉兰、海平、钱三、狗娃带着义军冲出阵地，杀退敌人二三里。

桂添培见攻不下花市街，留下一部分官兵佯攻，带着主力绕道从南面攻击古南街。古南街守军是何师一，只有两哨人马，四五百人，何师一向肖东成告急，肖东成命驻守马家街的唐翠山前去增援，李三谷亲临古南街坐镇指挥。

桂添培第一次冲锋就被居高临下的义军的滚木压死不少。桂添培下死命令：刘联芳带领本部人马不惜一切代价拿下古南街前沿工事阵地。

刘联芳硬着头皮，自我壮胆道："兄弟们，不要怕，杀进去，攻破了古南街，人人有赏。"

兵勇们听说有奖赏，又来了精神，叫嚣着冲向古南街义军阵地。

唐翠山好久没动刀枪了，见到刘联芳带着兵勇上来，手痒痒的，早已按捺不住，带着本部人马，截住兵勇一阵厮杀，一时杀得兴起，兵勇撞在他的枪口，全都见了阎王爷。

刘联芳等兵勇见到了唐翠山，犹如见到了活阎王，吓得两腿瑟瑟发抖，恨爹妈少生了腿，全都跑了回去。

桂添培见两路近两千人马却攻不下龙水镇，不得不叹服义军战斗力和排兵布阵。只得拔了营寨，回到县城休整，寻机再战。

第二十一回　建侯自刎凉风垭　东成退至肖家坝

桂添培因镇压起义军积极，得到朝廷重用，升任昌州知县，钱葆塘知县革职调离。从此桂添培掌握军政大权，为了报效朝廷，又打算加紧攻打龙水起义军。

一日，桂添培在军中商议围剿之事。

桂添培说："肖东成一伙叛贼甚是剽悍，很会带兵打仗，与其交锋两次，都无获而返。我们还应该加紧围剿，不能让其羽翼丰满，到时再来消灭就更加困难。我欲在近几天采取行动，对叛军进行剿灭。大家有何良策？"

吴彦忠说："上次围剿，肖东成依靠坚固工事，加之人多势众，我等才未攻占龙水。我建议，请求知府再派一千人马和重炮，定叫肖东成全军覆没。"

桂添培说："渝州城没有兵员可调派，只有我们自己解决。如今我们的兵马不少呀，我们从渝州城带来的一千两百人兵马，虽有死伤，但仍按照一千两百人的编制进行了补充，战斗力已经恢复。如今刘联芳部兵马增至五百人，由县筹集军饷；蒋礼堂的安民军也有八百多人，多半是以前会馆的武装道徒，实力有所增强，王怀之、张冬老、薛小五等这些与肖东成有过节的道徒骨干都参与了进来。我们的武器和人数都比叛军占优势，这次必定手到擒来，消灭肖东成指日可待。"

新任典史徐炳章摇头说："不可轻敌也。大人，上两次围剿，我们不是犯了轻敌的兵家大忌吗？虽说我们兵力、武器比对方优，但打仗的胜负是要靠天时、地利、人和的。肖东成这些义民都是本地人，熟悉地形、有威望，本地平民百姓都信服他。只要他一呼喊，所有平民都会为之拼命，官军则死伤一个少一个，我们不能以己之短搏对方之长。"

桂添培说道："依你看，有何计策？"

徐炳章说："我们首先不急着攻打龙水镇，先取其羽翼，再铁壁合围，一举歼之。具体做法是这样的……"

桂添培听了："此计甚妙，我怎么就没想到呢？"

徐炳章笑道："大人是光明磊落之人，哪里会用这些歪门邪道。"

桂添培听了，不觉哈哈大笑。

第二天，桂添培依照徐炳章之计，令吴彦忠、蒋礼堂攻打马跑场；刘联芳攻打九龟山；在万古、雍溪一带驻防，阻击铜梁、龙虎山的人马；在龙水四周设哨卡，封锁义军的出入，义军只有双龙铺这条补给线。

肖东成命令春红回九龟山寨，蒋良栋带兵支援马跑场，加强修筑老家肖家坝的工事，做好最坏打算。一旦龙水被陷，肖家坝和西山是最好的退处，可以在家乡与官军周旋。

话说吴彦忠、蒋礼堂带着兵马从东关出发，一千多人的武装，声势浩大，像一条长蛇一样，朝马跑场开拔。雷建侯早已得到消息，在马跑场口两公里外的马坟坡设置第一道防线，这里地势险要，是官军必经之路。义军在坡坳堆积荆棘、乱石等障碍物，在山坡上准备垒石圆木、石灰包等。他留下二百人马在马跑场，亲自带领三百人马在此埋伏，严阵以待。不一时，蒋良栋带着三百援兵赶到，留下一哨人马，自带其余人马到马跑场防守。

当官军大摇大摆通过万寿桥，走到马坟坡义军埋伏地点时，坡上的义军滚下石头圆木，走在前面的安民军被砸死砸伤不少，安民军一阵混乱，吓得停滞不前，吴彦忠挥舞着宝剑在后督战："若有后退者，格杀勿论。"

蒋礼堂当场杀死几个后退安民军，稳住了阵脚，安民军在前面不顾一切往前冲。突然从山坡上倾泻下一大片石灰包，砸在身上四处飞溅，石灰呛得人睁不开眼。雷建侯乘机杀进敌阵，对慌乱的安民军一刀一个准，杀得敌人抱头鼠窜。吴彦忠恼怒，一千多官军竟然在此受阻一个时辰，便令火炮轰击义军阵地，随后带着所有官兵压上来，义军终因寡不敌众，且战且退，撤至马跑场。

吴彦忠命官兵将马跑场团团围住，经过几天多次冲锋和反冲锋，义军损失惨重，蒋良栋和雷建侯与剩下二百多义军被压缩在文昌宫。蒋良栋眼见马跑场守不住，决定朝龙水方向突围，大家拼死往外冲，突出包围后到了凉风垭，清点人数，只剩一百余人。喘息未定，一声炮响，一队官兵拦住去路，雷建侯留下断后。蒋良栋凭借身手，杀开一条血路，而雷建侯被官兵缠住脱不开身，最后寡不敌众，战至最后一人，不愿当俘虏，自刎身亡。

因万古、雍溪有官军驻军，突围出去的义军跟着蒋良栋只得绕道拾万，经过璧山丁家，到龙虎山花荣处落脚。

且说刘联芳带着本部人马来到九龟山，将九龟山团团围住，并不攻打，只是骚扰、佯攻。原因有二：一是桂添培命令他围而不攻，达到牵制义军目的，分散义军主力；二是九龟山地势险要，居高临下，即使攻下九龟山，也将付出很大代价，所谓"杀敌一千，自损八百"，达不到战略目的。

马跑场被官军占领，起义军的羽翼被去掉，春红从花市街带走一部分人马回到九龟山，花市街主将不再是玉兰，而是钱三；玉兰因怀孕，回到肖家坝调养。龙水镇兵力空虚，锐减三分之一兵力，加上副总头领蒋良栋溃逃到龙虎山，军心大动。桂添培岂能错过战机，立即调集所有兵马攻打龙水。

桂添培仍采用两面夹击战术攻打，自带一路攻打北面花市街，吴彦忠攻打罗家街。桂添培这次有备而来，先发制人，用火炮对着起义军坚固工事、炮楼、阵地轰炸，将所有炮弹砸向花市街义军防守的每个角落，尔后命令二百骑兵突击进去，步兵跟在骑兵后面漫天遍野杀入花市街，起义军损失惨重。

肖东成得到消息，命令钱三放弃花市街，退回到南岸，在人文桥南桥头、上坪桥码头及濑溪河南岸，构筑工事阻击官军。

人文桥是一个石拱桥，桥长四百米，宽六米，能并排过两辆马车。钱三带着义军过了人文桥后，在桥上放上玻璃碎片、铁钉阻止官军顺利过桥，在桥头布置弓箭队和枪铳队，准备射杀过桥的官兵。上坪桥则是石墩桥，河水从石礅间咆哮而过，飞泻而下，形成两三米高的瀑布。

桂添培占了花市街，暂停攻击，扎营休息，修复工事，在濑溪河北岸与义军隔河对峙。吴彦忠、蒋礼堂的官兵、安民军则在罗家街一线遭到杨可亭、李三谷、唐翠山、蒋鹤林部义军英勇反击，双方打得十分艰苦，死了不少人。直到黄昏，战斗声才平息。

第二天，桂添培、吴彦忠再次对义军发动攻击。官军前队把桥上的障碍清除后，后面的官兵举着刀枪冲过桥，向义军南岸杀来。在人文桥南岸的钱三、狗娃、海平看得一清二楚。钱三哪等官军冲过来，还没到桥中间，就命令弓箭手和土炮将桥上官兵打了回去。桂添培命令用火炮轰击南岸义军，官兵冒着硝烟，艰难地冲到了南桥头，与义军混战在一起。

在上坪桥，官军沿着石礅跨越，冲在前面的被弓箭射倒，栽倒在河中，后面有些胆怯，败退回去。官军又组成敢死队，冒死冲了过来，有冲过岸的官军被李作儒截住，一阵短兵相接，冲过的官兵全都解决了。可官兵太多，一拨一拨不顾死活冲击起义军，起义军也损失不少，眼见招架不住。肖东成知道，一旦让敌人攻入南岸，濑溪祠大本营不保，龙水镇将守不住，急令唐翠山和肖翠平带着本部人马来增援。

彭述古制止道："大哥，不可以！唐翠山部正在与吴彦忠苦战，肖翠平守着古南街，古南街是我们退回肖家坝的唯一屏障，一旦失守，我们无路可退。"

肖东成想了想，说："你说得对，看这架势，我们必须做好两手准备。一旦龙水守不住，古南街作为屏障，肖翠平部打阻击，担任掩护主力撤至肖家坝，现在必须增援人文桥和上坪桥阻挡桂添培，以解燃眉之急，即使冒着罗家街失陷的风险，也要保住大本营。"

彭述古说："也只能这样了。"唐翠山带着左中右三哨从罗家街赶来，让一哨到上坪桥，自带两哨人马到人文桥主战场。

两天后，罗家街失陷。李三谷、杨可亭、玉娘、蒋鹤林带着余部退至八景宫。

肖东成做了撤退部署：钱三、杨可亭留下坚守一天，掩护主力撤退。主力安全撤出后，即刻退到肖家坝休整，然后由古南街肖翠平带人阻击追击的官军，直至所有义军、辎重、物资等全部安全撤出。

钱三、杨可亭接到命令，为了起义军主力安全撤走，与官军做了殊死战斗，战至黄昏，终于完成使命，却付出了惨重代价，四哨人马六百余人，只剩下二百多人。

次日，桂添培、吴彦忠带人冲进义军阵地，发现是一座空镇，义军早已悄悄撤走了。桂添培大怒，骂道："狡猾的反贼，又让其溜了。快，跟我追，一定要剿灭这些叛军，不能让其复燃！"

吴彦忠过来安慰，道："大人，息怒，我们好歹将龙水镇占领，肖东成等已经溃败到西山老家去了。"

桂添培稍微心安，命令吴彦忠带着官军继续追赶义军。

吴彦忠到了古南街，遭遇肖翠平部顽强的抵抗，双方又苦战在一起。

古南街地势险要，加上肖翠平所带的兵大都是西山的纸厂、煤矿工人和一起挑炭的工友，在义军中战斗力最强。刚开始，官军落下风，到后来，由于是孤军奋战，官军人多，肖翠平等虽然英勇，还是挡不住官军的疯狂进攻。天蒙蒙亮，肖翠平带着义军悄悄撤退，准备撤退到肖家坝。

撤往途中，突然探子来报："吴彦忠带着官兵追来了。"

肖翠平命令在龙水与茅店子之间的秦家高坡构筑工事、阵地，阻击来犯之敌。

肖翠平对义军弟兄说："快到四周坡上多找些巨石，所有土炮对准沟底大路，弓箭手随时做好准备，待官军走近了再射杀。"

义军兄弟斗志昂扬道："这些清妖，胆敢踏进来，砸死他狗日的龟儿子。"

当官兵先锋部队来至沟底，进入义军伏击圈，肖翠平喊了声"给我砸"，十几块巨石"轰隆隆"滚下山坡，滚入敌阵，逃得慢的官兵都被碾成肉饼。

肖翠平趁官军混乱，带义军冲了下去，手持银枪碰见谁就杀谁，一口气杀倒多个敌人，身上溅满血迹。

官军后续大队人马源源不断涌来，翠平忙命令："快，兄弟们撤到山上去。弓箭手准备。"在弓箭手压制下，肖翠平等义军才迅速脱身。

吴彦忠命盾牌手在前，用盾牌隔挡，然后步步推进到山坡上，左手握盾，右手挥刀与义军搏杀。眼看义军阻挡不住，纷纷向茅店方向溃逃，吴彦忠见了大喜："兄弟们，冲啊！杀到肖家坝，活捉肖东成。"

正在危急时刻，肖绍文带着童子军赶来，对着翠平喊道："二叔，你快撤退，我来断后。"

翠平大喜道："绍文来了，好样的。"

原来，肖绍文在肖家坝练武场上训练童子军，看到李三谷、唐翠山、海平、蒋鹤林、杨可亭等义军头目陆续走到老房子客厅（如今是义军中军帐），知道出了大事，便悄悄来到门外偷听。

肖东成说："如今翠平还没回来，必定遭到官兵追击，肯定被缠住了，谁愿意前去接应？"

海平说："大哥，请给我五百人马，一定救出二哥。"

何师一争着要去，说："翠平曾经是我的营官，又是五哥，如今有难，理应我去。"

肖绍文在外面听得真切，心想：如今二叔肖翠平被困在秦家高坡，我得去救他，便瞒着肖东成带上童子军飞奔前来救援。

此时，肖绍文边打边撤，到了茅店子，海平、玉兰带着援军赶到，原来玉兰听说翠平被困，不顾身怀六甲，嚷着要来救夫君，肖东成拗不过，只得依了她。

吴彦忠见来了众多义军援军，不再追赶，带着官军撤回到龙水。

起义军为了防止桂添培官兵围剿，在肖家坝周围挖了丈余深的壕沟，并修筑围墙、碉楼、瞭望哨等，肖家坝成了一座军营。

是年初夏，肖东成见官军还未前来围剿，有些不解。

肖翠平说:"听说桂添培正在加紧针对攻打我们肖家坝的训练,为了打乱其部署,我带上本部人马前去攻打龙水,试探一下。"

肖东成点头表示赞赏。

桂添培听说肖翠平带着人马来攻打龙水花市街,问蒋礼堂:"有多少人?"

蒋礼堂说:"六百人。""这些叛贼也太猖狂了,区区几百人也敢在太岁头上动土,你带人前去杀杀他们的威风。"桂添培大怒。

当蒋礼堂到了花市街,肖翠平只是跟他勉强打斗一番,然后虚晃一枪,率众跑向罗家街,与那儿的守军打一阵。蒋礼堂带着人马气喘吁吁来到罗家街,肖翠平又走了。沿着高桥坝,经凉风垭又去攻打马跑场,绕道拾万,从西山鱼口坳回到肖家坝。这样一来,确实打乱了桂添培的部署,他不敢马上围剿起义军,担心肖东成攻打龙水老巢,在部署加紧清剿的同时,也加强龙水的布防。

直到仲夏,桂添培留下两营由吴彦忠守卫龙水,自领官兵及蒋礼堂的安民军约两千人,浩浩荡荡开赴肖家坝围剿起义军。

蒋礼堂作为先锋,带着本部人马先行。大路上行人纷纷躲避,玉米地里农民在摘玉米棒子,鸭子、白鹅惊得四处乱跑,官军的行军也惊动了起义军金世侯布下的暗探。

肖东成得到消息,忙叫玉兰带领新军、义军的家眷及肖绍文的童子军到西山古佛寺。仙桃收拾了屋里的细软,带着公公、婆婆、叔娘、几个幼小孩子投奔在山上古佛寺旁桃花荡的马老头家。海平则带着人将贵重物品及部分粮食藏至猫耳洞。这个猫耳洞,入口小,里面很宽敞,冬暖夏凉,是个藏身的好去处。海平留下一队人马驻守,领头的是个什长(官职,比哨长低一级,统领五十人),名叫任贵,是柳水人,西山纸厂工人,坚定的起义分子,肖东成很信赖他。一切安排妥当,没有了后顾之忧。

肖东成叫众弟兄,起义军营级以上的头目到聚义厅商议克敌之策。聚义厅坐着哪些英杰呢?正坐肖东成,次坐李三谷。下面两边坐着的是唐翠山、肖翠平、杨可亭、彭述古、蒋鹤林、何师一、玉娘、钱三、李作儒、狗娃等。

肖东成见众头目到齐，开口就问："还有半个时辰，蒋礼堂率领的八百安民军将到达我们这里，桂添培的主力随后就到，来者不善，敌人气焰嚣张，该如何御敌，众位弟兄有何良策？"

钱三气呼呼道："大哥，没有什么可怕的，兵来将挡，水来土囤，来一个杀一个，来两个杀一双！"

何师一笑着说："钱三哥，勇气可嘉，我们每个起义军都如此英勇，清兵何敢猖狂？但我们起义军龙水一战，伤亡惨重，士气不振。如今只有一千精兵，不能与之硬碰。"

李三谷接着说："官兵虽然人多，但水土不服，地形不熟。肖家坝地形复杂，工事坚固，守他一两个月没问题。但如果桂添培缠住不放，则起义军危矣。"

肖东成说："兄弟们，言之有理。无论如何，我们不能放弃肖家坝，誓与清妖决战到底。具体御敌之策，大家听听彭军参的意见。"

彭述古说："肖大哥已经说得很明白了，那就是一个字'打'。如何打？官军来势汹汹，我们要避其锋芒，依靠有利地形，坚守肖家坝，不主动出击。官军一时肯定拿我无法。如果一旦守不住肖家坝，我们则到西山老林藏匿打游击，与官军周旋，拖死累死官军。"

话说蒋礼堂作为官兵先锋，带着八百安民军，来到肖家坝，与起义军第一道防线的杨可亭、玉娘等义军短兵相接，义军虽然英勇、不怕死，但终因只有二百人，没有险要的地势依靠，难与蒋礼堂的八百之众匹敌，战至第二天下午，接到撤退命令，退到肖家院子第二道防线。

蒋礼堂的安民军在这里并没有如此顺利，遭到义军顽强的抗击，丢下一百多具尸体，不敢言战，只待桂添培带领主力前来。

如此相持两天，桂添培带着大部队到了肖家坝，在肖家院子前面一千米处密密麻麻扎下军营。

休整一天后，桂添培并不急着进攻，而是带着人观察肖家院子布防，再议定进攻计划。

一周后，桂添培决定发动攻击，他在军营前，将所有兵马一字摆开，五门火炮对着肖家大院，盛气凌人，并遣人送给起义军一封劝降书，遭到肖东成拒绝。

桂添培见起义军不惧，只得开战，命令火炮向肖家大院开火。一阵炮后，肖家大院一片硝烟，肖家老房子西厢房和东厢房被炸毁，摧毁炮楼多座。桂添培命令官兵和安民军往前冲，肖东成眼看官兵近了，命令山坡上的四门土炮对着敌群轰击，弓箭手万箭齐发，打退了官兵的第一次进攻。接着第二次进攻开始，官军仗着人多和有重炮，终于突击到肖家大院与起义军正面交锋，双方白刃战壮烈无比；白刀子进，红刀子出，盔甲破裂，白骨血肉露出，受伤未死的疼痛呻吟，缺胳膊少腿的更是凄惨声声。

如此残酷战斗三天，双方死伤甚多。起义军损失惨重，死伤六百多人，只剩下四百多人了；官军是进攻方，死者多达五百余人，伤者更是无数。肖东成见如此耗下去，起义军将全军覆灭。为了起义军不被消灭，只得忍痛放弃肖家院子自己的家，自己带领起义军主力藏匿西山，与官军打游击；杨可亭带领本部人马到民间隐匿；李三谷只带了十几个弟兄到合州隐秘斗争，发展组织，待机而起。

桂添培攻陷肖家坝，以此为据点，时不时进西山林密深处寻找起义军主力决战，惊忧乡邻，闹得鸡犬不宁，当地百姓极为反感，盼望义军打回来。

话说肖东成败退到西山，在白马庙一带驻扎，大本营设在白马庙，清点人数，还有三百多主力部队，加上海平新军二百多及肖绍文的童军一百多人，起义军还剩有七百余众。肖东成想到起义之时义军达到两千多人，周围各县揭竿响应起义，声势浩大，如今却损兵折将，真是天不佑人啊！

肖翠平见大哥叹息，知其心事，安慰道："胜败乃兵家常事。古来成事者，无不受到多次挫折，世上哪有一帆风顺的。"

肖东成说："话是这么说，可我们牺牲了好多起义军，也痛失好兄弟雷建侯，佩服他的忠诚，宁死不当俘虏，自刎而死，胆胆义士也。可恨蒋礼堂，卑颜屈膝，胆小怕死，投降桂添培，充其走狗杀自己人。这个叛徒，应找机会杀了他。"

这时，金世侯从山下走到大本营带来一个消息，说是蒋礼堂受桂添培之命带人进山清剿起义军。

彭述古对肖东成说："消灭蒋礼堂的机会来了。"凑近肖东成耳畔如此这般说出自己的计策，肖东成含笑应允。

且说蒋礼堂带着几百安民军深入西山密林，忽看见东面山坡上竖着一面红旗，上写"义民"，认为是肖东成的老窝，遂领兵而至。谁知却不见人影，旗子也不见了，正纳闷，西面山上有人群骚动，擎着面大旗，上写一个"肖"字。

蒋礼堂大喜，说："兄弟们，肖东成就在山上，谁先捉住肖东成，奖赏一千两银子。"

安民军听说有奖饷，全都是要钱不要命的主，争先恐后冲到山上。

当蒋礼堂一行气喘吁吁跑到山坡上，又不见人影，气得安民军骂爹骂娘。

蒋礼堂等喘息未定，又见山下走出一队起义军举着"义民"和"肖"字红旗，慢悠悠走在大路上，好似在闲游。

蒋礼堂咬牙切齿道："兄弟们，冲下去，把下面这伙义民消灭了。"跑到山下，却见这伙人朝右面山腰庙宇走去，蒋礼堂跟了上去。

此时天已将晚，有人提议下山回去，蒋礼堂不允，一意孤行，打着火把朝山上追。到了半山腰，只见不远处密林间灯火通明，肖东成和彭述古正在举盏喝酒。蒋礼堂大怒，不顾身疲力竭，带人冲进密林，林间放出竹箭，蒋礼堂挥刀打落竹箭，继续往里冲。

突然间，密林间伸出挠钩将蒋礼堂掳了去，安民军见主将被捉，欲上前解救，走在前面的掉入插满竹签、铁钉的陷阱，惨叫声、哀嚎声震彻山谷。后面的安民军吓得不敢朝前相救，眼睁睁看着蒋礼堂被义军活捉。

第二天，蒋礼堂被带至西山楠竹林处死。

蒋礼堂要求见肖东成，说自己投降是有苦衷的，请求肖东成饶他一命，愿意再投义军反抗官兵。肖东成不愿见他，认为他出尔反尔，是个软骨头，他的叛变，害死了许多起义军，死有余辜。

蒋礼堂死后，义军和当地百姓无不拍手称快。桂添培也折了一只臂膀，不敢贸然进山围剿起义军，只是偶尔进山象征性地袭扰，西山也消停了许多。

第二十二回　出西山四处袭击　到铜梁联合进攻

肖东成见官兵围剿松懈，便带人下山继续扶贫济弱，打击恶霸、道徒，将劫来的财物救济贫困百姓。

龙水场口、马跑场、三教的道徒房屋纷纷被毁。义军对那些滔天罪行的恶霸、顽固道徒，特别是加入安民军的恶棍绝不放过，只要逮着全都处死，大大震慑了那些鱼肉百姓的坏人。参加了安民军的人，大多悄悄逃了回来。平民看到肖东成下山四处袭击，纷纷支持拥护义军，有捐献财物的，有捐献粮食的，还有送儿子或男人加入义军，起义军又有了新的血液。

一日，肖东成、翠平带着义军从拾万场袭击回来，经过溜水岩，前面队伍停住了脚步，狗娃骑马前来报告："大哥，前面发现安民军。"

肖东成勒住战马，从马上下来，将长柄大刀递给旁边义军拿着，问道："是谁带领，有多少人马？"

"大概六七百人，在溜水岩构筑工事，拦住了我们回西山的去路。领头的是薛小五和小幺，听说蒋礼堂死后，王怀之曾代过安民军团首，由于王怀之和张冬老是一桩命案肇事者，被官府拿办审查，薛小五就成了桂添培的心腹，当上了安民军团首。"狗娃说。

肖东成说："我听说过，王怀之和张冬老作为肇事者，被官府拿办，没想到官府动了真格。朝廷也有明事理的官爷呀。"

肖翠平说："还不是做给百姓看的，担心更多平民响应我们参加起义军呗。哪有什么明事理的官员，朝廷迫于压力，为消民愤，才做出这样不得已的事情。"

彭述古补充道："大哥，还记得官府的檄文吧，还把你我列为焚杀会馆道徒的罪犯，通缉究办。官府两边讨好，简直就是昏庸无能的政府。特别是这个桂添培，他可是我们起义军的老冤家，今天又叫薛小五带人堵住我们的归路。大哥，你意下如何？是打还是绕道走其他地方？"

肖东成笑着说："彭军参，你考我哟。当然不能打呀，敌人占据地利，人数又有优势，武器也比我们好，只得另想他法。我打算到九龟山去看看他们的情况，听说刘联芳在那儿围困九龟山，春红他们处境很艰难，物资缺乏，我想把这次从获取的财物分点给他们。为了不让薛小五明白我们的意图，我命令翠平佯攻，狗娃带着物资先走，待到战斗打得火热，我们再迅速离开。"

彭述古笑着说："大哥真是有勇有谋的将才，平时你老是叫我拿主意，其实你心里早就有数了，只是让我说出来，你真英明！"

肖东成哈哈大笑道："英雄所见略同嘛。"

肖翠平带着二百多人发起进攻，冲进敌阵与安民军拼杀，薛小五和小幺提刀走出工事，与翠平照面。翠平将倒在身上的敌人，往外一推，徒步冲到薛小五面前，道："薛小五，拿命来，看枪。"

薛小五一闪，双手拿着鬼头大刀朝翠平腰间砍去。翠平向后一仰，刀刃从鼻尖滑过。

翠平大怒，冲向旁边大树，脚蹬树干，借力扑向薛小五，把薛小五压在身下，拳打脚踢，眼看要将他打死在地。

小幺提着朴刀相救，向翠平抡刀砍去，翠平抽身迎战，在旁的安民军涌过来把薛小五抬上山去。此时，守在阵地的安民军蜂拥冲出，想缠住翠平他们。翠平看到大哥肖东成已经安全走出溜水岩，则不再突进，边打边撤，走到龙水西湖边慈竹林，小幺才命令安民军停住追赶，担心遭到起义军的埋伏，收兵回溜水岩。

翠平追ого上大部队。肖东成见到翠平安全回来，悬着的心落了地。到了九龟山地面，看见山下扎着官军营帐，肖东成命令狗娃带人前去侦查，说下面是一座空营，刘联芳带着大部队回县城去了，只有一百兵勇围着，一个个懒洋洋的，全不担心九龟山山寨弟兄杀出来。

肖翠平说:"刘联芳敢在这里唱空城计,九龟山的兄弟竟被蒙骗过去。"

彭述古说:"你们没看见有官军骑着马,拖着树枝在奔跑吗。扬起的灰尘和飘扬的旌旗,从九龟山那边看,不知这边有多少千军万马。狡猾的刘联芳,还是读了几天兵书,会耍阴谋诡计。"

肖东成说:"天助我也,今天被我等撞见了,定叫刘联芳后悔一辈子,永生不敢再用空城计。下面的百余号官兵,一个都不能放跑。狗娃、翠平跟我往下冲!"

几百起义军呐喊着,冲进敌阵。官军惊魂未定,慌乱拿起枪,披挂上阵。有的官军搞蒙了,万万没有想到从后面涌出千军万马,糊里糊涂丢了性命。

九龟山的春红见下面杀声震天,看见"义民"大旗,知道肖东成来了,心里那个高兴劲,真是"鲤鱼的尾巴,不摆了",亲领二百人马下山接应。不到半个时辰,山下的官兵全被消灭,无一漏网。

这次战绩收获不小,缴获火炮三门,战马三十匹,器械和粮草无数。肖东成把这些物资全给了九龟山,并从起义军处拿出部分银子给春红,叫他买些牛羊猪肉给九龟山兄弟们和起义军改善生活。

肖东成在九龟山居住了一个星期。这期间,春红带着他观赏了九龟山的风景,让他那颗时刻跳动的心得到一丝安静和轻松。他们来到文龟石旁,看见一棵两人才能合抱的红豆树,笔直地挺拔在悬崖边。春红指着红豆树说:"这就是我们九龟山著名的红豆树。东成,我跟你讲一个'红豆相思'的传说。"

"你是不是要讲王维的《相思》:红豆生南国,春来发几枝;愿君多采撷,此物最相思。"肖东成面带笑意道。

"与相思有关吧。"

"嗯。你讲来听听。"

"好吧。我讲,你听。"春红带着情感娓娓道来,"话说很久以前,在当地,有一位叫红豆的少女,与同村一位小伙子青梅竹马,两情相悦,终成眷属。婚后不久，小伙便辞别红豆，去九龟山上开荒种地，在林间采蘑菇，补贴家用。谁知小伙子来到这里，没待多久，被这里的山水风光迷住，心无杂念，不恋红尘，出家当了和尚，四处云游。红豆思夫心切，来到九龟山找小伙，不见其人。这位痴情女子却不肯走，站在文龟上盼了很久，忽有一夜电闪雷鸣，白天放晴过后，附近山民发现红豆已经不见踪影，而她站立的地方却有了一棵参天的红豆树。每到秋季，红豆荚从树上脱落，一颗颗如蚕豆大小，形状饱满，色泽红艳的红豆就像少女红豆的相思泪。"

春红说完，再次指着红豆树说："她就是红豆姑娘。"然后含情脉脉地看着肖东成。

肖东成低下头，知道春红心思，道："好感人的传说。"

一周后，肖东成打算继续出去袭击。肖东成命令肖翠平带领本部二百人马到铜梁联合义军刘义和、王兴开等攻打铜梁。自己带领主力部队绕荣州河包场、路孔，经永州太平，从黄泥塘回到西山大本营。

话说翠平到了铜梁起义军营地，主将刘义和，王兴开出来迎接。略略补叙一下这两人，肖东成在龙水起义不久，刘义和、王兴开便在铜梁响应起义，杀死恶徒不少，受到当地百姓支持。由于铜梁离昌州较远，军务离不开身，他们没有与肖东成见面，只是书信来往，二人尊肖东成为起义军盟主，愿意听从肖东成调遣。

刘义和、王兴开见到翠平，对翠平很客气，询问肖东成的情况。

翠平见问，回答道："大哥很好，不久在九龟山消灭刘联芳部一百多人，缴了许多武器和物资，起义军元气正逐步恢复。现今，大哥已经回到西山大本营，招募新军，徐图大业。大哥也很想见见你们，有机会攻占龙水后，你们务必前来一同干事。"

二人听后大悦，道："多谢大哥，还想着我兄弟二人。不知翠平兄弟，这次前来有何事？"

"大哥命令我，与你们联合攻打铜梁会馆。不知二位哥哥是否……"

翠平未说完，就被刘义和打断，道："大哥的命令，我们敢不听从，其实，我和兴开兄弟早有此意，只是担心我们兵马尚少，不敢贸然行动。翠平你千里迢迢带着精兵跟我们一起打铜梁会馆，这是我们求之不得的好事情。兴开，你说是不是？"

王兴开是个急性子，站起身："说这么多干嘛，直接说怎么打？"然后舞着拳头说："我的手好久没活动了，想开开杀戒。"

翠平大喜："难得二位哥哥是耿直、开明之人。"三人议定明天攻打铜梁会馆。

次日，三人聚集五百兵马，杀向会馆。会馆只有道徒武装二百人看守，还有几十名官兵驻守，他们哪是这三股义军的对手，义军不费吹灰之力就占领了会馆。

不久，肖翠平告辞刘义和、王兴开二位，沿途返回，沿路攻打雍溪场、万古镇等地。

桂添培闻讯，派兵赶来截击。肖翠平不与官军久战，带兵跑到马跑场，又与那里的敌对武装分子打斗，杀死敌人若干，等桂添培的官兵赶到，肖翠平已经跑得无影无踪。

六月二十八日中午，昌州地区天降冰雹，形若鸡卵，砸坏无数正待收割的稻谷，坡地的苕藤也遭灾。龙水、双路铺灾情尤重，穷苦人家遭到这如晴天霹雳的自然灾害，更是雪上加霜，日子苦不堪言。

肖东成同情平民，决定赈灾扶贫。在西山起义军粮食吃紧的情况下，毅然拿出部分粮食和财物接济穷人和受灾的平民，在百姓眼里，他和起义军就是大救星。

是年七月底，玉兰生下次子，取名肖绍民，取其"义民"的民字，长大了继续当义民，为民除害。起义军增加人丁，西山各营寨充满喜庆；肖家又得贵子，个个喜笑颜开，肖兴元更是欢喜得不得了，仙桃在老家张罗着如何办酒，决定肖绍民的"打三招"和肖东成的四十岁生日一齐办。肖东成同意了。

起义军的酒席办在古佛寺和各营寨，亲朋好友及义军头目家眷在仙桃家吃席，叫钱三和翠平一齐具体操办，并吩咐现在是灾荒年间，应俭办，不要铺张浪费。

八月初二这一天，西山起义军各营张灯结彩，到了中午开席，鞭炮齐鸣，火花绽放，庆贺肖东成四十寿辰和肖翠平喜得贵子。

这次酒宴，在外的九英豪杰只有春红一人前来祝寿贺喜，其他人没有得到消息或不知音讯。

春红的女儿玉娇十八九岁，出落得乖巧漂亮，见妈妈到来，亲热地迎了过来，仙桃、玉兰也向前迎接。春红按照习俗，作为玉兰娘家人置办了甜酒、鸡、蛋及婴儿穿戴的衣裤鞋等，同时给肖东成备了生日礼物。

席间，蒋氏抱着孙子和翠平逐桌与客人见面（玉兰坐月子期间不便出门），席上的客人或长辈则向婴儿赠送喜钱。当然，现在是特殊时期，肖东成早已安排狗娃、任贵分别在山下和猫耳洞警戒，防止官兵偷袭。

是年九月，山上粮草更加紧张，为了准备过冬粮食、棉衣等物资，他令唐翠山到附近大户筹借粮食，令蒋鹤林驻三教场，托哥老会人和社筹集粮款。自带兵马和何师一下山打道，取其不义之财，充实起义军财库。肖翠平请愿跟着去，肖东成未允，让他在家照顾玉兰。

肖东成与何师一带着三百人马转战于龙水、马跑、拾万等地，夺取财物若干，西山起义军吃饭问题得到保障。为了扩大起义军地盘，肖东成决定在拾万西山建立第二据点，由肖翠平驻守。命肖翠平在拾万、协和等地招兵买马，很快招来两三百人，加上翠平本部人马，约四百人在西山建立根据地，准备在拾万一带打击敌人，减轻双路西山起义军大本营的压力。

桂添培得知，恐其起义军坐大，决定待肖翠平在拾万未站稳脚跟时，先发制人，带着精锐部队前来剿杀，并派一部人马在双路西山各隘处设伏防止起义军增援和退回古佛寺、鱼口坳。

此时，肖翠平正在训练新兵，见官军前来，慌忙率领四百起义军仓促迎战：命令海平带领一百老兵和一百新兵当先锋，与桂添培的先头部队交战，自带二百新兵押后。

海平命令枪队与官军枪队对仗，官军人多，凭借火力压制，起义军被压缩在阵地上，不敢前进。不久，官军见起义军枪炮稀疏，大着胆子冲上来，海平挥刀说声："弟兄们，冲呀。"官兵也在喊："冲呀！"双方冲在一起，刺刀见血，锤击脑浆喷出，斧砍伤痕肉露，伤及要害闭眼斜倒……横七竖八，尸陈遍野，双方互有死伤。官兵见起义军个个英勇，撤退回去，准备往后再战。

话说肖东成、何师一、钱三、狗娃从鱼口坳、古佛寺带出起义军大部在三教场一带战斗，西山起义军只有唐翠山、玉兰、李作儒、肖绍文少部分起义军留守。三教场会馆门主见到起义军，早已逃跑，只遭到部分武装分子的抵抗，很快将其消灭，从会馆里搜出许多金银财物和粮食，全作为公用，留下部分粮食分发到附近平民手中。

肖东成行至鱼口坳，金世侯来报，翠平和海平正在拾万与桂添培激战。

肖东成说："我们现在就去救，何师一，你带一队人马将财物送回古佛寺，另外叫玉兰安分在家，不要冲动。其他人跟我到拾万去杀清妖，活捉桂添培。"便欲带人直奔前边直达拾万的大道。

金世侯说："前面有官兵设伏，大哥须绕道，从三教那边走。"

彭述古前来制止道："大哥，我们前去，也是飞蛾扑火，起不了作用。何不去攻打龙水或昌州县城，来个'围魏救赵'。"

肖东成被亲情羁绊，不加思考，仍坚持前救，则命令前队做后队，后队作前队策马疾走，前往三教场，到拾万救急。彭述古摇摇头，只好跟了去。

此时，官兵并没有完成对西山各隘口形成有力的合围，何师一寻找对方薄弱处，很顺利地将物资送回到起义军大本营，见到玉兰谈及翠平遇险的消息。玉兰果真冲动起来，嚷着要去救翠平，被唐翠山、何师一制止。

何师一说："大哥有交代，叫大家守住大本营。他已经带领大部队去解围，你不要再添乱，更何况山下到处是官兵。"

玉兰这才作罢。

此时桂添培将翠平、海平等起义军压缩在山上一座古庙里，起义军损失惨重，打得只剩下一百多人。

当肖东成等赶的时候，又被官兵截住厮杀，好不容易打进来与翠平、海平两兄弟会合，已牺牲了近半起义军，钱三战死。

军参彭述古被炮弹炸死，临死前告诉肖东成："我们现在东打西捣，孤军奋战，对朝廷、道会教构成的威胁不大，必须依靠全民力量啊。如今我起义军损失严重，元气大伤，我劝你和兄弟们突围出去后隐藏起来，或回西山密林继续打游击，待时机成熟再次檄文起义，东山再起。"

肖东成抱着受重伤的彭述古含着泪点头，懊悔道："我后悔没听你的话，害了你，也害了起义军。"

彭述古断断续续说道："没什么……你我弟兄说这些……干嘛，胜败乃……兵家…常事……嘛。"说完平静地闭上了眼睛。

肖东成、翠平、海平、狗娃合兵一处，奋力突围，大家不要命似的带着满腔仇恨往外砍杀，官军纷纷倒下。

肖东成等终于杀开一条血路，撕开官军一条口子，突然一发炮弹落在翠平身旁，爆炸的弹片削开颈动脉，翠平挈着银枪慢慢倒在血泊中。海平一瘸一拐拖着被刺伤的大腿来到翠平身旁放声大哭。

肖东成也伤心不已，叫人将翠平尸体抬走。

金世侯说："大哥，官军已将撕开的口子合拢，翠平的尸体不能带走，带着他，恐怕我们谁都出去不了。"

肖东成道："这个我知道，我不能眼睁睁看着翠平的尸体被官兵掳去示众吧。"

"这样，大哥，将翠平的衣服换了，官兵对一个普通士兵不会大动干戈的。"金世侯建议。

肖东成道："也只能这样了。"

金世侯叫一个士兵把外衣脱下，肖东成亲自将翠平的衣服褪下，换上士兵的衣服，用血迹抹花了他的脸。

桂添培见义军这边骚动，离开中军帐亲自带起官兵来到阵前追击突围的起义军，肖东成见到桂添培分外眼红，命令开炮打死桂添培。

狗娃说："大哥，只有一发炮弹了。"

"一发？那就瞄准点，绝不让这狗贼活着回去，给我二弟报仇。"

"是，大哥。各就位，瞄准，放。"狗娃亲自指挥。一发炮弹落在桂添培身旁。

桂添培惊叫一声，倒在血泊中。

官兵直叫唤："大人""桂大人""桂知县"……

起义军见炸死了桂添培（其实桂添培只是受了伤，被炸昏死过去），也无比振奋。趁着官军混乱，肖东成等起义军再次突围，在谷欣等起义军敢死队的奋力掩护下，肖东成、海平、狗娃、金世侯等才顺利突围出去。可是担任掩护的敢死队兄弟和先前牺牲的义军弟兄们却永远长眠在拾万西山脚下。

肖东成带着海平等十多个义军兄弟，回到三教与当地哥老会联系，换上便装，留下海平养伤，由金世侯负责照看。因为双路西山进山已被官军封锁，不敢再回古佛寺，带着狗娃等十几个义军，到合州找李三谷。

第二天，西山古佛寺的何师一见山下官军散去，知道拾万战斗已经结束，可是没见肖东成回来，肯定凶多吉少，带上本部人马，亲赴拾万。看到到处都是义军尸体，何师一说："快找一找，有没有肖大哥在里面。"

大家四处寻找，只找到彭述古、钱三、谷欣的尸体，何师一说："仔细找一找，看仔细点。"

"何营官，你快来看，这个好像是翠平营官。"一个士兵指着一具尸首叫何师一去看。

何师一走拢一看，用手揩干净脸上的血迹，果真是翠平，心痛不已，放声大哭，道："翠平啦，我的好兄长。你就这样走了啊！"然后忍住悲痛，叫人用白布盖住翠平，说了一句："翠平，兄弟我一定给你报仇！"

然后，他亲自掏坑掩埋翠平，可见他俩之间私下感情多深厚。然后吩咐弟兄们将钱三、彭述古、谷欣等起义军尸体就近掩埋，集合队伍，有枪的举枪鸣放，全体义军对死者鞠躬。

第二十三回　颜昌定昌州就职　肖东成东山再起

　　话说何师一将众义军尸体掩埋后，带着众人离开，走至拾万场口，见许多人围着看告示，上写：捉拿造反头目肖东成，奖励五千两银子。何师一知道肖东成活着，赶紧回到西山，将拾万义军损失情况告诉了唐翠山、蒋鹤林，翠平的死讯却瞒着玉兰，假说是可能跟着肖东成藏躲在外面。过了很久才告诉玉兰真相，玉兰自然哀痛不已。

　　桂添培见义军主力差不多被消灭，为了尽快解决西山义军残部，便四处招贴告示：除肖东成以外，其他义军及家眷可以回家，愿意投降的，编入安民军。义军见肖东成杳无音讯，没了主心骨，部分起义军带着家眷回家种田或干起老本行，李作儒带着起义军下山投降桂添培当起了安民军。

　　唐翠山见大势已去，叫蒋鹤林将剩下的队伍带到古佛寺集合。

　　唐翠山对起义军说："如今肖大哥不在，山里艰苦，我知道有些弟兄的家就在山下，你们好久没回去了。现在你们愿意回去的，领一两银子回家，算是盘缠钱吧。不过话又说回来，要是有人投降，我可不答应，义民军也不答应。有朝一日，肖大哥回来再起事，你们要是想回来，我们也欢迎。好了，愿意回去的站左边。愿意留下跟着我和鹤林继续坚持的，站右边，我们就是生死弟兄。"

　　大部分人选择站在右边，少部分站在左边。蒋鹤林给要回家的弟兄，每人兑现了一两银子，有个年纪稍大的弟兄颤抖着捧起银子，跪了下去道："唐头领，其实我不想离开义民军，可我屋里还有老娘，我有好长时间没回去了，不知现在咋样了？只要义民军还在，我还会回来的。"

　　其他要走的义军也跟着跪了下来。唐翠山忙叫道："兄弟们，都起来吧,我们不怪你。如果我们起义军占了龙水,消灭了敌人,壮大了队伍,到时你们要加入起义军,我们一样欢迎。"

"多谢唐头领,我们走了,请多保重。"大家含着泪跟留下的弟兄告别。

唐翠山、蒋鹤林、何师一、任贵等一百多起义军在西山依然打着"义民"旗号进行武装斗争,官军几次进山围剿却未果。而玉兰、仙桃、肖遇春则带着肖家家眷回到了肖家坝肖家院子,干起了老本行,时不时地避过山下的官军向山里的义军送去药品、盐巴、粮食等。

肖绍文、肖太平、谢天骄等已经长大成人。肖绍文很懂事,见家里人口多,田土少,毅然带着肖太平跟着二公、三公到山上挑煤卖。

不久,海平腿伤已愈,跟金世侯回到故里,告诉仙桃,大哥还活着,在合州一家窑厂打杂,化名蒋成东,躲避官府缉拿。仙桃听了,又悲又喜,喜的是东成还活着,伤心的是东成一个人在外,没有人照顾。海平担心官兵来捉拿,打算到合州找肖东成,走的那天,辞别父母与金世侯前往合州,仙桃收拾了行李,也跟了去。从此,玉兰、肖遇春、肖绍文撑起整个肖家。

桂添培因剿灭起义军有功,升任忠州知州,新任知县颜昌定来到昌州后,撤销缉拿肖东成,对西山起义军围剿也松懈了。

仙桃到了合州找到肖东成,两人在城里租了间房子,过着隐居生活。平日里,仙桃除了煮饭做家务,空闲时到邻街裁缝铺领点活计做。

仙桃在家里曾在双路铺余道生裁缝店学过裁缝,余道生是双路有名的裁缝。肖家人口多,时常要添置新衣裳,肖东成便托人找余道生教教仙桃。就这样,仙桃手艺学精了,肖东成和余道生也混熟了,成了好朋友。肖东成起义后,部队的衣服全拿给余道生做,余道生因此也大发了一笔,与肖东成走得更近了。肖东成曾与余道生在双路铺酒馆吃过多次酒,成了无话不谈的知音,由此带来祸根,惹出惊天动地的大事,这是后话。

肖东成得知桂添培这个死对头调走了,同时跟着走的还有当时带来的官兵,新任丁知县同情百姓,也同情义军,撤销对肖东成的通缉。为了应付朝廷,偶尔会派驻防千总带人进西山虚张声势清剿一番。为了确保安全，肖东成叫金世侯回家再进行打探，获悉属实，决定回家。

次年，肖东成带着妻子仙桃，还有义军亲信回到故里肖家坝。

听说肖东成回来了，唐翠山、蒋鹤林、何师一下山来见肖东成，商议起义军的前途。

唐翠山说："大哥，自从你离开后，山上义军走的走，散的散，只剩下一百多人。如今你回来了，跟我们上山吧，领着大家再次起事，到时以前的兄弟都会回来，我们又像当年一样，闹他个天翻地覆。"

蒋鹤林有些疑惑，说："这样行吗？毕竟起义军元气大伤好几年，百姓是否还愿意跟着我们走还不知道！"

肖东成说："我的意见跟你们恰恰相反，我在合州跟一些有志之士交流过，也总结了上次失败的原因。现阶段，我们还不适合明目张胆跟朝廷的黑恶力量对着干，我们应该暗蓄力量，厉兵秣马，等待时机成熟再举事。翠山，你们在西山的起义军暂停活动，把'义民'旗号隐藏起来，官府见我们沉寂下来，自然放松防止我们，更何况丁知县是个为民的好官，不会跟黑恶势力同流合污的。"

何师一问："大哥，那我们具体怎么做？"

肖东成说："你们不知道，我在合州钱庄存了许多钱财，这是兄弟们用命换来的。这次回来，我打算置办田产，种植粮食，作为我们起义军的军粮，另外拿出部分银子给山里的弟兄补充武器弹药。你们觉得怎么样？"

唐翠山说："听大哥的，大哥想得周全。这几年确实苦了山里的兄弟，全靠玉兰、绍文补给。现今大哥雪中送炭，我们起义军又有奔头了！"

就这样，肖东成用起义军的余财购置田产二百亩，农忙时间，叫上山里煤场、纸厂工人，加上十三个义子，田野里成了他们的战场。

此后，哥老会弟兄见东成回来，又拥戴他做堂主，振兴双善堂。肖东成也不推辞，认真打理堂会之事，扩大自己的实力，暗蓄力量。由于肖东成威望高，影响力大，不断有人来投双善堂门下，双善堂迅即成了双路铺最大的哥老会组织。

肖东成回到家乡，一切顺风顺水，昌州地区风平浪静，县衙与义军、九龟山义匪相安无事。

一个赶场天，肖东成闲来无事，揣了手铳，带着海平、金世侯到双路铺街道游逛。街上人来人往，吆喝声、叫卖声不绝入耳，空地上有耍杂技的，热闹非凡。三人随着人流来到双路铺余裁缝店。

裁缝店坐落在湖广庙旁，十来平米门面，里屋有两间，供一家三口住宿。余道生正在店里剪裁衣服，还有一徒弟在旁帮忙打理，见到肖东成进来，停止手中活路，端来凳子道："肖大哥来了，请坐。毛三，倒开水。"

那个叫毛三的徒弟从里屋去拿温水瓶，倒了大茶盅开水，端了出来。肖东成坐在凳子上，接过茶盅道："余老弟，最近生意可好？"

"托大哥的福，近来有好多双善堂的弟兄家属拿着布料来照顾生意。生意比以前好多了，还得感谢肖大哥您啦。"

"说哪里话，我两弟兄就别见外了。哦，咋不见兄弟媳妇呢？"

"你问我内人哦。她带着孩子回乡下新民村了。"

"道生兄弟，我两弟兄好久没见面了。今天中午我请客，咱俩好好喝两杯。"

"应该我请大哥呀，你帮了我这么多忙。"

海平说："你又不是不知道大哥的脾气，他说请你，你还跟他争。你要请客，等下次吧。"

肖东成说："喝点小酒，还唠叨这么多，还是老地方'丁豆花'。走吧，到了吃午饭的时间了。"

余道生吩咐徒弟毛三好生打理，自己简单收拾了一下跟着肖东成三人到"丁豆花"饭店，此不细表。

不久，蒋良栋、李三谷也回来了。蒋良栋从龙虎山回到龙水继续为礼字堂堂主，成为龙水哥老会老大；李三谷回到老家李家院子，经营父亲留下的田产一百亩，表面上做起了小地主，暗地里接济山里的义军，经常到肖家坝、龙水镇与肖东成、蒋良栋联络。此后，梅花九的势力慢慢恢复到昔日。

一晃两年过去，肖东成、李三谷的稻田收稻谷约三十万斤，玉米、小麦若干斤，可供一千人吃两年。加上在龙水、双路铺、合州等地经营的钱庄、客栈、茶社等收益颇丰，肖东成为山里购置了二百杆枪，两门火炮，山里义军战斗力大增，成为第二次起事的精锐力量。

不久，江北发生打砸事件，川东道尹任锡汾差役捉拿元凶，结果无一人归案。任锡汾怀疑此事与肖东成有关，特命巴州知县王炽昌密捕肖东成。

巴州知县王炽昌接到此令后，找来典吏商议。典吏说道："王大人，那肖东成可不是一般人，不能硬来。"

"是呀，道尹任锡汾却将这个苦差事交给我。你有什么办法？"王炽昌叹息道。

典吏说："我认识渝州城天道会门徒高啸龙，是昌州龙水人氏，曾留过洋，奔走于省各道会之间，深得上面头目的赏识，我们可重金收买其人，委派此人暗中办理此事，怎样？"

"也只能如此，你去具体操办吧。"王炽昌只好将重注压在高啸龙身上。高啸龙在典吏的指使下带着巴州四个捕快暗地里来到昌州。

高啸龙何许人也？他就是高霸天的小儿子，人称"小霸王"的高啸龙。他留洋回来后，高霸天通过关系和重金在渝州城道会里给他谋了个差事。高啸龙虽然是一个社会混混，心狠手辣，但他在外读书几年，长了见识。这个工作很适合他这种人，他也很喜欢，遂热心地干起了这个差事，并且干得十分卖力，深受道会的重用和赏识。

当巴州典吏找到他的时候，他毫不犹豫答应了。并对典吏说："肖东成是我的仇人，我母亲就是他害死的。这一次我一定要将肖东成打入死牢，为我母亲报仇。"高啸龙不像他哥哥深明大义，他把母亲的病死怪罪于肖东成。他的秉性、恶习继承了高霸天的基因，难怪年少时，在龙水被称为"小霸王"。

不久，在典吏的指使下，高啸龙带着巴州四个捕快暗地里来到昌州。

昌州东关街有一"李宅"，是起义军叛徒李作儒的住处。这处宅子是李作儒下山投奔桂添培时,桂添培将其所部编入安民军,奖赏李作儒的,李作儒受宠若惊,死心塌地为桂添培卖命,常常带人到西山清剿骚扰,义军、百姓视其为眼中钉。

这天,李作儒正在跟几个亲信在自己宅上喝酒,忽听到手下进屋来报:"外面有人求见?"

"来了几人?"

"一行五人。"

"你马上领他们到会客厅。我随后就到。"下人出去了,李作儒回过头,"兄弟伙,你们慢慢整。我有事,先离开一步。"

"好的,大哥,你可要快点回来。你走了,我们喝,就太没劲了。"

"好的,你们敞开整。我办完事就回来。"

李作儒来到会客厅,看到两位大汉(便衣捕快)站在门外,客厅里有三人,一人主人装束。李作儒是认得高啸龙的,见了面毕恭毕敬:"高大人,稀客,在下有失远迎,请多多包涵。请坐。"并吩咐下人沏茶。

高啸龙落座,叫两个便衣捕快退到门外,然后接过下人沏好的茶,说道:"李老弟,我这次来呢,有一事相求。"

李作儒有些激动,道:"大人,有什么事用得着小人的,尽管吩咐。"

高啸龙说:"那我就直说了,道尹任大人密令巴州知县王炽昌密捕肖东成,大功告成奖赏五千两银子。王知县把这个任务交给我办理,并派了这四个捕快协助。你曾是起义军骨干,了解肖东成,知道他的活动规律,看有什么办法活捉此人。至于奖赏、功劳,你我五五分成。"

"感谢大人看得起我,我知道肖东成经常跟一个叫余道生的裁缝关系密切,常在一起喝酒,我们可从余道生身上想办法。"然后凑在高啸龙耳畔叽里咕噜说了自己调虎离山的计策。

话说西山脚下肖家坝经过肖东成两年的苦心经营,俨然成了一座堡垒,四周修了一丈宽的壕沟,筑起三米高的砖石围墙,相隔三百米修有炮楼,设有城门,上写"肖家坝",城门前有吊桥,吊桥是进肖家坝唯一通道。肖家坝住着几百户农家,肖东成的二百亩田就在其间。为了保护家园，肖东成跟那些大财主一样，组建看家团练队伍一支，类似看家护院的，约五十人，由海平统领。

这天，肖东成到团练营巡查新团丁的训练。训练场上，海平一招一式在教练。这时，金世侯跑来："大哥，余道生差徒弟请你中午到双路街丁豆花饭店雅间吃饭。"

肖东成道："余道生今天也太客气了，居然专程叫人来请。他徒弟呢？"

金世侯道："已经走了，叫你务必前去。"

肖东成对金世侯说："你陪我去，另外叫上肖绍文。"

中午，肖东成带着二人来到双路铺，快到丁豆花，肖东成叫肖绍文、金世侯在店外放哨，自己一人进到里屋，见余道生早已在等候，摆满一桌美味佳肴。

"大哥，今天我俩喝个痛快，一醉方休。"

"那好，我两弟兄又有半月没在一起喝酒，喝！"肖东成在余道生对面坐下。

肖绍文和金世侯在大厅找了靠外的桌子坐下，简单点了几个菜吃了，继续到店外放哨。

这时，街外一阵喧哗，肖绍文和金世侯循声出去，见两个大汉在打架，金世侯上前去拉架，被其中一人误打一拳，眼冒金花。肖绍文大怒，年少气盛，上前还手，两人打成一团。

恰在这时，高啸龙、李作儒带着人从丁豆花店对街冲进雅间，肖东成猝不及防，被逮个正着，猛然醒悟，道："余道生，你这个龟儿子。我把你当兄弟看，你却这样加害于我。"

余道生低着头，道："大哥，对不起，我有苦衷呀。他们绑了我妻儿。"原来李作儒找到余道生，叫他想办法通知肖东成到双路铺，开始余道生不答应，后见绑了自己的妻儿，威胁不答应则杀死他妻儿，余道生无奈只得屈从。

高啸龙呵呵一笑："肖东成，还认识我吗？"

肖东成仔细打量着高啸龙，道："你是小霸王高啸龙，你这头恶狼，这些年你躲到哪里去了。是你害死了灵儿。我要将你碎尸万段。"

这个灵儿就是高公馆被小霸王害死的那个丫鬟。她是肖东成远房表叔的女儿。因而，想起这事，肖东成义愤填膺。

高啸龙嬉皮笑脸，道："好呀，我就在你面前。你来把我'碎尸万段'吧。"

随即肖东成被高啸龙、李作儒押往荣州。

待金世侯、肖绍文回到饭店，听说肖东成被密捕押往荣州，才恍然大悟：刚才打架二人是引他们出去。二人马上回肖家坝告诉仙桃。

仙桃听到肖东成被官府密捕到荣州，心里十分着急，叫海平去山里告诉唐翠山，自己亲自跑到龙水求助蒋良栋。

蒋良栋、李三谷、唐翠山等梅花九弟兄商议，认为除劫狱外没有其他办法。

于是约集旧部、哥老会弟兄及回乡民众，在龙水灵祖庙，组建劫狱队伍。不到半日响应者数百人。

三月十二日下午，蒋良栋、李三谷带领大众，手执刀枪从龙虎山出发，疾驰荣州，沿途有民众纷纷自动加入。行至双路铺，唐翠山、蒋鹤林、海平、玉兰带着二百余人早已等候，然后合兵一处向荣州开拔。午夜至荣州城，队伍增至两千多人。

城内居民、哥老会获悉大队前来救肖东成，奔走相告："蒋良栋、李三谷带着大队人马来救肖东成了。"

"有人来救肖东成了。"城内百姓积极提供越城器具。

蒋良栋令唐翠山带着义军通过百姓提供的梯子先行进城。

唐翠山、蒋鹤林等义军从城墙上翻越入城，逼迫守城门的官兵开打开城门迎接大队人马入城。

蒋良栋、李三谷带着队伍进入县城，将县衙围起来，大声呼喊："杨宜揆，滚出来！""杨宜揆，赶快下令把肖大哥放了！"

这天，知县杨宜揆出巡不在，典吏急急开门出来："各位好汉，知县大人不在，等他回来再定夺，怎样？"

蒋良栋说："典史大人，知县不在，县里的事，你说了算。请下令放人吧。"

典吏道："这，这……"

海平上前揪住典吏，说道："这，这什么，赶快放了我哥。不然，我手中的刀可不认你这典史！"

典吏吓得面如土色："好，好，放人。"典吏领着众人到了关押肖东成的监狱。

蒋良栋等梅花九好汉见到肖东成就说："大哥，我们救你来了。"

肖东成见到大家很高兴地说："感谢各位兄弟。"

李三谷对众人说："弟兄们，掀开监狱屋顶，迎接肖大哥从屋顶出去，坚决不走监狱大门。"

大庆觉得有理，为避讳，忙从屋顶掀开一口子，搭起梯子从屋顶将肖东成迎接出狱。

话说海平见大哥平安出狱，便回双路肖家坝报平安。在双路铺，见到许久未曾谋面的张鸣柯带着家人从广州回来，便上前打招呼。

海平道："鸣柯，你怎么想到回来了呢？"

张鸣柯说："叶落归根嘛，我有二十多年没回家了，也很想家乡的父老和伙伴们。耳闻肖大哥在家乡树起'揭竿'大旗，也蠢蠢欲动，可太远了。"海平见张鸣柯对义民军这么熟悉，把肖东成的情况简单说了。

张鸣柯听了后，说道："今大哥又无缘被捕，这次又被众弟兄救出监狱，官府必追究。我看只有再起义这条路了。"

海平道："张哥，你读书多，见多识广，给大哥说说吧。"

"海平，肖大哥回来了，捎个信。我还要单独为他接风洗尘压惊。"张鸣柯说。

二人到狮子桥分了手，张鸣柯带着妻儿回张家大院子。海平回到家里，将肖东成平安出狱的消息告诉了家人。肖兴元、蒋氏、仙桃心才安，一家准备酒席欢迎东成回来。

肖东成随营救队伍返回家乡肖家坝，众义军、民众设宴为东成洗冤。

张鸣柯闻信也来了，见了面，两人拥抱良久。肖东成说："鸣柯，你终于回来了。我想你想得好苦啊！虽然我俩不是结义兄弟，但我俩比亲兄弟还要亲。如今，你回来了，你可要为我拿主意啊。"

张鸣柯说："肖大哥，言重了。一切听大哥吩咐。"

席间，肖东成举起酒杯："弟兄们，我再次感谢大家相救。这一杯，我敬各位兄弟，干。"将酒一饮而尽，众人举杯："为肖大哥平安回来，干杯！"

肖东成接着动情地说："捣毁会馆，并不是我个人私仇，乃公愤所至。为此，我弟弟翠平被杀，雷建侯、彭述古、钱三等众多义军弟兄魂归西山，我和海平等兄弟有家难归。如今官府还嫌不足，欲置我肖东成死地而后快。若不是大家仗义营救，此生不能复见矣。今日幸获能与大家见上一面，然而明日官兵即至，东成死不足惜，诚恐道徒借生事由，波及各位弟兄。"言毕，不觉伤感泣不成声，众人也落泪伤心。

张鸣柯道："事已至此，当再举起事，从死中求生。"

李三谷应道："大哥，我们再起义吧，为死难的义军弟兄报仇。"

大家一致响应："起义，起义，为死去的弟兄报仇。"

于是再次推举肖东成为首，蒋良栋、李三谷为副，张鸣柯为军师，唐翠山为先锋，蒋鹤林、春红、何师一、玉兰、海平、肖绍文等为头目，举行第二次武装起义，仍号称"义民军"，队伍很快聚集三千余人。

义民军迅速占领龙水，设指挥部于东岳庙，工农群众献刀枪者，捐钱粮者，出力出艺者，秀才文人献计献策者，络绎不绝。

不久，队伍发展至六千余人，比第一次规模大了许多。

第二十四回　平贵违纪泪斩杀　绍泉设伏败官兵

　　道尹任锡汾获悉肖东成脱狱再次起义，大为震惊，黔驴技穷，无奈命令巴州知县王炽昌遣人行刺。

　　巴州县衙，王炽昌、典史和捕头商议刺杀肖东成。王炽昌说："道尹又把烫手的活路交给我。前次派人抓到了肖东成，却让其脱狱，此人在平民间威望甚高，如何杀得了他。"

　　典史说道："王大人不要多虑，老虎也有打盹的时候，何况这次是去暗杀。只要查明肖东成活动轨迹，寻其薄弱处，定有机会下手，到时必手到擒来，捉了那厮解往渝州城庆功领赏。"

　　捕头粗声说道："堂堂朝廷却干起鸡鸣狗盗之事，也太不光彩了。不知道道尹咋想的，派人围剿就是了，多省事。"

　　王炽昌说："道尹认为肖东成是首领，其影响力太大了。只要除了肖东成，昌州龙水地区就安宁了，因此才出此下策。"

　　捕头问道："即便这样，为何叫我们去做？叫昌州颜昌定办就是了，多方便。"

　　典史接话道："道尹不信任颜昌定，颜昌定到昌州任知县，是贬职去的，恐其生怨，走漏风声，与其勾结，坏了大事。"

　　捕头说："既然这样，我派人去刺杀就是了。"

　　典史说："你的手下，哪个是肖东成的对手，恐怕你派的人还没开枪，自己就魂归异处了。"

　　王炽昌急问典吏："那你有何良策？"

　　典史不紧不慢说："大人，你可知道牢狱里关着秋后处斩的土匪头子汪清。"

捕头打断典史："提他干嘛？一个要死之人，晦气。现在叫你想想刺杀之事，你却……"

王炽昌不待捕快说完，一拍大腿高兴地说："我明白了。走，到监狱里会会这位江洋大盗。"三人带着随从走向巴州监狱。

典史谈及的汪清，是巴州境内鸡公山土匪头子，被官府围剿，捉拿入狱待秋后处决。此人力大无比，武功非凡，王知县带官兵围剿鸡公山时，战至最后一人也全然不惧，几十名官兵围住他，也近不了他身。王炽昌就命人找长铁链、铁钩，用铁链围绕缠住，再用铁钩钩翻他，才将汪清擒获。现今在监狱头戴枷锁，脚套最重脚镣，刚进牢房时，又吼又跳，牢房门窗都被其用臂膀震损，后渐渐平静，不再折腾。

三人来到牢房，典史对汪清说："汪大侠，王县令来看望你了。"

汪清一言不发，怒瞪来人。王炽昌道："汪大侠，受委屈了。来人，给汪大侠把脚镣、枷锁打开，换干净衣服。备好酒席，我要与汪大侠痛饮几杯。"

酒席上，汪清换了衣服，洗净脸面，精神十足，一副英雄好汉派头。汪清终于开了口，道："我汪清是将死之人，还劳驾三位大人如此看重，不知有何事？请直说。"

王炽昌站起身，道："汪大侠真乃耿直之人，爽快，我敬你一杯。"汪清及典史、捕头也起身干杯。王炽昌说："具体什么事，典史你给说说。"

典史一五一十说了，末了端起酒杯道："祝汪大侠马到成功！干杯！"

汪清制止道："且慢，我还没答应哩。肖东成何许人也，'扶弱济贫，除暴安良'的豪侠，威震朝廷的英雄，我不能刺杀他，也杀不了他。"

典史污蔑说："肖东成曾是英雄，可他带领义民滥杀无辜，伤害我朝廷命官，是十恶不赦的恶人，应铲之，天下才太平。昌州上升知县桂添培被其打伤过两次，死了不少官兵，他哪是扶弱济贫，除暴安良，分明对抗朝迋，罪当该诛。"

王炽昌又引诱道："只要你刺杀成功，取了肖东成项上人头，本官许言，免你死罪，并封你为衙门副捕头，奖励一百两银子。"

汪清变了语气,道:"肖东成真有这么坏?那该杀。好,这个差我接了。来,喝酒,我敬三位大人。"

王炽昌大喜,道:"好,大家一起干杯,祝汪大侠,不,祝汪兄弟一切顺利,马到成功。"四人畅饮,不再言表。

话说汪清领命来到昌州龙水镇,找了一客栈住下,见街上秩序井然,偶有义民军巡逻,百姓并不躲闪。这是夏天,还有平民从屋里倒出茶水送给巡逻的义民军。

汪清纳闷:"自古百姓怕当兵的,没想到肖东成带出的兵竟然与老百姓关系这样好,肖东成非凡人也。"

汪清打听到肖东成住在指挥部东岳庙,忙走向罗家街东岳庙。东岳庙门戒备森严,有四名哨兵把守,两名在门外,另两名在里面,凡是进入者须持有"义民军印"的通行条。汪清见无法进入东岳庙,只得回到客栈,另想办法。

下午,汪清在客栈里踱步想策,一时半会想不出辙,便走在人文桥市场闲逛。突听得一声锣响,便循声过去。锣声过后,围着一群人。原来义民军在招兵,一个义民军头目一边敲锣一边说:"我们义民军专打坏人,惩治恶人,愿意参加义民军快来报名哟。"

只见十几个小伙子排着长队报名。小头目问在前的青年:"叫什么名字,多大了?"

"铁牛,十八了。"

"家里有哪些人?"

"父母,还有一个哥。"

"铁牛,你被录取了。到后边去登记吧。"小头目指着后边的报名处说。

小头目继续道:"下一个。"

一个很小的男孩来到身边,小头目问他,道:"叫什么名字?多大了?"

"蔡龙,十五岁。"

"太小了,过两年再来吧。"小头目说。

蔡龙悻悻不乐离开了。汪清心头亮，暗喜道：何不报名加入义民军，找机会接近肖东成，再伺机刺杀。于是汪清排在这群小伙子后面，化名"王青"，很顺利当上义民军。到了新民营接受训练，凭借自己的实力，很快得重用，被当时负责训练新兵的肖绍泉（肖东成义子）赏识，提拔为新兵营哨长。

汪清在义民军营里，看到官兵平等，纪律严明，对百姓秋毫无犯，思想有了波动，对肖东成的义民军有了好感。但想到身负使命，心里虽然矛盾，仍有一丝暗杀肖东成的念头。

机会来了。一天，肖绍泉叫上汪清一起到东岳庙汇报军情。

肖绍泉到义军聚义厅向肖东成汇报训练新兵情况。汪清在外面候着，便四处查看指挥部地形及兵力部署，守兵见他是义民军哨长，没制止，任其查看。探明后，刚回到厅外，就听见肖绍泉从里面出来说："王青，我义父肖头领要见你。"

汪清一愣，以为自己败露了，忐忑不安跟着肖绍泉来见肖东成。

肖东成看到汪清到来，忙叫人看座。说道："王青老弟，请坐。听绍泉说，你是个很能干之人，委屈你啦，才当个哨长。好好干，我会提拔重用你的。"

汪清赶紧说："谢谢肖头领，我王青愿为义民军效力，忠诚肖大哥，赴汤蹈火，在所不辞。"

肖东成大悦道："好，好，不错，是条好汉。绍泉，你们下去吧，好好关照王青。"

汪清悬着的心落了地，也为肖东成的豪爽、为人所感动，有了打消了刺杀的念头。但另一个念头是心不甘，好不容易混进指挥部探到肖东成的住宿处，仍想试试暗杀。

是夜，汪清蒙着面，身穿黑衣，趁着月黑，摸进了指挥部肖东成住房。肖成东工作了一天，十分疲倦，正在酣睡。汪清拿着刀对着肖东成的头犹豫不决。这时，肖东成说了一句梦话："王青老弟，你来了。"汪清一惊，脚绊住了椅子，弄出声响。肖东成马上惊醒，问道："哪一个？"

汪清连忙夺门而出,被闻声赶来的狗娃截住,两人打在一起,狗娃不是对手,渐渐体力不力。肖东成、张鸣柯、李三谷也赶到。李三谷迎住汪清打在一起,两人拳来脚往,难解难分。肖东成见汪清竟有如此好功夫,顿生欢喜,恐李三谷伤及他,忙叫了声:"住手。"

两人罢手。肖东成说:"王青,你我无冤无仇,并且我待你不薄,为何害我?"

汪清见状,丢了朴刀,纳头便拜,道:"肖大哥,请恕罪。我本名叫汪清,巴州鸡公山头领,被官兵围剿,捉拿入狱,受王炽昌老贼挑拨,前来相害哥哥。因见哥哥仁义、豪爽,义民军是替天行道,除恶行善,我放弃了初念。不想弄出声响,惊扰了大哥。"

肖东成说:"凭你的身手,要害我岂是难事,我义民军正缺兄弟这样的人才,何不加入我义民军。如何?"

汪清想:回去也是死路一条,今肖东成以德报怨,真乃成大器之人也。便回答:"感谢大哥不杀之恩,愿为大哥鞍前马后,效犬马之劳。"

肖东成大喜道:"我们真是梁山弟兄,不打不相识啊!狗娃,去叫后堂厨房弄几桌酒席,在场的弟兄去喝几杯,庆贺我义民军又得来一位英雄。"

肖东成见义军规模越来越大,加上九龟山、龙虎山及铜梁,近万人,便听从张鸣柯的建议,将义民军分成左中右三军,每军约三千人马,分左中右三营,每营又设左中右三哨,每哨一百五十至二百人;设营官、哨长、什长。

这日,肖东成召集众头目及部分侍卫部队在东岳庙庭院宣布委任状。肖东成、张鸣柯、蒋良栋、李三谷等出现在台前,义军激昂欢呼:"义民军万岁!""除暴安良""义民军万岁!""除暴安良!"

肖东成微笑着,用手示意大家安静,然后大声说道:"弟兄们,我肖东成自起事以来,承蒙各位豪杰看得起,推举我为首,现今各路英雄好汉会集在'义民军'旗下,我将同各位弟兄一道,誓死'铲除邪恶,匡扶正义'!"

义军齐呼道:"铲除邪恶,匡扶正义!""铲除邪恶,匡扶正义!"

肖东成说道:"下面请军师张鸣柯宣布委任状。"

张鸣柯一副书生打扮,到台前宣布。

肖东成,义民军总首领,兼任中军头目,下辖左正右三营。正营营官海平,驻东岳庙,左营营官何师一,驻黄州庙,右营营官狗娃,驻濂溪祠;春红为营官,负责九龟山防务,下辖两营;肖家坝有两营,由玉兰和肖绍文负责;新军营官肖绍泉,均由中军节制。

蒋良栋,义民军副首领,兼任左军头目;中营营官蒋鹤林,驻湖广庙;左营营官何希然,驻禹王宫;右营营官汪清,驻江西庙,另辖马跑场马代轩一营。

李三谷,义民军副首领,兼任右军头目;中营杨可亭营官,驻八景宫;左营营官唐翠山,驻南华宫;右营营官玉娘,驻综合街,防守会馆一带;西山古佛寺有任贵一营,龙虎山花荣营,由右军节制。

刘义和,王兴开两营,驻铜梁。

中军正营有两面大红旗,一写"肖"字,一写"义民"两字。其他各营有一面大旗,上写营官姓氏。肖太平、黄飞、罗平贵、天骄等为副营官。

数日后,肖东成对张鸣柯说:"军师呀,我一直有个心病。朝廷对我耿耿于怀,上次王炽昌派人来刺,未达目的,反弄巧成拙,汪清成为我一主将。朝廷必不肯罢休,定会派军来围剿我们。鸣柯,你说说看,下一步作何打算。"

张鸣柯说:"义民军早晚有一硬仗,目前虽有一万余众,可毕竟精锐之师少呀,武器装备尚差,重武器、炸药不多,得及时补充。目前,义民军应加强操练,整顿军纪。另外,我有一计,不知可行不?"

肖东成说:"急死人了,鸣柯,你卖什么关子,直说。"

张鸣柯笑道:"看把你急的,我们何不抓一个门主做人质,这样我们才可以和朝廷、道会周旋,有谈判的筹码,使朝廷对我们的清剿有所顾忌。"

肖东成高兴地说道:"这主意好。听说昌州境内的门主见我们占了龙水，早已逃遁了，那只有到附近荣州县抓一个天道会门主。"随后命令李三谷、唐翠山带两营兵马劫持荣州河包场门主华芳济。

荣州河包场，位于县境北部，距县府十八公里。境内有建于南宋绍兴年间的白塔。河包场会馆有道徒武装一百余人，门主名叫华芳济。

五月十五日，李三谷、唐翠山不用吹灰之力攻下河包场会馆，缴了会馆武装的枪械，押解门主华芳济回龙水大本营。沿途百姓见了华芳济骂不绝口，要吃他肉，喝他血，说他当火烧，当刀剐。

川督恭寿见事态严重，便将详情密电总署。

总理衙门遂电谕恭寿，饬地方官救人，密拿重犯。于是恭寿派委员戴浩等到县，会同昌州知县、荣州知县并县绅帮等与肖东成议和。订和约十条，以释放华芳济及撤销肖东成等通缉案为首案。肖东成等义民军坚持交出高啸龙、李作儒，高啸龙正受道主信用，又有父亲高霸天频繁活动，是以久久不决。

肖东成久见朝廷不回复，便召集众头领商议和一事。蒋良栋提出意见道："只有朝廷答应我们提出的条件，方可罢兵议和。"

张鸣柯说道："朝廷的话不可信，如今见我们义民军声势浩大，没有辙了，才想到议和。况且又不愿意交出高啸龙和李作儒，可见没有诚意……"

张鸣柯未说完，只见义民军一个营官将领站起身，大声说道："肖大哥，千万不要议和呀。如果释放了华芳济，恐怕华芳济早晨回去，清廷官兵晚上就到了。"

肖东成循声望去，原来是江北义军首领袁海山。

袁海山，中等身材，剑眉杏眼，一身正气，好打抱不平，当地武术教练，善使一柄方天戟，有万夫不当之勇，因带领民众在江北起事，杀富济贫，被朝廷通缉，藏匿民间。肖东成在昌州龙水起义后，便带着余众投奔。在途中路遇好汉周稷甫，其也带十几号人去投奔昌州义民军，两人会合一起，为了给义军见面礼，沿途打霸惩恶，没收不义财产。

时值义民军规模宏大，正需将才，肖东成见两位好汉到来，十分欣喜，任命两人为营官，划拨给他们一拨义民新军，分别受中军和左军节制。

肖东成见袁海山如此说，心中放弃议和之念。李三谷、唐翠山见肖东成正在沉思，双双赞同袁海山意见。肖东成这才拿定主意，说道："海山兄弟说得有道理，如果放了华芳济，我的义民军没有筹码，议和罢兵更不可取，一旦放下兵刃，解散武装，必将成为砚板上的鱼肉，任人宰割。我宣布，放弃议和，做好迎战准备。下面我命令。"

"蒋良栋。"

"到。"

"你负责给养的筹集，力求便民不扰民，如若违反军纪，格杀勿论。"

"李三谷。"

"到。"

"你负责训练新军和武器弹药后勤装备，保障义民军军需和义民军的战斗力。"

"是。"

"其他各位弟兄回到防区，加强防守，听从命令，服从左军、右军头领安排。"

各位头目领命而去。单说蒋良栋回到军营，立马做了安排部署。筹集钱粮是义民军大事，须早做打算。起义军给养从五条渠道筹集，力求便民不扰民。一是没收恶徒、财主不义财产充作军用，并以部分济贫；二是向殷实大户筹借；三是接受捐献；四是托哥老会筹集；五是征税。

蒋良栋令堂弟蒋鹤林去向大户借粮。蒋鹤林是能说会道之人，带上弟兄前往宝顶李贡老爷家借粮。到了李府，李贡很客气迎接蒋鹤林等义军，蒋鹤林递上肖东成名片及借粮信函，并送上糖果猪肉等礼品，言明借粮本意。李贡看了信函，爽快答道："好，我借粮一百担，另自愿送银一百两。"

蒋鹤林大喜："太感谢了。我代表广大义民军感谢李财主。"尔后，李府设酒宴招待，视义民军为亲人。

复隆马家滩有一张财主，家财万贯，是复隆场带一首富。六月的一天，肖东成义子罗平贵领命前去张财主家筹借粮食。这次罗平贵就没有蒋鹤林顺利,他来到张财主家时,大门紧闭,敲门许久才有人开门,说财主不在家,串亲戚了。罗平贵有点失落,悻悻地离开了。

其实,每每义军到大户筹借,有耿直乐意借助者,也有慑于威势不敢拒绝者,有还价者,还有个别实不愿借的亦不甚勉强。

话说罗平贵等人路过一片稻田,稻田稻谷已经成熟,黄澄澄的,逗人喜爱。其中一手下说:"大哥,今天空手回去,必被别人耻笑,说我们无功而返,你又是肖头领的义子,会给你义父丢面子的。我们何不把这片稻谷收割了,给主人留个借条。"

罗平贵说:"这不行呀。义民军军纪严明,所到之处不得抢劫民财。"

"这是特殊时期嘛,况且我们是为义民军筹集军粮,应该大功一件,谁还能怪罪。"

罗平贵见说得有理,忙叫人回去叫了几十个弟兄,借了打谷的农具,不到半日,收割稻谷几十亩,上万斤粮食。有百姓将此事告到肖东成那儿。肖东成大怒,叫海平带领卫成营把罗平贵等四十余人逮至刑场,施以死刑。

所有将领为罗平贵求情。肖东成脑海里浮现出罗平贵的点点滴滴。

罗平贵,西山肖家坝人氏,肖东成从小看着他长大的,是自己的干儿子,在十三个义子中排行老五,因小时候身体弱,其父(西山纸厂工人)按照当地习俗,给他拜保保,便找到肖东成,肖东成欣然应允,并把罗平贵当作自己亲生儿子看待,给他看病补身体,并教其武功。罗平贵也是一个聪明懂事的孩子,非常听肖东成和仙桃的话,长大后经常帮肖家干农活,做杂事情,没有什么坏秉性,颇受肖家人喜欢。

想到这些,肖东成黯然神伤。

这时,稻田的几个主人来到刑场,看到这一幕,十分惊讶:没想到肖东成严格按军法从事,把事情闹大了。几人一齐下跪求情,道:"肖头领,饶了他们吧。粮食算是我们捐献给义民军的。"

肖东成一把扶起众人,含泪悲情地说:"罗平贵是我义子,我没管教好，可军法无情啊！"罗平贵含泪悲泣，道："义父，我给您、给义民军丢脸了，我不怪您。我死后，下辈子我还要继续跟着你。"肖东成噙着泪花给四十余位义军喝了最后一碗酒："弟兄们，你们放心去吧。我会善待你们家人的。"

　　说完，将碗一掷，背着罗平贵等人，示意行刑，挥泪斩义子。此事传扬出去，深得民心。义军军纪井然，没有人再敢犯军纪。

　　肖东成见粮草武器充足，军心士气大振，应该干一场大事造成声势。自从第二次起事后，义民军还没有像以前那样轰轰烈烈打几仗。

第二十五回　三教大捷鼓士气　连关被克掳敌酋

川东道尹府，任锡汾穿着官服，坐在太师椅上悠闲地喝着茶，两个丫鬟在旁打扇吹凉。

下人匆匆来报道："老爷，师爷有紧急要事相报。"

"叫他到书房候着，我速速就来。"任锡汾说道，遂起身吩咐两个丫鬟退下，来到书房。

"见过老爷。"师爷上前施礼道。

"不必多礼，有什么事快报上来。"

"昌州肖东成中止和谈协议，没将朝廷放在眼里，发出檄文对抗朝廷，百姓应之，响应者众多。"师爷将檄文内容呈上。

任锡汾接过檄文认认真真看完内容，说："这个蛮子，又不安分了，如之奈何？"

"何不以武力慑之，派重兵前去清剿荡平之，迫使义军释放华芳济，显我大清兵威！"师爷施上一计。

"我正有此意。"任锡汾说完，遂令桂仁轩领重兵前去剿之。

桂仁轩何许人？义军死对头桂添培侄儿，一个莽夫，力大无穷，使一狼牙棒，仗着桂添培，在军中骄横跋扈，下级将士多恨之。

桂仁轩得令后，立即带上一百精兵，急急向昌州开拔。

义军揭竿后，对外围阵地加强了防守，且早已派李三谷到三教场驻防。李三谷坐在中军帐中与部下商议军事，忽听得探子来报，桂仁轩已领一百官兵从大本营出发。

李三谷对部下说："三教场是我军的前沿阵地，地处咽喉位置，军事战略要地，你我等务必守之。我料定桂仁轩必从三教过，围剿我西山、龙水、拾万之主力！"

于是，他派人络各堂口哥老会，发动民众埋伏各险要路口，等待官兵入伏袭之。

话说桂仁轩领着兵走得人困马乏，走到险要口，部下前来告之："前面发现一隘口，隘口前方有片树林，恐有埋伏，桂将军，可否在此歇息，一来可以休息找水喝，二可派人前去侦查。"

"休息？马上到三教了，把三教收复了再说。埋伏？几个小蛮子有什么惧怕的，继续向前开拔，否则军法从事。"

官兵们忍饥受渴，暗地里便有埋怨。

义军放官兵过了隘口，又埋伏一队人马封住了官兵退路。官兵哪里知道前途凶险，很快便进入了一片坟地。待接近到树林，只听见"嗖嗖"的竹箭声，当看到箭如蝗虫般飞来时，已是一命呜呼！

官兵正欲退时，义军一声呐喊，从林子涌出来与官兵绞杀一起。官军无心恋战，一窝蜂向外退去。桂仁轩杀死了几个溃逃的兵，仍止不住败势，只得边战边退向隘口。

刚到隘口，一声锣响，杀出一队人马，为首的是肖东成义子肖绍泉，手使一柄长枪，拍马来到桂仁轩身边，一枪刺向桂仁轩，桂仁轩猝不及防，被刺落马下。

官兵见主将已死，立即四下逃窜，被义军追杀得死的死，伤的伤，除少数逃脱外，义军大获全胜。

三教大捷，极大地鼓舞了义民军，肖东成决定分兵外出，四处打击敌人。罗家街东岳庙义军指挥部，肖东成正和众将领正在商议军事部署。

蒋良栋说道："大哥，以前义民军打道多在三教、马跑、铜梁等附近地方，现在义民军壮大了，人马上万人，应该向安岳、合州及更远的地方进击。到时，所到之处民众必响应，造成声势，等待义民军规模达到百万之众，打遍天下所有邪道恶人，消灭贪官污吏，还我华夏太平盛世。"

"良栋说的正合我意，我欲先取渝州、蜀州，再徐图进取。其他弟兄有何建议，说说看。"肖东成说道。

袁海山急切地叫道："好呀，肖大哥，我愿带本部人马打回江北，灭了那里可恨的恶人。"

唐翠山说："我请愿仍当先锋，打头阵，为义民军开路。"

肖东成高兴地说道："海山、翠山勇气可嘉，是我义民军难得的悍将，此次出征必将凯旋。"转头问沉默的李三谷："三谷，你是咋想的？"

李三谷不紧不慢说："大哥，各位弟兄，我们义民军的宗旨是'扶弱济贫，除暴安良'，不是只喊喊口号，发出檄文就罢了，应该采取军事行动，严厉打击官兵和违法道徒，让民众觉醒，不要迷信道会，受其惑乱，忘我祖先，忘我文明。自今年三月义民军第二次武装起义以来至今，近半年了，我义民军还未主动攻打各处黑恶势力。今大哥召集我等商议，应该顺天意，符民意。六月，我部肖绍泉等在三教场狠狠打击了来犯的官军，大长我军士气，弟兄们早就憋足了劲，跃跃欲试以求再战。因此，我想带右路军途经铜梁攻打合州。"

肖东成一拍大腿，站起身："说得好，既然各位弟兄都意见一致，那我们就干他一票大的。鸣柯，你这位军师该出马了，说说你的计策吧。"

张鸣柯欠欠身，微笑着说："刚才各位弟兄都说得很好，只要我们团结一心，精心准备，必马到成功。我和肖大哥商议拟定了一个作战计划，此次军事行动，分四路出击：分别攻取渝州、蜀州、合州、内江。具体人员调配，还是由肖大哥宣布吧。"

肖东成说："根据刚才弟兄们的态度和意见，我将计划中的将领安排进行了适当调整。下面我宣布，由我和鸣柯带领一部人马，袁海山打前锋，出铜梁取渝州；良栋左路军经双河攻安岳，再乘机徐进蜀州；三谷右路军经铜梁合同龙虎山花荣攻打合州；四路由右路军唐翠山部攻荣州、江津，再取内江。海平留守大本营，九龟山春红、肖家坝玉兰等按兵不动。"

各位弟兄领命而去，自不细表。单说肖东成、张鸣柯、袁海山、肖绍文带着义军向铜梁开拔，义民军所到之处，秋毫不犯，军纪严明，不住民房，不抢民财，住宿在宫观，用膳在寺庙，沿路受到群众热烈欢迎，有送吃的，有捐送银子的，还有送子弟参加义民军的。

不一日，大军来到铜梁地界，刘义和、王兴开带着铜梁两营早已到队等候。肖东成下得马来，抱拳施礼："刘将军、王将军久违了。这次攻打铜梁，还望二位兄弟鼎力相助。"刘义和、王兴开连忙抱拳还礼："肖大哥，言重了。肖大哥、张军师，各位弟兄，请到营中歇息。"

"好，鸣柯，海山，走，我们到两位将军营中细商具体事宜。"

众将领随着肖东成来到营中依次落座。肖东成跟刘义和、王兴开讲了义民军进军路线。

王兴开参言道："肖大哥，可否先不急于取渝州，应扫清渝州周边县镇的势力，再集中兵力取渝州。"

肖东成问张鸣柯："军师，你看呢？"

张鸣柯说："王将军说得在理。我建议袁海山、肖绍文、刘义和、王兴开率军合力攻打铜梁，刘义和留守铜梁。王兴开一营随同袁海山、肖绍文经璧山入江北。肖大哥、我、狗娃带大军直取永州。"

肖东成对大家说："各位弟兄就按军师说的办。"

刘义和等四人带着义民军冲进铜梁会馆，与会馆武装一阵酣斗，道徒死伤一片，越战越少，而义民军越战越勇，杀到会馆里屋。会馆门主黄有中，看见会馆武装敌不过义民军，吩咐余下道徒拼死抵抗，不得后退，自己则慌乱收拾贵重物品，准备逃跑。

不一会儿，会馆武装全部消灭，黄有中携着箱子从后门逃走，被从后门攻入的王兴开带着义军碰个正着。

王兴开喝道："黄有中，你这个败类，哪里逃？"

黄有中吓行直打颤，手一抖，箱子落在地上，散落许多珍珠古玩。王兴开见状大怒，道："好你一个黄有中，压榨百姓这么多钱财。兄弟们，给我绑了。"

刘义和见占了会馆，掳了门主黄有中，心中大悦，忙叫人给肖东成送去消息，又令大家没收会馆钱财，尔后烧毁会馆，继续打砸铜梁县城的道徒房子，没收道徒财产充公作军饷，顽固道徒均被处死。义民军大获全胜，准备开拔，刘义和送袁海山等义民军到铜梁场口。

袁海山、肖绍文对刘义和说："刘将军留步，我们攻打江北去了，告辞。"

刘义和说："袁将军、少将军，告辞，祝你们马到成功。"然后对王兴开说："兄弟，作为铜梁义民军，你要好配合袁将军、少将军，我等你凯旋归来。"

王兴开粗着嗓子答道："大哥，请放心，我不会给铜梁义民军丢脸的，保证配合两位将军攻下江北。"

袁海山、肖绍文、王兴开三人带着众义军途经璧山县城，会馆门主早已逃走，会馆武装没有抵抗，义民军很顺利占了会馆，缴了道徒的枪械，在会馆安营扎寨，准备次日攻打江北。不久，江北被义民军攻占。

且说肖东成带着义民军朝永州进发，刚到永州地界，刘义和派的快骑赶到，告诉肖东成：义民军已攻占铜梁会馆，擒获黄有中。肖东成大喜，命令狗娃叫义民军停下，然后对大伙说："义民军兄弟们，告诉大家一个好消息：刚才刘义和将军派人送信，说他们攻占了铜梁，擒了门主黄有中。弟兄们，加快步伐，今天务必拿下永州黄瓜山会馆。"

义军备受鼓舞，加快脚步，朝永州黄瓜山进发。

黄瓜山地处永州南部，距离县城十五公里，因远看像一个黄瓜而得名。海拔高度六百米左右，四季气候宜人。黄瓜山最北端有大佛寺，依山而立，坐南朝北，始建于清初，盛于同治，建有大雄宝殿、天王殿、观音殿、弥勒殿、五百罗汉堂、月老殿、日光殿、月光殿、送子观音殿，是永州规模最大的佛教圣地，气势恢宏，晨钟暮鼓，香火兴旺。黄瓜山会馆修建在南面山下，与永州县城相对，依山而建，错落有致，会馆有道徒武装把守。

快至晌午，起义部队来到黄瓜山下，肖东成顾不及吃午饭，命狗娃集合队伍，准备自己亲自带领义军攻打黄瓜山会馆。张鸣柯出面制止："大哥，万万不可。黄瓜山会馆地势险要，易守难攻。叫狗娃带人去打探一下情况，再攻打不迟。"

肖东成听了张鸣柯的意见，在黄瓜山下扎下营寨，令狗娃前去打探，待机进攻。

不一刻，狗娃回来了，他对肖东成说："大哥，进入会馆的山口，埋伏着一队道徒火铳队和弓箭手，听见其中一个道徒在说，兄弟们，精神点，义民军胆敢前来，你们用火箭点燃路口的炸药，叫他们死无葬身之地。"

肖东成一惊，道："好险，多亏鸣柯提醒。狗娃，你带几个身手好的弟兄，干掉那队弓箭手，拆掉炸药引信。然后，我率主力攻打。"

于是，狗娃带着五六个身手敏捷、功夫好的神箭手悄悄摸上山，很顺利地干掉了埋伏在那里的十几个弓箭手和火铳手，亲自拆掉炸药引信，随后挥动红手巾示意山下的肖东成带人攻击。

肖东成遂亲率大军冲向黄瓜山会馆。

会馆门主是个拳击爱好者，喜欢舞枪弄棒，见肖东成攻入会馆，带着会馆武装拼死反击。肖东成拿着大刀东砍西杀，不少道徒倒在他的刀下，张鸣柯拿着佩剑跟在肖东成后面追杀道徒。门主身高力大，用剑也劈伤不少义民军，毕竟义民军人多不怕死，会馆的武装道徒死的死，逃的逃，最后只剩下门主。

肖东成、张鸣柯、狗娃等义民军将门主团团围住。肖东成手握大刀，慢慢走到门主跟前："投降吧。"门主见大势已去，丢下宝剑。

狗娃说："这就对了，识时务者乃……。"狗娃话未说完，只见门主丢了宝剑，却迅速掏出手铳。狗娃见状，忙用身子挡住肖东成。

肖东成拉开狗娃，示意他躲开。只听一声枪响，门主并未朝肖东成开枪，而是对着自己脑袋开枪自杀了。

肖东成攻占黄瓜山会馆，命人焚烧会馆后，带义民军下山至永州，到附近来苏镇、王家坪等地多处袭击，擒捉四名民愤极大的恶霸，在广场公审，斩首示众。义民军得到永州人民拥戴，肖东成将义民军驻扎在永州，礼贤下士，招兵买马。永州知县惧怕义军，暗地里早跑了。

话说蒋良栋率领左路大军途经双河攻打安岳。安岳会馆门主闻风逃往蜀州，安岳会馆武装头目见义军来势汹汹，深感畏惧，率众归降。蒋良栋命其及众卸下器械，不再入道会，改邪归正，并毁烧会馆及宣传书籍。次日，蒋良栋决定攻打安岳附近天宁场。天宁是一个物产丰富的小镇，是个战略要地，易守难攻的军事要地。天宁会馆位于镇场口，三面环山，门前有一条河，不易攻取。蒋良栋命蒋鹤林找些木船，准备从水路正面强攻。

听说义民军要攻打会馆，附近百姓卸下门板、砍下树木供义民军造船，还有渔民主动将船借给义民军。不到两天，义民军就弄到十几条木船。蒋鹤林组成两百人的敢死队，分坐上这十几条木船，亲自带领他们打头阵。

冲锋前，蒋良栋亲自来为两百壮士敬酒饯行，并说道："弟兄们，对面会馆的道徒，祸害人民，欺我百姓。现凭借有利地势，与义民军为敌。大家说，该怎么办呀？"

两百名敢死队员齐声回答："灭了他，灭了他。"

"好，有豪气。弟兄们，这次战斗非常艰巨，生死难料，请放心，殉难的弟兄家属，我会好好照顾的，义民军不会忘记你们的。"蒋良栋动情地说。

其中有个弟兄说道："打仗哪有不死人的，自打参加义民军那天起，我就有了死的准备，死没有什么好怕的。蒋大哥，十八年后，我又是一条好汉，到时，我还要参加义民军。"

"兄弟，好样的，真是条硬汉子。如果你活着回来，我会为你记功的，升你为什长。"蒋良栋拍着这位兄弟的肩膀说。

这位弟兄不好意思说："我不会当官，蒋大哥。我这个人喜欢酒，到时，我真的还活着，你赏我一壶酒就是了。"

蒋鹤林在旁说："什么时候了，还想喝酒？"

蒋良栋说："鹤林，怎么这么说这位兄弟。好，我记住了，官要给，酒也奖赏的。祝兄弟们成功，一举拿下对面会馆。"

蒋鹤林喊道："弟兄们，出发。"随后，他带着两百壮士分坐十几条木船向对岸冲去。快至河心，蒋良栋命令土炮向对岸开火掩护敢死队员。会馆的道徒用洋枪、弓弩向河心木船上的义民军射击。

义民军一边用刀拨开射来的弓箭，一边奋力划着木船驶向对岸，也有少部分敢死队员被射中跌落水中，而大部分人马顺利靠岸，与会馆的道徒短兵相接，缠斗在一起。

十几条木船由一名敢死队员划回岸边，蒋良栋命汪清带领第二拨人马迅速划到对岸增援蒋鹤林他们。如此往复，蒋良栋的主力全到了对岸，会馆的武装道徒溃不成军，死的死，逃的逃，降的降。会馆门主早已从会馆后山狼狈逃走了。

蒋良栋攻下天宁后，由于天宁地利位置险要，遂将天宁作为大本营，指挥部设在此处。不久，又命令蒋鹤林、汪清攻占永清、李家街等场，拟进军蜀州。

第二十六回　二胖辞家投三谷　春红飞镖中金豹

话说肖东成攻占永州后，为了不惊扰百姓，将义军指挥部设在黄瓜山下城隍庙宇里，构筑防线，以防官兵进山围剿。

一日，肖东成正和军师张鸣柯在营中商议军务，忽见赛时迁金世侯匆匆来报："禀报肖大哥，三哥李三谷已攻陷合州，烧毁合州会馆，打砸无数道徒房产。因会馆有官兵守卫，义民军遭到官兵反击，我义民军不得不与官军对峙开仗。三哥亲率所部冲在前面杀向会馆，消灭官兵、道徒二百多人，义民军也损失了一百多弟兄。金豹也被春红斩了首级。"

肖东成闻听，高兴地说："好呀，杀得痛快。三谷，好样的，身先士卒，不畏生死。鸣柯，给三谷记上一功。这个金豹早就该死，如今谢大当家可以瞑目了。"然后又摇头叹息，"只可惜又死了一百多弟兄。鸣柯，对这些弟兄家属应加倍抚恤。"

张鸣柯说道："小弟遵命就是了。这是第二次起义以来，阵亡人数最多的一次。大哥，今后的战斗更加残酷，若官兵派兵围剿，那时伤亡弟兄更多。大哥，我们可要做好准备呀！"

肖东成说："我们手中有华芳济、黄有中两位门主做人质，朝廷不敢轻举妄动。"

张鸣柯道："小心驶得万年船呀！"

肖东成说："那当然，义民军时刻做好与官兵作战的准备，防患于未然。"又问金世侯："唐翠山进展如何？"

"未到内江，但已攻打到隆昌等地。"金世侯说。

肖东成说："继续打探，有消息马上告知。你下去吧。"

"是。"金世侯退下。

话说李三谷领着右路义民军攻打合州。右路军除右营唐翠山已领命攻打内江外,还有左营杨可亭部,中营何师一部,加上警卫营约千人。李三谷领命后立即集结所部准备开拔时,肖太平带着一个胖汉走了过来。

肖太平说:"三叔,这位好汉从贵州带着三十几个弟兄来,说是要见你。"

李三谷打量这位好汉:"你,二胖,你就是二胖。太平,我曾经给你讲过,这就是你老家太平村倒插门婿二胖叔叔。"

肖太平亲热地叫了声:"胖叔,我婆还好吗?"

二胖很激动地说:"你是苏三娘的小儿子,长这么大了,还带兵打仗了。你婆婆还健在,身体硬朗,你大哥结了媳妇,带了两个儿女,你婆正在老家带孙享清福呢。三谷兄,见到你我太高兴了。蒋良栋大哥呢?"

李三谷说:"他刚带人到双河去攻打安岳去了。你要晚来一步,我也去合州了,也见不着我了。这次到龙水不仅仅是叙叙旧吧,说说看,有何要事?"

二胖说道:"不瞒您说,我是来投奔哥哥的。我在贵州老家听说你们在家乡干出惊天动地之事,归心似箭呢。你们第一次起义时就想带人前来,可我的孩子尚小,走不开,老婆也不允。如今孩子大了,又看到义民军檄文,便辞别家人,特意来投奔义民军。"

李三谷问道:"田嫂还好吧。"

二胖:"三哥,你说我老婆呀,承蒙三哥挂念,她很好。您放心,这次来呢,征得她同意了的。"

李三谷大喜道:"既这样,我任命你为什长,你带来的三十弟兄,另外我抽派二十人由你统带,编入太平所在的营。如何?"

二胖大喜道:"那太谢谢三谷哥了。"

李三谷道:"归队吧。出发。"

大部队开拔到璧山龙虎山下,李三谷命令就此扎营,自己带上杨可亭、何师一、肖太平、二胖等上山会花荣。

花荣、吴明早已在龙虎寨门前列队迎候,寨门旁上挂着一面黄色绸旗,上书"龙虎寨"三个大字,左前方有一哨楼,有义民军站岗放哨,居高临下窥视着山下的一举一动。花荣见到李三谷,亲热地迎走上前去,说道:"师父,一路鞍马劳顿,徒弟和吴明师爷早备了薄席为师父和各位弟兄接风。"

李三谷爽快答道:"好啊!贤弟想得周到,真仁义也。"转过头对周围弟兄说道,"那我们就恭敬不如从命了。"

大家走进寨门,沿着一陡峭石阶,向聚义厅走去。大营上飘一面红旗,上写"花"字,旁边飘着"替天行道"字样的彩旗。路上,军师吴明问李三谷:"李将军,您带着这么多义民军,莫非是要攻打合州城。"

李三谷笑着说:"正是,你不愧为军师,能神机妙算。"

吴明说:"我哪能神机妙算,只是瞎猜而已。那什么时候攻打,又怎样进攻呢?"

李三谷说:"具体怎么打呢?……我有点饿了,我们边吃边商议。"

酒席上,花荣指着二胖问:"师父,这位胖哥好面熟,他是谁呀?"

"什么?你没认出来,他就是贵州太平村上门女婿二胖啊。我们一起在广州码头搬过货呀。"

花荣恍然大悟,忙站起身,端起酒碗说:"我,想起来了,二胖哥,不好意思,怪老弟眼拙,没认出哥哥来。我罚酒一碗。"

二胖起身端起酒碗道:"花贤弟,别这么说,你也长变了,比当时壮实成熟多了。要是在大街相遇,我也不会认识你的。"

李三谷忙打圆场道:"好了,你俩久别重逢,先把酒干了,我来作陪,我们三人是故友了。干杯。"三人各自干完杯中酒。

尔后,大家边吃菜,边相互敬酒,一阵寒暄之后。李三谷说:"我们都酒足饭饱了,该商议正事了。吴高参,你说该怎么打?"

吴明说道:"如今合州会馆有官兵一营把守,领头的是个千总,叫什么金豹,对,就是炸死春红父亲谢元庆的那个独眼龙。金豹担心义民军攻打会馆,将会馆布防得十分严密。会馆里还有二百道徒武装,总有兵力四百多人。会馆临近合州大桥,攻取会馆必经过大桥,桥头布有重兵,还配置有两门火炮。看来,只有强攻,别无他法。"

李三谷惊诧道:"会馆有重武器火炮?走得匆忙,我军未带走火炮。太平,你火速回龙水,带四门火炮来。坚决消灭这股武装,擒斩金豹,为谢大当家报仇。"肖太平领命而去。

次日,肖太平带来四门火炮,随同来的还有春红和泥鳅。

原来,春红在九龟山待腻了,想到龙水找东成领点事干,又听说义民军要四处进击,心中大悦,带着泥鳅等九龟山义民军一百余人到来龙水找东成,嚷着要跟肖东成去战斗。东成不允,让其待在九龟山,保存实力,作为义民军的储备力量。正在此时,肖太平从龙虎山回来,告诉了回来目的。春红听说金豹在合州,执意跟着肖太平去攻打合州,为父亲报仇,肖东成依允了。

李三谷见到春红,心里一阵欢喜,开玩笑地说:"七妹来了,惊动了你这位老人家,亲自带人过来,真是太好了。"

春红说:"啥子老人家,我有这么老么?三哥,还是你好,大哥不让我跟到他,还是叫我回九龟山,我在九龟山呆都呆烦了,早就想出来透透气。幸亏太平带来消息,说你们准备攻打合州,独眼龙金豹也在城里,我嚷着要为父亲报仇,大哥这才让我来的。三哥,金豹交给我了,我要亲自为父亲报仇。"

李三谷说:"七妹,你的脾气还是那样倔。好好好,金豹留给你了。"

"这才是我们梅花九的好三哥。"春红嬉皮笑脸道。

李三谷有了四门火炮,决定带着义民军从大桥向会馆强攻。

这日,合州大桥两头炮声隆隆,炮弹落在双方前沿阵地,义民军炮火猛烈,压制住了官兵炮火。杨可亭组织敢死队从桥上冲向会馆,会馆的官兵、道徒洋枪齐发,万箭纷飞,冲在前面的义民军倒下一片,但后面的义民军继续英勇冲锋,边冲边用火枪和弓箭射向敌群,官兵、道徒纷纷中弹或中箭倒下。

义民军靠着人多和英勇顽强,终于冲到对面桥头,与敌人展开白刃战。

官兵渐渐招架不住，弃下火炮，退回会馆固守。

李三谷带着大部队紧随而至，将会馆团团围住，用火炮猛击会馆四周工事。稍停，他命二胖喊话，叫其缴械投降。

金豹睁着一只眼，怒骂道："可恨的义民军，老子没有招惹你，你千里迢迢到合州来打你爷爷。投降？你金豹爷爷宁死也不降。把枪给我。"

金豹从身旁取过一支长枪，对着二胖开了火。二胖中弹受伤倒下，李三谷忙叫人扶二胖下去治伤，然后怒骂道："好你个龟儿子独眼龙，敢打黑枪。弟兄们，冲进去，斩了这个独眼龙！"

义民军听令奋起前冲："杀呀！""冲呀！"喊杀声震动云天。官兵、道徒吓得魂不守舍，四处乱窜。金豹领着一队人马奋力拼命往外突，在亲信的保护下，一人冲出包围。

春红骑着马手持宝剑，在官兵中左劈右刺，寻找仇人金豹。不一会儿，官兵、道徒死伤大半，余下的见金豹逃走了，无心再战，举手投降。

肖太平跑来对春红说："七姨，金豹朝东面跑了。"春红一听，策马追去，肖太平也骑马跟去。

金豹突围过后，见后面没有义民军追来，心稍安，想停下来喘口气，突听得后面"蹬蹬"马蹄声响，回过头一看，见春红手持宝剑骑马追来，大叫一声："我命休矣。"

金豹慌不择路向右边一条山路爬上去。

春红下了马也跟着追上山去。

金豹爬到山巅，却是一处悬崖。前是悬崖，没有生还，后有追兵，难逃一死，怎么办？金豹心里嘀咕：狗急了也要跳墙。

金豹把心一横，转过头，提着手铳对着追到跟前的春红道："站住，再往前，我就开枪了！"

春红道："金豹，你无路可走了，放下枪，兴许姑奶奶饶你狗命。"

金豹道："你当我是三岁小孩，大不了，你我同归于尽。"

春红说："那好啊，看你怎么个同归于尽。"说着走近金豹。

金豹再次举起手铳对准春红的胸口，内心十分恐惧，但口里仍强势喊道:"别动,别逼我,我真的开枪了。"春红继续朝前走,威风凛凛逼向金豹。她瞅见金豹即将扣动扳机,便向后一闪,倏地掏出飞镖掷向金豹右眼。随后,枪声响了,却未伤到春红,而金豹则惨叫一声跌落山崖摔死了。

肖太平气喘吁吁赶来,见春红杀了金豹,道:"七姨,好镖法,真是巾帼英雄。"春红笑着说:"你小子尽说奉承话,去,到山沟里去帮你七姨把金豹的首级割下来。"

肖太平爽快答道:"好哩。"蹦蹦跳跳下山沟去了。

李三谷攻下了合州,又带着义民军清除附近镇、场的黑恶势力,彻底在合州立稳脚跟,自留大部分在合州,肖太平、春红带着本部人马回昌州。春红将金豹首级放在谢元庆坟前祭奠,二胖回龙水养伤,伤愈后又到合州跟随李三谷。

八月底,川督文光秉着朝廷"诱和招抚"之策,一面调兵防堵,一面和谈招抚。肖东成命令义民军暂缓进攻蜀州、渝州城,边打边和谈,停止积极进攻。文光派亲信与肖东成举行和谈,许诺从优奖拔,肖东成和张鸣柯商议,为稳住朝廷,暂接受议和,见机行事。

九月初三,任锡汾电告清廷邀功,夸大其词道:"肖蛮子得闻抚议,顿觉感悟,痛哭流涕。"清廷次日复电:"肖蛮子既知感悟,就抚离巢,自应将华门主等即行释回,以了此案。"并电谕文光:"肖蛮既知悔罪,应即赦其既往,准予归诚。其军改编营多寡,不必力争,总期交出华黄二铎,毋得迁延。"

文光收到朝廷催问招抚的电文后直摇头,幕僚问其何故?

文光说:"朝廷来电准予肖军归诚,并说改编肖军营制无论多少,均可答应,目的交出华芳济和黄有中二人,催问我们办得怎样了?唉,议和谈何容易,肖蛮子是不会轻易交出华、黄二人的。"

幕僚说道:"是啊,前几次前去和谈,光打雷不下雨,没有实质进展,肖东成太狡猾了,表面与朝廷和谈,却迟迟不放回华、黄二人,仍四处骚扰城镇、打击会馆,甚是可恶。大人,下一步,我们该怎么做?"

文光说道:"你拟定一个电文,电令任锡汾调兵马包围义军,同时派人到昌州同颜昌定办理招抚。招抚不成,再行剿之。"

任锡汾得令后,一面急调安定、长胜、泰安三营包围义军,一面派提督安定营统领周万顺赴昌州会同知县颜昌定办理和谈招抚一事。

周万顺来到昌州会见丁知县,从丁知县那里了解到义民军副首蒋良栋素主议和,遂听从丁知县意见先到安岳天宁场会晤蒋良栋。周万顺讲了朝廷愿与义民军议和,并许言义民军归诚后,保其当官并带兵,蒋良栋信以为真,随即带领左路大军回到昌州等待议和。

周万顺见说动了蒋良栋,心中暗喜,又启程前往永州来苏镇游说肖东成。肖东成不愿议和,故意提出要洋枪一千杆,带兵三十营,解散道会。周万顺明知不行,却答应上报朝廷,与肖东成周旋。

任锡汾见肖东成议和条件虽有些苛刻,但有了和谈意愿,于是复派泰安营统领张继领兵安屯安岳石羊等处,张继派人到肖东成军营与其议和,肖东成说张继不诚意,只愿同他本人谈判。

张继只得亲自前往永州王家坪会见肖东成。肖东成又提出带兵五千,给洋枪两千杆等条件,张继答应回营商议,傍晚回信。

张继回到军营,召集部将商议,大家认为条件太高,朝廷不会答应,建议张继前去与肖东成再次谈判,降低议和条件。

傍晚,张继带着两名护卫来到永州王家坪肖东成军营,听见有几个义民军在议论,说是不允条件要杀头。张继惊了一跳,酝酿抽身之辙。

见了肖东成,张继遂假装依允肖东成任总兵、带兵两千五百人、给洋枪一千五百杆等条件。肖东成佯装信以为真,设酒宴招待,并留张继住宿。次日,肖东成带兵回龙水,等待朝廷兑现和议条件。

十月二日,新任蜀州布政使王新春来到昌州。王新春与桂添培一样,对朝廷唯命是从,巴附道会,是义民军的新冤家。王新春到渝州城川东区道会主事协商"以剿为抚"计谋,道会表示只要能解除川东危机,可以不顾华芳济性命。王新春得此允诺决意进剿。

肖东成见和议久悬未批,心疑有变。对于和谈,李三谷、张鸣柯、何师一等将领主战，反对议和。肖东成犹豫不决，也没了主意。一日，肖东成在军营正为此事心烦，金世侯进营来报道："大哥，湖南哥老会头领徐懋林带着十几名弟兄来投奔义民军。"

肖东成愁眉有所舒展，道："是么，快请到营中来。"

不一会儿，徐懋林来到营中，抱拳施礼道："拜见肖大哥。"

肖东成抱拳还礼道："徐舵主，一路鞍马劳顿，辛苦了，请坐喝茶。"

徐懋林就东成近处客座坐下，开门见山道："肖大哥，义民军名声响彻天下，我远在湖南就知道大哥威名，今天带着湖南哥老会十多人特意来投奔您的。但是听说你们要跟朝廷议和，不再积极对抗，这是真的吗？"

肖东成一时语塞，稍有停顿，如实回答道："有此事，正在商议，我并没有答复。不知您有什么好的意见？"

徐懋林站起身，激动地说："肖大哥，万万不能讲和呀，你知道的，哪个朝代受招安的起义军将领，有好下场？水浒梁山头领宋江招安后，被朝廷毒酒害死，这是有前车之鉴的。大哥，你要三思呀。如果你真要与朝廷议和，我徐懋林只能另投别处。"

肖东成叫徐懋林坐下，不要激动，然后说道："徐舵主，你讲得有道理，容我再考虑。"

徐懋林情绪稍微平静，忽然想起什么，说道："哦，对了。肖大哥，我从湖南一路过来，见到官兵正调集人马向昌州集结，可能暗中加紧对起义军进行包围。离龙水最近的场镇三教场，也有一营兵马驻守。三教可是起义军的咽喉，一旦限制，起义军将很会被动。"

肖东成一惊，道："有此等事情，我只知道石羊住有官兵，没有想到我义民军床榻也有人敢酣睡。若果属实，我将带人前去消灭三教这伙官兵，徐舵主，到时我们一起去。怎样？"

徐懋林转怒为喜道："好呀，到时，请让我当先锋，多杀几个官兵，作为我投奔起义军的见面礼。"

肖东成大喜道："这位就对了嘛。你先和你的弟兄暂住我的营中，到时我通知你。"

"好，肖大哥，告辞。"徐懋林高兴地说。金世侯带着徐懋林下去了。

不久，王新春派周万顺同士绅张炳华到龙水勒令肖东成释放华黄二门主，声言"大兵临境，如违不稍宽恕"。肖东成等义军将士愤极，将周万顺扣留。于是，肖东成下定决心向官兵开战。肖东成立即吩咐金世侯到三教打探情况，金世侯便带着两个义军探子，前往三教侦查。

第二十七回　唐翠山战败被俘　肖东成失利遭困

话说金世侯带着两个义军探子，前往三教侦查。三人骑着快马经过鱼口坳时，一位老者背着背篓从三教方向过来，嘴里骂道："一群强盗，昨天老子辛辛苦苦挖了一天的楠竹笋竟被抢了去。"

金世侯立即向前问道："老大爷，何人这么大胆，敢在光天化日之下抢你竹笋。"

老大爷回答："还不是那挨千刀的清兵。不知从哪里冒出来，在三教场口设卡盘查，折腾过往客商，上个赶场天都不像这样。刚才我走到路卡，哨兵拦住搜查了我身，看见我楠竹笋鲜嫩，就抢了去。我去索钱，他们不但不给，还把我推搡出来。"

金世侯下马来到老人跟前，说道："我们是义民军，专打恶人，这口怨气我们替您老出了。老大爷，你知道三教住有多少官兵吗？"

老大爷眼睛一亮，道："你们是肖东成的部下，肖东成可是大好人啦。我跟你讲，官兵可有好几百人啰，你们可要多派人去哟。把他们全都灭了，还我们老百姓安宁的生活。"

金世侯说："谢谢您及时告诉这些情况。"

为了稳妥起见，金世侯三人亲往三教查看。果真有清兵驻扎，路口确有设卡拦路检查过往客人。

金世侯立即回到营寨，将打探来情况如实告知肖东成。

肖东成这才确信官府并没有议和的意思，怪自己太轻信官府，差点将弟兄们送入虎口，遂便断了议和念头，决定攻打三教，给官兵颜色瞧瞧。

是年冬月十四日夜，肖东成亲率千余义民军偷袭三教官兵。

徐懋林带着一营兵力打先锋，趁着夜黑，借着微弱的星光，悄悄摸到官兵驻扎在三教的军营前埋伏。

天微亮时,肖东成在伏兵后面五百米外用土炮向官兵营帐开火,官兵们从梦中惊醒,连滚带爬从睡铺上起来,胡乱穿上衣裤,持械出帐迎战。官兵炮兵从隐蔽处拖出火炮,开始还击。

看着眼皮底下的火炮,徐懋林命令埋伏的义军迅速跃出草丛,冲进炮兵阵地,犹如神兵天降,官兵惊魂未定,莫名其妙成了刀下鬼。解决了炮兵,徐懋林等义民军又冲进营帐与从梦中惊醒的兵勇厮杀。

肖东成随即带着大部队掩杀过来,官兵哪是如狼似虎的义民军的对手,四处溃散,狼狈逃窜,只有统带领着少部分官兵逃往荣州。

肖东成趁势在三教招募兵丁,百姓积极拥护支持义民军,不日,又得兵丁一千多人。

三月前,王新春接到上面的命令后,他亲率泰安、安定、长胜三营进驻永州。又从湖北调来立字右营和新团十营,命令统带凤全、张继夹击转战于资州、内江一带的唐翠山部。

唐翠山统帅第四路军三营兵马朝内江挺进,除本营及炮兵队、火铳队外,还统领何希烈、马代轩两营等千余兵力,沿荣州、江津、隆昌攻击,一路畅通无阻,到了内江遇到了麻烦。

内江会馆处在城里闹市区,周围是居民,不能用重武器,恐伤无辜。唐翠山、何希烈、马代轩等义军头目对此束手无策,只得在城外郊野安营扎寨,寻觅良策,伺机而战。

唐翠山决定去会会当地哥老会头领周稷甫,让他出出主意。他和黄飞化装成平民混入城里,在哥老会联络处给联络员说明来意。恰巧那位联络员认识唐翠山,给了周稷甫家的地址。

于是二人乔装打扮成主仆二人前往周府,周稷甫十分热情地接待了他俩。

唐翠山说明了来意,末了说道:"周兄,你是本地人,熟悉会馆的环境,不知你有何妙计?"

周稷甫稍加思索,回答道:"会馆虽处于闹市区,白天来往群众拥挤,可晚上寂静，无来往平民。可在三更时分夜袭。"

唐翠山懊恼道："我咋没有想到晚上偷袭呢。可我们的人马怎样进城，晚上城门是关了门的呀。具体怎样行动，你说说看？"

周稷甫说道："我是这样想的，会馆四周居民中有我们哥老会弟兄，义军白天混进城去，聚集在会馆四周哥老会弟兄家里，晚上约定时间趁其不备，统一向会馆发起进攻，旋即攻打其他地方的武装道徒，内江指日可破矣。"

唐翠山赞道："此计甚妙。"回到军营，他立即部署，依计而行。

是夜三更时分，唐翠山、何希烈、马代轩、周稷甫等带着人马分别从哥老会弟兄家里出来，手拿兵刃悄悄摸进会馆，杀了会馆武装看守后，或踹门或跳窗进屋血刃熟睡的道徒，有反应快的躲过要命的一刀，惊喊道："义民军打进来了！义民军打进来了！"

惊醒的道徒立即组织反击，双方互有死伤，但是义民军将多人广，又处于上风，剩下的道徒只是垂死挣扎，除了少数人乘着黑夜侥幸逃脱外，大都全部消灭。

唐翠山占领内江后，又立即着手攻打资州，资州在义民军强攻下很快被占领。于是唐翠山将义民军分成两部分：他本人和马代轩部驻守资州，指挥部设在贾家场；何希烈、周稷甫部驻守内江，指挥部设在会馆。

义民军时不时向外出击，没收恶霸、道徒不义财产充用军饷，也有富贾捐献钱粮。唐翠山趁势招募兵丁，不久唐翠山第四路军达到三千多人，在内江、资州声势浩大，震动官府。

十一月，凤全、张继受王新春之令各带一千官兵夹击资州、内江的唐翠山部和何希烈部，欲剪除肖东成外围力量。

凤全带领一千官兵来到资州，在唐翠山军营前安营扎寨，形成对峙之势。唐翠山见官兵来势汹汹，命令马代轩部六百余人在营前建起第一道防线，其余人马在马代轩部筑起第二道防线，留下警卫营一百多人在中军帐担任保卫。

到了下午，清兵吃了午饭后，凤全命令重炮营向马代轩阵地开炮，随着"轰隆隆"的炮声，一发发炮弹落在义民军前沿阵地上，炸死炸伤不少义民军。马代轩疾呼："兄弟们卧倒。"义民军赶紧卧倒在壕沟里，耳旁一发发炮弹呼啸而过，落在不远处，溅出的泥土掩埋了许多义民军。这时，清军步兵拿着刀，持着枪呐喊着冲了上来。马代轩喊道："弟兄们，快起来，拿起刀枪，冲向敌人。"

趴在地上的义民军，连忙爬起来，拍掉身上的泥土，拿着武器冲出阵地，迎着清兵杀了过去。你一刀过来，我一枪过去，不是你伤，就是我亡；使不上武器的就抱住对方的腰，将其摔倒在地，用拳猛砸对方头部；一声枪响，火药味猛蹿，一颗脑袋开花……一时喊杀声、呻吟声，此起彼伏，硝烟四起。

义民军勇敢、顽强地与清兵厮杀着，一个义民军倒下了，另一个义民军毫不畏惧迎着敌人的屠刀继续搏杀。眼见一个一个的义民军倒在血泊中，清兵越来越多。右前沿阵地已经被清兵占领，并不断向左边的阵地渗透。唐翠山在望远镜里看得真切，急调令一营快速增援。

马代轩见来了救兵，精神为之一振，道："弟兄们，唐将军派兵来增援了，冲呀，把失去的阵地夺回来。"遂亲一队人马冲向右方阵地，与那里的清兵绞杀在一起。不一会儿，进入右方阵地的敌人全部消灭干净。

凤全看到前面的战况，知道一时半会拿不下对方阵地，见消耗了唐翠山部不少人马，而己方武器精良，配备清一色的洋枪，还有重武器火炮做后盾，伤亡人数不多。照这样打下去，唐翠山部不日可灭也，遂鸣金收兵，待来日再战。

第二天一早，凤全像昨天一样，依然命令炮兵轰炸义民军的第一道防线，然后把主力全投战斗，命令务必拿下义民军的前沿阵地。一阵狂轰滥炸后，凤全亲率步兵大队杀了过来。一阵苦战，马代轩部六百多人只剩下二百多人了，但依然还在英勇战斗。唐翠山见马代轩顶不住了，叫传令兵送信给马代轩，叫他放弃第一道防线，撤退下来。随后他自己亲率一支精兵上前接应。

清兵占领了义民军第一道防线,他们在阵地上手舞足蹈,有的喊:"义民军弟兄们,投降吧。跟着唐翠山继续下去,就是死路一条。"

马代轩部在唐翠山的接应下,顺利地撤退了下来。他跟着唐翠山来到中军帐,说道:"清妖武器精良,还有重兵器火炮,照这样打下去,我们坚持不了多久。"

唐翠山轻蔑道:"我们的第二道防线坚固,他凤全这一千号人马够他啃一阵子的。"

"凤全是行伍出生,很会用兵,大哥,可不能轻敌。"马代轩道。

下午,凤全对唐翠山第二道防线发起猛烈攻击,义民军损失惨重。马代轩急急地来到中军帐,道:"大哥,看这架势,这儿保不住了。撤退吧。"

唐翠山道:"撤到哪里,这是我们的大本营。我们走了,资州就没有了。我们以前的努力不是都白费了吗。稳住,稳住。清兵迟早会退兵的。打赤脚的,还怕他穿鞋的吗!清妖都是一群怕死鬼,我们义民军个个都是不怕死的英雄好汉。"马代轩不再言语,悄悄退出中军帐,到防守阵地去了。

次日,清兵发起更加猛烈的进攻,义民军死了不少弟兄。唐翠山觉得事态严重,不是他心中预想那样,遂打算放弃资州,撤退到内江与何希烈、周稷甫部会合。

这时,一个探子来报:"在我们后方,出现了大量清妖。"

唐翠山纳闷:这是哪里降下的兵,凤全部只有一千人呀。急令:"再去打探清妖的番号。"

"不必打探了,那是新团十营,张继的一个哨人马,有三百多人。已经封锁了我们的退路。"马代轩走进来道。

"趁他们还没有合拢。我们马上突围。"

"大哥,已经来不及了。凤全已经扎紧了口袋,将我们包围了。现在突出去很难。"

"那命令弟兄们,坚守阵地。找准时机再突围。"

唐翠山部被官兵包围后,几次英勇突围,都被清兵强势压制,伤亡不少，突围都未成功。

有一天，突然天降大雨，清兵的炮兵损坏了两门，攻势渐缓。唐翠山对马代轩说："这是一个千载难逢的好机会。精选一支敢死队，在东边新团十营方向佯装主力突围。待那边战斗打响，我带人朝南面突围，你带人从北面突围。"

马代轩道："此计可行。"

一队二十人左右的敢死队在一名哨长的带领下，悄悄地向清兵新十营阻击阵地摸去。唐翠山和马代轩各带一队人马分别朝南北方向突击。

唐翠山在突围途中不幸中弹昏倒在地，后被官兵捉住。马代轩则带着少部分义民军突破了官军包围圈，回到龙水。而那二十几个敢死队员和哨长全部遇难。

而何希烈在内江万家场也遭到了张继阻击，不幸阵亡。内江的周稷甫见官兵来势汹汹，为保存义民军实力，不与官兵正面交锋，带着本部人马回到昌州被安置在蒋良栋左路军中。

唐翠山被俘后，凤全劝其投降，唐翠山大义凛然怒骂凤全等官兵将领助纣为虐，誓死不屈。凤全恼羞成怒，遂将唐翠山于资州贾家场斩首示众。

这天，贾家场大街上，一阵喧哗，十几个官兵押着一个中年汉子，拖着沉重的铁镣，面带微笑，昂首挺胸，缓步走向刑场。此人不是别人，正是义民军四路军统帅唐翠山。

围观群众无不伤心落泪，摇头叹息川渝大地又失去一位为民除恶的好汉，有市民不满朝廷，大骂朝廷昏庸无能，错杀良才。

路过一个酒店，店主端来一碗刚出酒窖的白酒送到唐翠山跟前，道："唐英雄，请喝下这碗酒，一路走好。"

唐翠山微笑接下："谢谢。"然后高举酒碗，对来送行的百姓说道："乡亲们，感谢大家对义民军的支持和厚爱。十八年后，我唐翠山又是一条好汉。"昂头将碗中酒一饮而尽，豪气满怀掷碗入地而碎，大踏步走向行刑台。

刽子手从没见过这么坚强的英雄，十分佩服唐翠山，上前说道："我的大刀今早刚磨过，十分锋利，不会感到痛苦。英雄不要怪我，我只能做到这些了。"

唐翠山和气说道："我咋能怪你呢，我感谢还来不及，要怪就怪苍天吧。"午时三刻，监斩官喊声"开斩"，唐翠山含笑英勇就义。

唐翠山被俘就义，何希烈战场阵亡，第四路军元气大伤。清兵复转向攻击合州的李三谷部。

由于官兵武器精良，士兵训练有素，战斗力强。义民军除了人数多，却缺少洋枪，靠土枪土炮、长矛大刀，加新兵较多，几仗下来处于下风，只是凭借英勇血战，击退官兵第一轮攻击。

随着王新春加派兵力全力清剿，李三谷的右路军受到重创。李三谷带着余部上了龙虎山休整。

右路军及第四路军的失利，给义民军带来负面影响。对于"战"与"和"，起义军内部意见分歧很大，蒋良栋、周稷甫主张议和，而李三谷、袁海山、徐懋林求主战，肖东成处于两难境地。为了防止清兵对义民军各个击破，肖东成采纳军师张鸣柯的建议，将各路人马调回昌州龙水，设置外围，在三教至龙水间的鱼口坳驻扎重兵两千余人，筑成第一道防线，保卫龙水。又在马跑场、宝兴场、鄢枝碑等重要位置驻扎部队，筑成堡垒，以防清兵进剿。

王新春觉得虽然杀了唐翠山，重创了合州、内江的起义军，但是肖东成、蒋良栋所率领的部队是起义军主力，盘踞在自己的家乡，群众基础尚好，不易镇压，在加紧部署围剿的同时，仍派人前来与肖东成议和。

肖东成故意向来使提出改编六营，先给枪械等苛刻条件，延缓官府对义军的围剿压力。

使者回去告诉王新春，王新春有些不满，愤懑道："这个肖蛮子，不识好歹，给其活路，却得寸进尺。不思量一下，提出这样的条件，就算我答应了，朝廷能答应吗？"

使者说道："王大人，死马当活马医呗，何不试一试。"

王新春则拟电如实奏请朝廷，朝廷回言不允，命稳慎进取。

　　王新春决意进兵龙水，为了救出被肖东成扣留的周万顺，再次派使者前往龙水，假意告知朝廷答应其议和条件，只要放回周万顺，立即先给其洋枪两千杆。

　　肖东成有些疑惑，犹豫不决。蒋良栋和周稷甫乘机怂恿，劝其不要错过时机，给义民军弟兄谋个前程。肖东成一时没了主见，听从二人意见将周万顺放回清营。

　　王新春见周万顺完好无损回来，心中大喜，命周万顺赶快回到自己安定营做好战斗准备。

　　周万顺为了报仇，立即着手拟定作战计划。不久，周万顺带领安定营清兵攻打鄢枝碑处肖绍泉部，肖绍泉领军反击，一时硝烟四起，战火漫天。

　　清军在炮火的掩护下冲进义军阵地，肖绍泉把洋枪一扔，取过一柄长枪，冲出阵地："弟兄们，冲呀！"

　　起义军拿着长矛大刀，跟在肖绍泉后面一齐呐喊杀向涌来的清兵，一时"乒乒乓乓"器械撞击声和哀嚎声混成一片。

　　"两军相遇勇者胜"，起义军越战越勇，很快杀退了清兵。肖绍泉乘胜追击，周万顺没有想到义军如此英勇，忙骑上马带着溃军撤退到城里。

　　肖绍泉追杀到南山，突然一声枪响，泰安营统领张继领着援兵赶到，放过周万顺，截住肖绍泉等义军厮杀。

　　周万顺喘过气后，又转头与张继合兵一处冲击起义军，肖绍泉等渐渐招架不住，忙令撤回鄢枝碑。可到了鄢枝碑，见插着"丁"字大旗，营寨已被清兵长胜营统领丁鸿年乘隙占领。

　　肖绍泉只得领兵转向龙水撤退，可周万顺、张继、丁鸿年三营兵马死死缠住脱不了身。眼见义军一个接着一个倒下，肖绍泉危在旦夕。突然间，春红、天骄、泥鳅领兵杀到救下肖绍泉。

　　原来天骄跟玉兰一起驻守肖家坝，整天除了训练就是训练，没有仗可打，觉得十分乏味，想到一起长大的肖绍文、肖绍泉、肖绍堂、肖太平等都在外四处战斗，自己却留在乡里闲耍，越想越不对劲，欲设法溜出来透透气，干些打斗之事。于是向玉兰请假，说想妈妈了，借口回九龟山看母亲春红，玉兰信以为真依允。

　　天骄出了"樊笼"，心情大爽，打探到肖绍泉在鄢枝碑，平日里与其耍得最好，谈得拢来，便到鄢枝碑找绍泉。未料到这里硝烟弥漫，从留守的义军弟兄口中知道肖绍泉追清兵去了。大叫一声"不好"，自语道："这个冒失的绍泉，犯了兵家大忌，穷寇莫追。"吩咐守军好好看守，自己亲到附近九龟山搬救兵。

第二十八回　官兵攻陷鱼口坳　义军败走西山林

话说春红得知消息，领着泥鳅、天骄带上五百骑兵急救肖绍泉。肖绍泉得救后，跟着春红、天骄到了龙水义民军大营。

肖绍泉跪着向义父肖东成请罪，说自己轻敌丢了鄢枝碑。

肖东成大怒道："鄢枝碑是县城与龙水之间的咽喉，是龙水的屏障。失之，龙水则成为孤城，我们将受困于龙水。来人，拉出去军法处置。"

春红、天骄及众义军头领苦苦求请。

张鸣柯说："大哥，息怒，胜败乃兵家常事。也不全怪绍泉，清兵三营人马攻打绍泉部，绍泉能死里逃生，已是万幸。绍泉带弟兄英勇杀敌，杀得周万顺丢盔弃早，要不是张继来救，恐怕周万顺的首级已摆在我们面前。从这个角度上讲，是不是有功啊？"

"你不要袒护你侄儿。既然这样，功过相抵，记住这次教训。你下去吧。"肖东成对肖绍泉说道。

"谨记义父教诲。谢谢义父不杀之恩。"肖绍泉站起身，天骄走过来拉着他下去洗漱去了。

清兵占领了鄢枝碑，削除了肖东成龙水起义军北边羽翼。王新春再次拟定先攻打鱼口坳，再占马跑场，打掉肖东成东边屏障，真正孤立龙水镇，最后消灭起义军主力。十二月初，王新春集结凤全部及新军三个营约三千清兵准备攻打鱼口坳。

鱼口坳，即玉龙场，在县城东南六十里，有学堂玉成斋和佛堂性善堂。鱼口坳，属于巴岳山中间天然形成的山坳，坳里住有上百家居民，是昌州至永州要道，也是最近捷道，多有客商经过，非常热闹。每逢三、六、九赶场，附近百姓到这里买米买盐，此地盛产煤炭、沙石、楠竹，多有老板经营煤场、纸厂等。鱼口坳地势险要，布有起义军重兵两千人马，守军将领是肖东成四弟肖海平。

自从三月肖东成第二次起义后，肖东成就安排四弟肖海平、义子肖绍文驻守鱼口坳，配置四门土炮，在东西两个出口各配备两门，自制简易炸药包若干。海平经过近一年经营，在鱼口坳东南西北四面修建炮楼，修筑工事，建筑堡垒，指挥部设在性善堂，除赶场天外，海平的起义军在玉成斋前面菜市场坝子训练部队。这天，海平带着卫兵到山寨各处巡逻，查看驻防情况。来到菜市场大坝子，看见肖绍文在训练新兵。

坝子上，几十个新兵正围着看两个大汉对打，分别在为自己亲近或喜欢的兄弟助威加油："楠竹加油！""溜水岩加油！"只见两人拳来脚往，不分上下，一个矮个子的壮小伙佯装倒下，另一高个子汉子不知是计，便没有戒心，弯下身子去扶，不料矮个子鲤鱼打挺起来，顺手牵羊从背后将高个子猛推，高个子被跌了一个狗吃屎。

大家齐呼道："喔，喔，楠竹赢了，楠竹赢了。"

那个叫溜水岩的高个子爬将起来不服，说："楠竹耍赖，重来比试。"

楠竹说："谁耍赖，溜水岩，知道什么叫兵不厌诈？重来？重来就重来，我还怕你不成。"说着挽着手臂欲再比试。

海平见状，忙制止道："慢着。"

绍文见到海平，忙上前招呼道："四叔，您来了。我正在训练这些新毛头。"

海平夸奖道："很好。这位楠竹兄弟，你为什么叫这个名字呀？"

楠竹不好意思说道："我实际名叫兰家勇，因我住在兰家湾，门前有片楠竹林，大家就这么喊我，楠竹是个好东西，我也乐意他们这么叫。"

海平点头笑着说："对，楠竹是个宝呀，有许多用处。兰家勇，你也是我们起义军的宝贝呀。"

周围起义军弟兄都笑了，兰家勇不好意思低下头。

海平又问高个子溜水岩："溜水岩，咋取个这么怪怪的名字？"

溜水岩支支吾吾，半天说不出话来，绍文上前，说："四叔，溜水岩,叫刘顺延,家住溜水岩,曾是溜水岩煤场工人,这个'溜水岩'外号,早就在煤场就出了名的。刘顺延不善言谈,耿直老实,但身手很好,他跟楠竹是这群新兵中身手最好的,今天他俩比试,就是争个高低,谁要是赢了,谁就是这群新兵的头领。"

海平道:"哦,是这么回事。这样,我看这楠竹很机灵的,新兵训练完后,让他到我的侍卫营来。溜水岩,人老实可靠,武功不凡,就作为这群新兵蛋子领头的吧。"

肖绍文道:"是,侄儿遵命。"肖海平带着马弁到其他营寨巡逻查看,肖绍文继续训练新兵。

十二月初五,王新春集结部署清兵完毕,命令凤全带着四营兵马三千多人从三教出发,向鱼口坳开拔。

肖海平得到消息,急令西面坳口起义军做好战斗准备,又叫绍文带人赶到西面坳口,加强那儿的防守,阻击清兵进攻;又命令其他三个寨口,严阵以待,防止清兵偷袭。

当凤全带领清军浩浩荡荡来到玉龙场地界,突然看到一座山岭横在眼前。但见高峰险峻,两旁树木密集,杂草蔓延,荆棘丛生,路面越来越狭窄,他恐义民军在此设下埋伏急令部队停止前进。吩咐派一支尖兵前去侦,深入到鱼口坳查实军情,同时叮嘱清兵谨慎前行。他又令弓箭手对周围草丛、密林间射箭试探有无伏兵。

清军尖兵沿途仔细搜索,不一刻来到鱼口坳西面山脚下,远远看见起义军刀枪林立,战旗飘扬,只见"肖"字彩旗迎风展扬。尖兵突然发现前面有人影晃动,迅疾举枪喝问:"是谁?"

"是我。"一名清军探子走了出来,问带队的营哨,"凤全将军在哪里?我有重要情报。"

营哨带着探子来到凤全面前。探子道:"报告凤将军,义民军已经知道我们要来进攻的消息,他们已经做好战斗准备。守军将领是肖海平,鱼口坳住有两千军马,两边进山路口设有障碍,并各有土炮两门。"

凤全知晓起义军有了防备,命令大军朝前开拔五百米停下,依次在山下列队准备进攻。他又命令炮兵摆开架势,立即向山上义民军开炮。

炮弹一颗接着一颗呼啸飞上鱼口坳,落在起义军阵地、同时落在附近平民房屋。前沿阵地上的义民军被炸死炸伤好几十人,躲在屋子里的老百姓也没有幸免,被炸死炸伤一百多人,房屋倒塌无数。

潜伏在掩体内或撤退至射程之外的义民军,看到清军炮兵狂轰滥炸,老百姓也不放过,个个满腔愤恨,咬牙切齿,恨不得冲下山去狠狠打击敌人。

待敌人炮兵停止炮轰,一队一队的清兵排山倒海似的向山上冲击时,肖绍文来到义民军炮兵阵地,大声喊道:"弟兄们,以牙还牙的时候到了。炮兵做好准备,马上给我还击。"

炮兵将士们义愤填膺,热血沸腾,迅速将土炮拖至阵地前沿,对着清兵炮击。"轰隆""轰隆",一颗颗愤怒的炮弹落在清兵阵地,听见"哎哟"一片的哀叫声,不少清军士兵倒在血泊中,滚落山崖。后面的清军畏畏缩缩,不敢冒进。

凤全大怒,命令清兵第一拨人马不准后退,不惜任何代价,拿下坳口。清兵第一拨约千人人马重新列阵,在营官的督促下,冒着义民军的炮火,继续进攻坳口。清兵不再畏缩,蜂拥上山,手持洋枪远距离向义民军开火,露在掩体外的义军当了活靶子,死伤不少。同时,清军也遭到了反击。起义军利用手中的土枪、弓弩射杀清兵,冲在前面的清兵都见了阎王。

清兵在英勇的、不怕牺牲的义民军面前遭到顽强的阻击,倒下了一片又一片的尸首,清军士气立即低落,营官欲后退。凤全率领后续部队来到身后,督其战斗。营官只得率众清兵又卷土重来,不顾生死向坳口冲击。

眼看义民军抵挡不住。肖绍文叫义军弟兄准备长矛大刀,待敌近身与之血刃肉搏。到了坳口的清兵受到起义军顽强抵抗,展开残酷的肉搏战。

肉搏战对起义军有利,清军在肉搏战中死伤不少,但是清军人多,又有死命令,打起仗来也不要命,双方死了不少人。

清兵从山下不断涌入，义军人马越战越少。虽说义军有两千人，可分散在四个阵地，西面山口是重地，也只有不到一千的兵力。义军损失过半，肖绍文欲放弃坳口阵地，收缩到后面房屋与敌纠缠。

在这千钧一发之际，肖海平带着楠竹及溜水岩新兵营及时赶到，收复了清兵所占工事，击溃敌人。

凤全见一时攻不下隘口，吩咐清兵埋锅造饭，决定来日再战。

起义军得以休整。肖海平迅速从其他各处调集兵马，充实西面隘口兵力，迎接下一轮残酷的战斗。

第二天，凤全纠集所有兵马包围鱼口坳，同时四面发起攻击，义民军猝不及防损失惨重，战斗打得十分艰苦。肖海平见鱼口坳即将失陷，忙令快骑飞马到龙水报告，请求下一步行动。

肖东成得到消息大惊，问张鸣柯怎么办。张鸣柯参言建议海平撤退至西山，在那儿休整待命，一旦龙水不保，也有退处。

肖东成依从，叫肖海平将鱼口坳义军撤至西山。肖海平得令后，让肖绍文为前锋带队突围。

肖绍文亲率一支敢死队冲在最前面，他们从东面清军薄弱处打开一个缺口，跳出了包围。肖海平带着大部队紧随其后，渐渐将官军甩在了后面，进入到安全地带。

肖海平突围后，肖海平命令溜水岩断后掩护大队进入西山。

溜水岩接到命令后，转过头，带着本部人马朝着清军来的方向走去。在一个狭窄的山坳口埋伏起来。

不一会儿，敌人的先头部队冲了过来，进入到义军埋伏阵地。突然，一排排竹箭如雨下地射向敌群。走在前面的清兵纷纷倒下。溜水岩带领众弟兄从隐藏处跳将出来，截住后面的清军一阵厮杀。一时天昏地暗，日月无光，血肉横飞，呻吟不断，双方不断有人倒下。义军在此阻击敌人一个时辰，没让清军前进半步。溜水岩望着东去的大部队，眼见肖海平他们已经到了更加安全的地方，就对剩下的义军说："弟兄们，幺老大（肖海平排行老幺，是幺老大）带着大部队进入西山了，已经很安全。

我们的阻击任务完成了。我们边打边撤。"

此时撤退晚了，官兵已经将他们团团围住。

凤全叫其投降，溜水岩宁死不降，道："休想。即使我战至一兵一卒，也决不投降。"遂带着余部继续与清兵顽强战斗，终因寡不敌众，壮烈殉难。

王新春见凤全占了鱼口坳，大喜。他又命令立字右营帮带陈中良带领两哨人马攻打马跑场马岱轩部，马岱轩因寡不敌众战死沙场，只有少部分义军逃回龙水镇。

肖东成见周围屏障均被清兵占领，龙水镇笼罩在清军四面包围之中。龙水镇危矣，迟早会陷落王新春之手。为了起义军不至全军覆灭，肖东成将三千起义军由何师一、肖绍泉、肖太平带领潜移西山，保存义军最后这点实力，并将华芳济、黄有中两位人质带入西山。

十二月初六，王新春又令：营务处进驻邮亭、双路一带堵截起义军外逃；县汛厅帮带张毓松率两哨人马和立字副前营管带陈友柱，防堵一泓桥及双碑桥；立字右营副将唐生玉率县丞张望龄两哨及副前营右哨，防堵号子口；立字右营总兵唐有贵，防珠溪及双河口。

七日，官兵四面向龙水进攻。肖东成闻官军攻入，在龙水镇场口、村舍设伏。号子口驻军立字右营副将唐生玉带兵先到，直扑义军大营东岳庙，发现空无一人，知道中计，忙令撤退。

当唐生玉带着官兵慌乱退出至场口时，起义军伏兵四起，官军慌忙迎战，被打个落花流水，渐渐不支，即将溃败而逃。

恰巧马跑场的陈忠良、团勇营官宋炳光领兵赶到，唐生玉为之一振，带着余众疯狂地杀回。

肖东成令蒋良栋、袁海山前去救援。一时枪声大作，火光冲天，地下血流成河，尸陈遍野。两军杀得天昏地暗，胜负难分。

不多时，张毓松带着官兵赶杀过来，义军蒋鹤林部截住迎战。

直到战至下午，王新春亲率大军压向精疲力竭的起义军。

肖东成见势不妙，命令起义军且战且退，分路退入西山。

且说肖东成从龙水撤退到西山脚下肖家坝老家，令起义军就此安营扎寨吃饭宿夜，待明日进山。

第二天，王新春带着官兵又攻至肖家坝。肖东成令玉兰保护家眷上山，其余义军留下来，利用坚固工事防御与前来就犯的官军对峙开仗。

战斗了一天，义军打退了官兵多次进攻，王新春恼羞成怒，不惜血本，令炮兵将所有炮弹砸向肖家坝重要工事设施，一下子肖家坝硝烟弥漫，多处房屋着火，成了一片火海。

肖东成下令撤退进山，到了西山林与之前潜移的义军汇合，清点人数，损失惨重，从龙水镇撤出的起义军在肖家坝战斗中折兵剩十之二三。当然清兵也折了不少兵马，副将唐生玉被起义军的土炮炸死。

王新春见攻打一个小小的肖家坝，死了这么多官兵，心怀痛恨，下令焚烧肖家坝。官兵把幸免的房屋再次用火焚毁，以泄愤恨。肖家坝一时火光冲天，烟雾四处弥漫，牲畜老鼠四处乱窜。

在山上的起义军很清楚地看见山下熊熊的大火。肖兴元、肖遇春、仙桃等见了心疼不已。海平在旁怒道："可恨的王新春，有朝一日，定将其碎尸万段！"

王新春带着官兵镇压起义军，纵火烧了肖家坝，逼肖东成逃进了西山原始森林。王新春占了龙水镇，将官兵驻扎在镇上，大本营设在川主庙。

这日，王新春凯旋，行至龙水花市街衔上，准备回川主庙大本营，忽见一平民挑着一担货物走在官兵前面不让道，心中余怒未消，叫人上去撵走。

副将走上前去喝道："你不长眼吗？胆敢挡官兵的道。"

那人撂下挑子，站在街中央说："大路朝天，一人半边，你是朝廷命官，为何骂人？你们朝廷，嘴说是人民的父母官，还不如起义军把我们百姓当人看，告诉你们，人家起义军从不跟我们争道，总是让我们先走。"

"去，把此人给我绑了。"王新春没想到此人不但顶嘴，还尽说起义军好话，不由生起气来。

周万顺上前道："大人，不可与其小人一般见识，小不忍则乱大谋。

我们刚到龙水,人生地不熟,抓了此人,恐引起民变,到时西山的肖东成带兵反扑,得不偿失呀。"

王新春忍气吞声,命周万顺上前好言相劝,此人才骂骂咧咧挑担离开。

王新春回到营中,想起此事,越想越冒火,认为肖东成在龙水影响力这么大,就是有刚才挡道的类似愚民跟随他,便诬陷龙水为"盗乡",假旨对龙水镇百姓普烧普杀,以扑灭野火烧不尽、春风吹又生的反抗力量。

第二十九回　颜昌定长跪救民　华芳济获释下山

话说王新春诬陷龙水为"盗乡",假旨对龙水镇百姓普烧普杀。龙水危在旦夕,龙水人民命悬一线。在这关键时刻,令王新春没有料到的一幕出现了。

这天,王新春带着清兵从川主庙出来,正打算实施自己的"屠城"计划。他看见门口的大街上黑压压跪了一群男男女女,他们当中有镇上的耆老、士绅、商人,还有普通的百姓。

王新春一怔,不知何故,正打算命人去问个究竟,他突然瞥见人群中有一个熟悉的面孔。这人不是颜昌定吗?堂堂昌州知县跪在一群人当中,成何体统?王新春感到不可思议。

原来,知县颜昌定得知王新春要对龙水镇进行血腥大屠杀,就约上镇上的耆老、士绅、商人到川主庙向王新春请愿谢恩。

王新春更没想到的是,四年前朝廷任命颜昌定为昌州知县,主要目的就是让执法严明的他来治理这个令人头疼的"盗乡"。现在,他居然在朝廷大军面前,和群众跪在了一起,而且还要为民请什么命!王新春怎么也没有想不通,于是命令清兵回营,王新春举起的屠刀放了下来,龙水人民因而避免了一场劫难。

王新春亲自下马将颜昌定扶起,道:"师汝兄,折煞我也。快快请起。"颜昌定起身道:"感谢王新人拯救龙水百姓,卑职代全镇百姓感谢大人。"

"好,不说这个了。走,到我营中再细说公事。"

二人来到军营落座。

在此简述一下这个颜昌定知县。颜昌定,字师汝,山东省诸城县人,翰林院庶吉士。来昌州之前,他在云南大理府任正堂。

在云南大理府执政期间,他不畏权势,执法严明,深得当地百姓称赞。

当地一位纨绔子弟犯了法,被缉捕到了公堂还摆出一副盛气凌人、居高临下的派头,拒不认罪。颜昌定非常愤慨,为了打击其嚣张气焰,他命衙役当庭给狠狠杖击。谁知道那小子禁不住打,当场给打死了。这下,颜昌定犯下了人命,死者家属又是有钱有势之人,一纸状纸将他告到巡抚衙门。因此,颜昌定州官贬为县官,从千里之外的云南赴蜀州昌州作了知县,他是被贬到昌州为官的。

朝廷派颜昌定到昌州来,是用心良苦的。

因为当时,昌州已经发生了肖东成率众第三次在龙水打毁会馆事件和第一次武装起事。在朝廷的眼中,昌州成了"难治之区"。虽然起义早被镇压下去了,但朝廷始终不放心,恰好当年镇压起义有功的昌州知县桂添培升任忠州知州,遂决定让这位执法严明的颜昌定接替桂添培的知县之职,希望他能根治这个"盗乡",同时也给他一个将功补过的机会。

颜昌定千里迢迢来到昌州后,呈现在他眼前的,并不是道听途说的匪盗横行景象。相反,经过多次微服视察,发现这个地方民风淳朴,君子勇于为善,除暴安良是黎民百姓的壮举。

所谓的肖东成打砸、闹事的事件,全都是当地恶霸道会鱼肉乡民、凌强欺弱逼出的。因此,他认为,要治理好昌州,首先要惩治当地恶霸和道会撑腰的不法道徒,公正地做好百姓的争讼。

他对百姓的争讼,认真倾听,公正查实取证,不知疲倦地解决。每次断案,他都端坐大堂,任由百姓围观,实行开门办案。审案结束后,他还私下向人征询案子是否断得公正。

当时,中敖场有一位士绅叫唐诵之,为人公正,开了一家茶馆。当地老百姓的风俗,有了一般的纠纷常到茶馆里请人解决,唐诵之就常常充当调解人,深受百姓信服。

当他听说后,很是赞赏,专程前去拜会了唐诵之,并再三嘉许勉励他,还为唐诵之的茶楼题写了"天下第一楼"的匾额。

遇到灾年,庄稼歉收,颜知县开仓济贫,救民于倒悬;公事闲余时,他还到衙门旁边的棠香书院和学子们讨论国事，说到激愤处，他也像年轻的学子们一样满脸怒色，情绪激昂。昌州老百姓对他心悦诚服，称颂不绝，说有幸遇到这么一位好官。

颜昌定还做了一件对昌州五金发展影响深远的大事，那就是颁布了《永定章程》。

从晚唐时期开始，随着昌州刺史兼昌、普、渝、合都指挥韦君靖屯兵昌州龙岗山，建永昌寨，并在寨内凿造佛像，急需大量的兵器和匠作工具，昌州五金就形成了规模化生产，此后绵延不绝。从兵器、匠作五金发展成为生产五金、生活五金，到清代时形成了铁器十八行，盛极一时，成为巴蜀地区重要的小五金生产基地之一。

颜昌定来昌州到任后，听说前任知县桂添培派属下的班头曾去勒索锁具生产者，说锁行生产的牛尾锁为监狱专用，民间禁产，否则每盘炉子每年必须要交三十个锁才能允许生产。再加上五金产品种类繁多，又都是一家一户作坊式生产，"昼出耕田夜打铁，家家传来叮当声"，一些偷工减料的事也时有发生，影响了五金的健康发展。

他查明实情后，为保护铁器生产，专门制定了《永定章程》，订立了十多条规矩，镌刻在木匾上，悬挂于五金行业公会的会馆正厅里，作为大家共同遵守的准则。内容为：

严禁官绅商民欺诈铁器生产者，特别规定市民官绅不得以任何借口对铜铁锁类生产进行敲诈。禁止白铁入行，凡是剪刀、洋刀、剃刀、菜刀都要安钢，没有安钢的不准入行，违此规矩者，由老君会（五金行业组织）没收产品，并处以罚款。

《永定章程》开启了官府行文保护和支持龙水铁器生产的先河，之后龙水铁器生产人数剧增，昌州博得了"小五金之乡"的美誉。直至今天"龙水五金"依旧声名远播，誉满全国。

颜昌定任昌州知县的第四年任上，昌州爆发了肖东成领导的第二次武装起义。颜昌定力主安抚，坚决反对用武力清剿。他作为官府的谈判代表之一，参与了同肖东成的谈判。在与义民军多次接触中，发现他们是一群有血有肉的铮铮铁汉，国家可用之材，可惜朝廷腐朽专制，一意孤行，把他们推到对立面，应该安抚他们，答应他们的条件，为国家效力，一旦用武力清剿，民心所失，国将不国也。

后来义军势如破竹之势，造成了很大声势。官府不再"安抚"，派出重兵清剿。由于朝廷残酷镇压，各路义军在武器精良、训练有素的清兵面前，虽然勇敢作战，但很快战败了。当官兵大兵压境欲屠杀龙水镇，颜昌定决定为民请命，遂出现了率众长跪的一幕。

正直为民，清廉为官的颜昌定，终究得不到腐朽的反动的封建王朝任用，在昌州任期四年后，被朝廷撤职罢官。他对朝廷感到失望，毅然而去。

他郁郁不乐离开县城，途经龙水镇时。看见成群结队的老百姓站在路边，有的在鸣放鞭炮为他送行，他很感动，眼睛湿润了。

他从轿子里走出来，给在场的民众作揖告别。这时，一位老先生带着一帮士绅走了过来。

老先生用颤巍巍的声音喊道："颜知县，请留步。"

颜知县停下脚步问道："老先生，有何事呀。走慢点，小心脚下。"

老先生来到颜知县面前，递给他一把雨伞，气喘吁吁道："这是我们赠送给您的一把'万民伞'，请接纳。"

颜知县推辞道："颜某何德何能？获此殊荣。不敢当，不敢当呀！"

老先生道："您必须收下，这是龙水人民的心意。没有您，我们龙水镇早已不复存在。"

颜知县见难以推辞，接过雨伞道："言重了。好，我收下，权当作个纪念吧。"

后来，人们为他立了一块碑，上刻"信乎中外"四个大字。辛亥革命时，颜昌定在家乡山东诸城县从事推翻清王朝的革命活动。民国成立后，他还担任了诸城县议会副议长。这是后话。

话说王新春和颜昌定来到军营落座。王新春仍对龙水镇民众深恶痛绝，说道："颜知县，龙水镇我可以不普烧普杀，但这个龙水镇名字得改一改。"

颜昌定道："龙水镇是千年古镇，名字没有必要改吧。"

王新春有些不悦："你这不让，那也不许。总要做点什么，让这些刁民长长记性吧。我决定，名字非改不可，改为归化镇，今后不再叫龙水镇。"

"好，就依布政司大人的。"颜昌定只得依允。从此，龙水镇被改为"归化镇"，直到宣统元年，又改回"龙水镇"。

再说义军丢失了龙水镇大本营，战败至肖家坝，肖东成所带义军退守西山，打算借用西山有利地理位置，与官兵周旋，待机再反扑。

因起义军连连失利，起义军内部"和战"两派斗争更加激烈，思想混乱，各营房防务松懈，军机大会也很少召开，士气低落，少有揭竿起事时的激情澎湃。

这天，华芳济、黄有中见外面看守自己的义军放松了警惕，耷拉着脑袋，欲打瞌睡的样子。果不其然，一会儿工夫，那位看守就眯起眼睛睡着了。

黄有中给华芳济递递眼色。华芳济心里明白，点点头。两人乘机悄悄逃走。

黄有中走出门外，见外面一个人也没有，就悄悄对华芳济道："我们走出前面大门后，就分开走。"然后暗暗惊喜道："天助我也。"

黄有中一人东张西望，小心翼翼地继续朝外走去。他很顺利逃出了肖东成的大本营，回过头看了看关押他的那个地方，然后仓皇朝山下逃窜。

逃亡途中，一队巡逻的义军撞见了他，喝令："站住！"

黄有中不听，还往前面跑。一名巡逻义军大声警告道："再不站住，我就开枪了。"

黄有中故意当作没有听见，跑得更加快了。义军追上去，对准他的后脑勺开火，黄有中当场毙命。

华芳济躲在树林暗处亲眼看见黄有中被义民军杀，恐惧万分，藏在隐秘处不敢声张。待躲过义军视线，见义民军巡逻走远，这才松口气，慌慌张张逃往山下。

走到桃花荡时，他口中干渴，于是走到溪边去喝水。他刚用他双手捧起清澈的泉水到嘴边时，肩膀被人拍了一下。他吃了一惊，完了，完了，遇到义民军的巡逻兵了，我再不能像黄有中那样白白送命了，遂举起双手，道："我投降！"

"华先生，这么有雅兴，独自一人跑到这里来欣赏桃花荡的风景。"一个温柔的声音响在耳边，回过头一看，见是肖遇春，旁边站着肖绍龙（玉兰和翠平之子），紧张的心情一下子放松下来。

他知道肖遇春是个可信之人，便说道："我在这里被你大哥扣为人质，已经很久了，还有很多义民军想杀我。我真的想离开这里。"

肖遇春道："华先生，你是跑不掉的，山下还有义民军把守。跟我到一个安全的地方吗，我会保护你的。你放心，你绝对没有安全之忧。"回头对肖绍龙道："把华先生带到外公家去，好好照顾，不得有任何闪失。"

肖绍龙遵命执行，将华芳济藏匿在马老头家。

原来肖遇春曾在山上软禁的地方与华芳济私下交流过。华芳济曾对肖遇春诉求，他在河包场没有做过恶事，许多欺压百姓的案件都是门徒所为。肖遇春暗地里调查过，确实如此。

他担心主战的起义军杀掉华芳济，造成不可控的局面，引发更加严重的事态，遂叫侄儿肖绍龙将其藏在仙桃娘家马老头家里。除了告诉过肖东成之外，其他将领都蒙在鼓里，以为华芳济逃掉了。

话说肖东成见起义军意见不统一，一时束手无策，为了起义军的前程和几千义军兄弟的性命，肖东成心里渐渐有了和谈的意愿。

十二月十二日，肖东成收到周万顺的一封亲笔信，说什么仙桃和肖遇春在清兵手上，叫他立马释放华芳济和黄有中交换人质。

原来，肖东成父亲因年岁大，不习惯住在山上，得了一种怪病，营中军医医治无效，肖东成叫仙桃到双路铺罗道生处抓药，顺便置办日常用品，让肖遇春带上两个义军化装成百姓沿路保护。罗道生是双路铺一带民间神医，前文有述。

不幸的是，走漏了消息，被在双路铺的守军逮了个正着，四人被五花大绑带进到老街一间黑屋子里。是晚，由于捆绑仙桃的绳索并不牢实，她趁看守的清兵松懈之际，挣脱绳索。然后她又悄悄去除其他三人的绳索。肖遇春和另两个义军干掉了看守的两个清兵，攀越黑屋子旁边的黄桷树，翻出围墙，四人成功逃脱。到了岔路口，肖遇春叫仙桃和一义军先上山，自己带着另一义军到药铺去拿药。朦胧中的罗道生起床，再次为他们抓药，待要走出药店，听得街上一阵喧嚣，守军已经发现了他们。肖遇春叫义军先把药带走，自己则拿着宝剑断后。

肖遇春虽然是书生秀才，这几年见这世道不太平，私下里也暗自练习武术，学到一些真本事。

清兵追上了肖遇春，肖遇春持着宝剑截住来敌厮杀。义军兄弟欲回头帮忙相救，肖遇春一边杀敌一边制止相救，道："你赶快把药带回去。"

那位义军兄弟，只得把心一横，道："三将军，保重啊。"说完，独自疾奔山上。

肖遇春见义军走远，放下心来战斗。他挥舞着宝剑冲进敌群，一阵狂杀，杀死近旁几个清兵后，自己也身负重伤倒在地上，清军围住肖遇春，叫其投降。

肖遇春微笑着踉跄起身，道："我肖遇春一介书生，从未杀过人，今大开杀戒，这都是官逼民反的结果。"然后看着地上倒下的清兵，"我够本了，死有何惧？人生自古谁无死，留取丹心照汗青。"说完拿着宝剑对着自己的颈项自刎而亡。

话说肖东成收到周万顺的信，大吃一惊，为了仙桃和肖遇春的安全，决定私自释放华芳济，便到桃花荡找华芳济，叫他回去后，务必让周万顺放回仙桃和肖遇春，并假说起义军愿意接受安抚，让他叫周万顺派人与他相商和谈一事，华芳济满口答应。

下午，肖东成背着张鸣柯找慕僚修书一封叫华芳济带给周万顺。

李三谷、袁海山等闻讯赶来斥责，提议先杀华芳济，再领义军经铜梁到合州、江北建立据点。

肖东成没说出本意，只是不允。

李三谷、袁海山愤然带领本部脱离肖东成下西山回合州、江北。

肖东成也不派人追赶，只要他们能保住性命，就达到自己所愿了。

且说肖东成释放华芳济后，一直等仙桃和肖遇春的消息。当晚，仙桃回来了，谈了被捕及脱逃经过。

不久，另一义军兄弟拿着药也回来了，肖东成这才得知肖遇春已经自刎身亡，悲痛不已。他后悔自己太冒失，不该轻易放走华芳济，让李三谷、袁海山寒心，带走了一部分起义军弟兄。

次日，他派人找回肖遇春尸首，在西山脚下安葬，少不了又是一阵哀痛。

周万顺见华芳济安全回来，心中大喜，亲自将华芳济送见王新春。王新春立即电奏朝廷，并派兵护送至渝州。

第三十回　良栋乞降戍边关　东成使诈遭囚困

华芳济被释放以后，再加上主战的李三谷、袁海山已出走，起义军内部求和乞降派占据上风。肖东成召集主战的张鸣柯、杨可亭、徐懋林、海平等说道："如今朝廷视我们为洪水猛兽，令王新春派重兵前来镇压，我军几仗下来，连连失利，士气低落，我军已无法与官军对抗，在座的各位弟兄都是坚定的起义者，不愿苟活乞降。我想听听你们的想法。"

徐懋林说道："大哥，我先说几句。我是个粗人，我从湖南千里之遥来到昌州投奔哥哥，就是因为能跟在座的各位弟兄一起揭竿起义反邪恶，抗清妖。我是坚决不投降的。"

杨可亭说："我更不会投降了。以前跟随太平天国李文彩反清起义，建立均田地的平等社会。后来起义再次遭到清妖灭绝人性的围剿，太平军殆失殆尽，我也只能暗地厉兵秣马，待机反清，建立乐土。大哥两次起义是正义之举，正合我意，今若放弃前愿，投降清妖，宁死不愿。"

肖东成正要发言，突然金世侯进来，手里拿着一封信，悄悄告诉东成："大哥，二哥带着人下山投降了。这是他留下的信。"

肖东成接过信件，示意金世侯找座位坐下。信中蒋良栋这样写道：

> 东成兄台钧鉴
>
> 恕弟不辞而别，有些话不便当面言之。吾知大哥虽表面不反对弟求和，但骨子里痛恨乞降之人。弟蒋良栋非怕死者，自跟随大哥两次起事，无不冲锋陷阵，坚定反对黑恶势力，痛恨世上不平事。但如今官军大兵压境，几次大

仗死了太多弟兄，四弟唐翠山、五弟肖翠平、军参彭述古都死了，弟跟着哥哥打了大半辈仗，身心憔悴，无心再战，想过几天安稳日子。今起义军大势已去，望兄识时务，息其锐利，安度余生，保重。弟良栋。光绪二十四年。

肖东成望着大家，平静地说："蒋良栋下山投降了。"

在座的起义军头领一片安静，并不惊讶，仿佛是意料之中的事。

肖东成说："蒋良栋下山投降是迟早的事。如今议和投降派都下山了，山上再也听不到求和的声音。现在大家畅谈自己的意见吧！"

张鸣柯说："大哥，我们诈降吧！"

肖东成反问道："诈降？鸣柯，谈谈你的想法。"

张鸣柯说道："大哥，各位弟兄，我们几千义军长期待在山上不是办法，必须跳出官兵的包围圈，分兵两路与合州、江北的李三谷、袁海山部汇合建立据点，再徐图发展。若是硬打，死伤必大，恐难突破官兵防线。蒋良栋刚投降，此时我们诈降，王新春必信之，不会怀疑，到时寻机脱离官军节制，再去与李三谷右路军会师。"

大家点头称妙，肖东成遂向王新春写封信，表示只要保全义军性命，愿意下山率军投降。

再说蒋良栋领着蒋鹤林、周稷甫等营千余弟兄下山向官军投降。朝廷为兑现承诺，任命蒋良栋为总兵，所部编为三营，蒋鹤林、周稷甫、黄飞等为统带营官。暂驻守龙水湖一带。这一切都是做给肖东成等义军看的，目的是尽早分化义军。

大家要问：黄飞怎么也投降了的？其实，蒋良栋下山投降，众多弟兄蒙在鼓里，黄飞到了清兵军营才知晓，黄飞手下弟兄不满，嚷着要回西山绝不投降，黄飞制止，叫大家静观其变，以免杀身之祸，寻机再回到起义军。终于机会来了，肖东成被捕后，蒋良栋部奉命驻在璧山，后受到排挤，被朝廷遣戍边疆，到陕西去驻守，心里有些失落，知道自己受到排挤，朝廷已经不信任他，与堂兄弟蒋鹤林回鹤林老家各自告别父母，带上家人踏上北上之路。

黄飞被安排断后。这可是一个千载难逢的好机会，黄飞命所部不要急于拔营，待脱离蒋良栋甚远，再开拔朝相反的龙虎山方向，终于回到起义军李三谷、花荣部。

话说王新春将起义军逼进西山林后，已将大本营驻在肖家坝，在西山脚下布置重兵，随时向西山的义民军进行围剿。华芳济安全送至渝州城后，王新春便无顾忌地向义军进攻，先是用火炮摧毁山头义军防御工事和哨楼，然后再向纵深处军营乱炸一气，逼迫起义军投降。

不久，蒋良栋等率众归降。王新春认为起义军已无斗志，肖东成等已成了瓮中之鳖，迟早会率众来降的。

这日，王新春在军中议事，突然哨兵进来道："禀报大人，起义军派来一位来使。"

王新春笑曰："肖东成这个蛮子终于想通了。快，让他进来！"然后对众将说："肖东成必在信中说饶其一命，愿归降朝廷。"

少顷，起义军一个叫腾的使者走进营帐，递上信函。王新春看了信内容，面带喜色，对腾使者说："你辛苦了，下去休息下，待会儿回复。"

哨兵将腾使者带下安顿。

王新春欣喜道："肖东成果然在信中说，若不伤及他和起义军性命，愿三天后率众归降。条件是让我们退到茅店子，让出肖家坝，让山上的义军家眷回到肖家坝安居乐业，另外，撤出封山的官兵。"

众将奉承道："大人真乃神人也！"

王新春心里美滋滋的，嘴上却谦虚道："哪里，别奉承我了。肖东成投降了，西南便无战事，昌州也消停了，众将弟兄都是朝廷有功之人。我决定，接受肖东成投降，官军撤离肖家坝，不在各山隘口设卡封山。"

周万顺出面制止："恐防有诈，要是肖东成诈降，怎么办？"

王新春说："即使诈降，肖东成也逃不出我的手掌心，如果我们不撤军，就没有诚意，肖东成是不会投降的。放心，肖东成能逃到哪儿，四周都有重兵把守。"于是，他即刻回信一封叫来使带回。

肖东成见王新春上当,命金世侯带人下山打探官军防守薄弱处。金世侯带人下山在各个方向打探,均发现有清兵重兵把守,清军虽退兵,但并未放松各路口防守。

金世侯有些垂头沮丧,对起义军突围感到无望,又不好向肖东成汇报,独自在营中喝闷酒。突然,部下来报:"金将军,龙水码头守兵已换成蒋鹤林部。"金世侯暗喜,蒋鹤林虽然跟着蒋良栋投降了官军,但心里是向着起义军的。是夜,金世侯亲自到龙水码头找到蒋鹤林,叫其放开防线,让起义军跳出王新春清兵的掌控,蒋鹤林没发言,只是点点头,默许了金世侯的请求。金世侯明白其意,立马回去向肖东成报告。

肖东成得到情报后心中大喜,立即来到中军帐,找来张鸣柯,喊道:"天无绝人之路呀!"

张鸣柯道:"大哥,什么事情让您这么高兴。"

肖东成把金世侯的情报一一讲了,然后问道:"鸣柯,你是怎么想的?"

张鸣柯脸上露出喜悦之情,说道:"天不亡我义民军也。我认为,首先派一支精兵保护将领家眷先出西山,出去后各自投奔自己的亲戚,不要回家,以免官军拘捕,然后义民军分批出去。大哥意下如何?"

"可以,鸣柯想得周全,就这么办。"肖东成说完,不禁哀叹一声。

张鸣柯不解,道:"刚才还高高兴兴的,咋又叹起气来呢?"

肖东成道:"鸣柯呀,我们两次起事,目的是扶弱济贫,除暴安良,可是偏偏官兵来镇压我们,让恶人逍遥自在。自我们起事以来,我们铲除许多恶人。可还有几个罪大恶极的仇人未除呀。"

张鸣柯道:"你是说小霸王、阴二狗吧。"

"还有王怀之、张冬老、薛小五。"肖东成停了停,道,"李作儒这个叛徒也未除呀。以前一门心思占领地盘和如何反围剿,把这些人给放脱了。鸣柯,这是我的心事呀。"

"我们现在手中有的是人才,想铲除他们,易如反掌。大哥,我是这样想的。"张鸣柯说出了自己的想法。肖东成带头称是。

于是，肖东成把二胖、肖绍龙、肖太平召来。他首先问二胖："二胖，跟你一起来的贵州兄弟，还有多少人马。"

二胖伤感道："大哥，战死负伤有二十余人，现在加上我还剩下十人。"

肖东成道："召集你们三人来呢，是有一个重要任务交给你们。我打算成立一个除奸队，队长由二胖担任，绍龙、太平协助，另绍龙、太平各带两个亲兵和二胖的九个贵州兄弟作为锄奸队成员。"然后递给他们一张信笺纸，说："这上面就是你们要铲除的名单。任务完成后，二胖、太平就直接回贵州。绍龙回九龟山或龙虎山，自行决定。好了，你们随着亲属一起先出去。我等你们的好消息。"三人遵命而去。

三人带着锄奸队与将领家眷在夜晚坐上木船通过龙水湖码头，跳出了官兵的包围圈。义军主力陆续分批出去。

由于起义军众多，三天后仅出去一半，还有近千人留在西山。为了稳住王新春，肖东成、张鸣柯决定亲自下山到王新春营中。

王新春见到肖东成和张鸣柯，先是高兴，后只见两人前来，有些不解道："三天已过，你们该率起义军下山投降了。怎么，义军就剩下你们两个？"

"不是也！我和军师先下山请降，以表诚意。起义军早已在山上集合待命，等待大人前去受降。"肖东成说。

"果真？"王新春仍有些疑惑。

"我和总头领在此，还敢说谎。"张鸣柯补充说。

王新春打消顾虑，心中大喜，留二人待在营中，叫部下好生招待，自带官兵到西山去受降。

到了山上，只见西山林中旌旗飘扬，一片安静，沿路不见一兵一卒，王新春有些疑惑：莫非起义军全溜了。

待疾步走入大本营，发现空无一人，伙房炊烟袅袅，锅里热气腾腾，起义军已逃跑。王新春猛然醒悟：肖东成骗我也。随即命令周万顺、张继两营去追剿义军，又电示朝廷斩讫诈降的肖东成。朝廷复电，电文曰：

肖蛮束身归命，未便遽加显戮，致失人心。王新春遂将二人监禁，欲押往蜀州。

　　话说义军在蒋鹤林庇护下，顺利脱逃。何师一、金世侯率部经铜梁、璧山到江北找袁海山，沿途受到清军围追堵截，又牺牲了许多义军弟兄，但最终与袁海山会合。玉兰带着肖天骄等投奔九龟山春红。海平、徐懋林、肖绍文到了龙虎山后，又护送仙桃及肖家亲属到合州藏匿。不久，起义军得到肖东成和张鸣柯被捕入狱，择日将押往蜀州的消息。仙桃闻讯，亲自到龙虎山找李三谷，请求营救肖东成。

　　李三谷对仙桃说："大嫂，肖大哥和军师被捕的消息，我们也知道了，你不来讲，我也会亲自前去营救。放心吧，我一定会把东成大哥救出来的。"

　　仙桃感激地说："多谢三弟了！"

　　"不客气。大嫂，您走累了，下去休息一下，我和海平、花荣等弟兄研究如何营救大哥。"

　　"好。"仙桃高高兴兴下去了。

　　李三谷召集众弟兄在聚义厅商议营救之事。

　　吴明说："从昌州到蜀州路途遥远，一路有清军精兵护送，在渝州路段不便下手，因为官军担心我们起义军劫救，必加强防卫。我认为待到蜀州地界，官兵放松警惕，防守松懈，再营救则十拿九稳。"

　　李三谷说道："吴师爷说得有道理，那具体在什么路段设伏营救为好呢？"

　　这时，部将黄飞站起身说道："资州鸡公崖。我曾跟随唐翠山将军四路军西征过资州、内江，对那儿地形熟悉。鸡公崖是资州到蜀州的唯一通道，那儿地形复杂，有利于埋伏。"

　　李三谷大喜："好，就这么定了。海平，你去打探王新春具体什么时候押送肖大哥到蜀州。"

　　海平领命后，打探到王新春将于三天后押送肖东成到蜀州。李三谷立即着手安排营救肖东成和张鸣柯。

三天后，海平到龙水亲眼看见王新春将肖东成、张鸣柯押解到囚车，两旁百姓夹道欢送，也有绅士、富贾前来送酒饯行，肖东成含笑与众人告别。

王新春看见肖东成人缘这么好，影响这么大，恐担心路上出意外，亲自带着一队官兵押送。

李三谷、海平、黄飞率领一支精兵在鸡公崖埋伏，到了次日午时，远远看见一队官兵押着囚车缓缓而来，囚车的肖东成和张鸣柯的头已被麻袋蒙住，押送的官兵头领不是王新春，而是右字营统带凤全。眼见囚车就在眼前，李三谷看得真切，一声令下："弟兄们，冲呀！营救肖大哥和张军师。"凤全猝不及防，见得义军来势凶猛，弃下囚车，丢下几具尸体，带着剩下的官军回到资州。

海平忙上前砸烂第一辆囚车，将肖东成手链脚铐砸开，掀开麻袋一看，发现不是肖东成。海平厉声问道："你是何人？我大哥肖东成呢？"

那人吓得瑟瑟发抖，道："我是资州监狱死囚；王新春在资州已经将我与肖英雄调换。"

黄飞此时已经将另一囚车打烂，解开麻袋，里面却是张鸣柯。

张鸣柯对李三谷说："狡猾的王新春，在资州就调了包，肖大哥已经被王新春带着绕道去了蜀州。"

李三谷见没救着肖东成，有些失落，但能救下军师张鸣柯，心稍宽，叫人牵了匹马让张鸣柯骑上，带着众人回龙虎山了。

话说二胖他们逃出西山后，乔装打扮一番，藏了火铳、兵器，潜伏在昌州县城一处偏僻客栈。计划是先铲除昌州境内的王怀之、李作儒等，然后再到渝州城刺杀小霸王和阴二狗。

不久，县衙连续接到报案。王怀之死在澡堂里；有人在濑溪河下游，打捞出一具尸首，面容模糊，好像薛小五的面貌；张冬老被人勒死在戏院回家的路上；李作儒被一群打扮成清兵的匪徒掳走，至今是死是活，下落不明。知县大为震怒，依据看见人的描述，画出一个胖子形象，到处张贴告示通缉。

当然，读者一眼就知道这一切是二胖他们所为。李作儒被二胖带到九龟山，春红立即召开了审判大会，义民军怒骂其叛变可耻行径，让义民军受到重创，疾呼处死他，为死去的兄弟报仇。公审大会结束，李作儒被执行枪决，受到了应有的惩罚。

二胖看着除奸名单，说了一句："还有两名了。绍龙，你不必跟我们去了，你留下来。"

肖绍龙道："不行，我得去。我大伯（肖东成）叫我参与行动，是因为我跟华芳济较熟悉。你知道的，渝州这么大，到哪里去找小霸王的藏匿之处，即使找到了他们，也很难接近。"然后谈了自己的计策。二胖点头称妙。

于是二胖回转身，对肖太平道，"走，我们立即到渝州。"三人带着锄奸队向渝州进发。

话说肖东成三打龙水会馆，阴二狗侥幸逃脱。他看昌州无地可去，就跑到渝州投奔老主子高霸天，又干起了家丁护院之事。小霸王回到渝州后，他常跟在小霸王身前身后，为其充任护卫。

肖东成成功越狱后，又举行了轰轰烈烈的第二次起义。小霸王觉得肖东成这个冤家不会放过他，心中忐忑，在出入高公馆到道会之间，由阴二狗带着几十名家丁前后护卫，也很少在公众场合露面，担心遭人暗算。

这天，他躲在高宅自己家里。阴二狗带着一封书信走到他身边，道："小少爷，这是华芳济带给您的一封信，叫您马上到道会去见他。"

高啸龙嘴里嘀咕道："昨天才见了面，今天又去，不是每周去一次吗？"他满腹猜疑，打开信一看，确是华芳济的笔迹，遂打消顾虑，领着阴二狗带上一群保镖全副武装走出高宅。

当小霸王一行路经一个街巷时，突然从两旁窜出十几条蒙面汉子截住他们，不分青红皂白就一阵枪弹。小霸王高啸龙、阴二狗当场毙命。没死的家丁四处逃散。蒙面人揭开面罩，看着地上高啸龙、阴二狗的尸体，的家丁彼此相对看看，高兴地笑了……

朝廷又下令各地对起义军余部围剿搜捕，肖东成起义军第二次起义失败。李三谷仍带着部分义军继续坚持游击战争抗清。肖绍泉带着三千义军攻打铜梁；肖绍文同王兴开率五百人赴内江，二胖、肖太平回到贵州老家秘密组织兵马。后来，李三谷、何师一、徐茂林带着义军前往贵州，联络义和团伺机起事。杨可亭在龙水一带继续组织顺天教，参与义和拳运动，在永州、昌州、荣州三县交界处出没。

海平、绍龙在官军围剿中殉难。蒋鹤林因放走起义军被清廷治罪，在狱中郁郁而终。

后来，官兵不再追究义军家属，仙桃带着肖兴元等回到肖家坝，重新建立家园，恢复正常生活。不久后，官府派出重兵进剿九龟山，朱盛文、铁蛋战死，春红身负重伤，泥鳅、黎奎断后。玉兰、天骄等抬着春红突出包围圈后隐藏在肖家坝。泥鳅、黎奎在掩护春兰、玉兰撤退途中牺牲。

肖家大院堂屋里，春红躺在椅子上，伤势严重，危在旦夕。春红知道自己不行了，临死前拉住天骄的手说："娇娇，妈有件事情一直瞒着你，你义父肖东成其实就是你亲生父亲，妈对不起你。妈走后，你要好好跟仙桃妈妈过，好好孝敬她。"说完平静而去。

天骄放声大哭。仙桃、玉兰将春红葬于西山脚下。

肖东成到了蜀州，朝廷命囚成都，永远监禁，后清廷垮台，回到故里在西山聚众起事，被蜀州军阀杀害于永州，时年六十一岁。善良的仙桃将肖东成的尸骨带回故里与春红合葬一起，了却他们生前夙愿。自此：

西山落红秋扫叶，大地悲歌誓不歇；
儿女英雄自去处，音容笑貌入史册。

（完）